하 산 (下山)

김성동 단편소설 선집

하산 (下山)

돌베개 푸른숲

차례

* 편집자 주

• 작가 김성동은 우리 말과 글에 대한 애착심이 남다르다. 한정된 지면의 신문이
신조어처럼 만들어낸 줄임말들이 표준 어문법인 양 쓰여지고, 이와 같은 잘못된 쓰
임으로 우리말이 원칙 없이 굳어져가는 것을 안타까워한다. 편집부에서는 작가 나
름의 원칙을 존중하여, 이 책의 표기가 현행 표준 어문법과 다소 차이가 있으나, 이
를 수용하였음을 밝힌다.

하산(下山)

그때에 나는 한 깨달음을 얻게 되었다.

내가 첩첩한 산속에 있는 그 초막(草幕)을 찾게 되었던 것은 그러니까 우거진 녹음방초가 산색을 온통 풀빛으로 물들이고 있던 맹하(孟夏)의 어느 날이었다. 나는 하늘을 찌를 듯이 총집(叢集)해 있는 낙락장송의 늙은 몸뚱이를 두 손으로 짚으면서 후유하고 장탄식을 내뿜었다. 언제나 의구하게 산은 깊고 물은 흐르고 각색 초목은 휘어져 있고 이상한 새소리는 사방에서 울고 적적하여 세상 사람은 오지 않는데, 내 마음 속에 있다는 나의 부처는 찾을 길이 없는 것이었다. 자, 그리고 또 해는 져서 저녁이 되었는데, 해가 지는 시각이면 나는 더욱 견딜 수가 없는 것이었다. 언제나 묵묵하게 산은 그곳에 서 있는데 하루종일 나는 헤매기만 했던 것이었다. 청춘의 어느 날 문득 보리(菩提)의 아름다운 마음을 내어 입산(入山)을 했다고는 하나, 아무리 기를 쓰고 올라도 산은 그 끝이 보이지 않고, 보이지 않기에 더욱더 기를 쓰고 올라가야만 할 터인데, 속절 없이 또 날은 저물어서, 저자의 홍진에 더럽혀진 육신을 어디엔가 다시 눕혀야만 할 게 아닌가. 나는 두 무릎을 쪼그리고 앉아 쪼그린 무릎 위에 턱을 올려놓았다. 그리고 관세음보살하고 버릇처럼 다시 보살(菩薩)의 명호(名號)를 불러보는 것이었는데, 심사가 자못 울 울(鬱鬱)하였다. 그럴 때 색의유발(色衣有髮)의 저잣사람이랄 것 같으면 짐짓 연초라도 한 대 피워 물고 무명(無明)처럼 피어오르는 연기 속에 잠시 민민(憫憫)한 심사를 달래볼 수도 있겠으나 어육주 초(魚肉酒草)를 배암처럼 멀리해야 하는 사문(沙門)의 몸인지라, 그저 하염없이 온갖 불보살(佛菩薩)들의 명호나 불러보는 수밖에 는 별 도리가 없었던 것이었다.

내가 해 저문 산길을 허위허위 기어올라갔던 것은 그 산중의 어디 엔가 있다는 한 진인(眞人)을 만나고자 함이었다. 먼저 그이의 생 김새를 말하자면 우선 체구가 장대하고 또 헌걸차서 산간에 은둔하 고 있는 산승(山僧)이라기보다는 천군(千軍)을 질타하는 장수의 풍모라 하였고, 호안(虎眼)에서 뿜어져나오는 눈빛은 강렬하기가 바로 범의 그것이어서 보는 자의 고개가 저절로 숙여진다 하였으 며, 양구(良久)를 깨뜨리고 내어지르는 일할(一喝)은 우렁차기가 마치 사자의 부르짖음과도 같아 듣는 자의 귀청이 찢어진다 하였는 데, 나이로 말하자면 세속(世俗)의 연납(年臘)으로 망팔(望八)의 고로(古老)라 하였다. 거기다가 일찍이 동진(童眞)의 청정(淸淨) 한 몸으로 석로(釋老)의 문하에 들어가 오로지 사부(師傅)의 가르 침에 따라 몸과 마음을 움직였으므로 망팔에 이르기까지 그 가르침 을 좇기를 털끝 한 오리의 어긋남도 없는 진실로 만고에 뛰어난 가 인(佳人)이라고 하였는데, 뿐인가. 그이께서는 한치 앞도 내다보기

어려울 만큼 해괴하게 돌아가는 세상사의 모든 이치와 막막하기만 한 건곤(乾坤)의 원형이정(元亨利貞)을 두루 깨우쳐 일체처(一切處) 일체시(一切時)에 일호의 막힘도 없는 도인(道人)이라는 것이었다.

그런데 웬일인지 그이의 높고 아름다운 이름은 늘 소문으로만 떠돌았다. 누구도 그이의 헌걸찬 진신(眞身)을 친견(親見)하였다는 이는 없었고, 그이의 사자후(獅子吼)를 면대하여 직접 들었다는 이는 더욱 없었으며, 그이의 자애로운 가르침을 받아 도(道)를 얻었다는 이는 더더욱 없었는데, 이상하게도 그이의 모습과 말씀과 뜻은 깊은 산을 내려와 풍진 어지러운 저잣거리에 낭자히 넘쳐나는 것이었다.

그이의 이름은 일지(一指)라고 하였다. 스스로 그렇게 불러달라고 해서 불려지는 이름이 아니라 세상 사람들이 도(道)를 물을 때마다 다만 말없이 손가락 한 개를 들어보일 뿐이라고 해서 붙여진 이름이라고 하였다. 그이에게는 그리고 기이하게도 손가락이 한 개 없다고 하였는데, 거기에는 까닭이 있다고 하였다.

그이가 아직은 구상유취(口尙乳臭)하던 사미(沙彌)의 시절에 하루는 운수(雲水) 하나이 찾아와 출타중인 노사(老師)를 친견코자 하는지라 사미가 접객(接客)을 하는데, 어떻게 오셨는지요, 노덕(老德)을 뵙고자 천리길을 왔느니라, 큰스님께서는 언제나 돌아오실지 기약이 없는데요, 어허 낭패로고, 운수 츳츳 혀를 차며 고단해 보이는 얼굴에 자못 수심이 짙은지라, 어인 일로 그러시는지요, 운수 하늘을 우러르며 침중하게 말하기를 도(道)를 여쭙고자 함이네, 이 말을 들은 사미 짐짓 터져나오려는 웃음을 참느라고 하마 방기(放氣)가 다 나왔으니 그것은 하루에도 줄을 지어 찾아오는 운수들이 도를 물을 때마다 노사는 단지 묵묵하게 손가락 한 개를 들어

보이는 것이어서 까짓 도를 묻는 것쯤이야 골백번이라도 대답해줄
자신이 든든한지라 짐짓 의젓하게 결가부좌(結跏趺坐)를 틀고 앉
으며 말하기를, 저한테 물어보시지요, 운수 기가 막혀 사미를 바라
보니 자못 위의(威儀)가 있는지라, 아아 일찍이 동문(同門)의 사
형(舍兄)들은 초동(樵童)의 피리소리에도 몰록[頓] 깨달음을 얻
었고 금수(禽獸)의 희롱하는 모습에서도 의심의 덩어리가 풀렸다
했거늘 천리길을 달려와 도를 구하는 자로서 어찌 장유(長幼)와 노
소(老少)를 가리겠는가, 스스로 그 마음의 용렬함을 꾸짖으며 옷깃
을 바로 한 다음 노덕을 대하듯 정중한 삼배(三拜)를 드리고 나서
묻기를, 여하시(如何是) 도(道)이닛고, 결가부좌를 튼 채로 지그시
눈을 감고 있던 사미 서슴지 않고 손가락을 쑥 들어 보이는지라, 운
수 하릴없이 그곳을 물러나고 말았는데, 얼마 후 돌아온 노사에게
사미는 그때의 일을 자랑스럽게 이야기했고, 노사 박장대소를 하며
귀엽다는 듯 톡톡 사미의 궁둥이를 두드려준 다음, 선재(善哉) 선
재(善哉)라 무릎 밑에 사자새끼가 있는 줄을 몽중에도 몰랐고녀,
칭찬을 듣고 기분이 좋아진 사미, 스님 스님 잘했지요, 오냐 오냐
사자 밑에 사자가 나지 고라니가 나겠느냐 그런데 얘야, 네 스님,
네가 내 밥그릇을 빼앗아갔으니 나는 무엇을 먹고 살꼬, 무슨 말씀
이신가요 스님, 아니다 이제는 내가 네게 도를 물어야겠구나, 얼마
든지 물어보셔요, 노사 사미를 향하여 삼배를 한 다음 묻기를, 여하
시 도인고, 사미 즉시 손가락 한 개를 쑥 들어 보이는데, 어마 뜨거
워라, 노사의 손바닥 안에 감춰졌던 예리한 비수가 사미의 들어 보
이는 손가락을 단칼에 날려버렸고, 울부짖으며 사미는 피투성이의
손가락을 움켜쥐고 염화실(拈華室)을 뛰쳐나갔는데, 벼락치는 소
리로 노사가 불러 사미 문득 고개를 돌려보니, 노사가 손가락 한 개
를 쑥 들어 보이는 게 아닌가, 순간 사미는 덩실덩실 춤을 추었는데

그것은 일월성신(日月星辰) 산하대지(山河大地) 삼라만상(森羅萬象) 두두물물(頭頭物物) 진진찰찰(塵塵刹刹)이 모두 노사가 들어 보인 한 개의 손가락 속에 들어 있다는 기막힌 사실을 활연대오(豁然大悟)하였기 때문이라고 하였다.

이상이 내가 저잣바닥이며 선방(禪房)을 떠돌며 주워듣게 된 그이의 손가락이 한 개 없게 된 내력인데, 그러나 이 이야기 또한 어디까지나 소문으로만 떠돌고 있는 이야기이고 보면, 그리하여 나는 더욱 그이를 만나야만 할 것이었다. 그렇게 그이에 관하여 한 가지도 똑바로 알고 있지 못한 나로서는 무엇보다도 우선 그이를 만나는 수밖에 없는 것이어서, 동안거(冬安居)를 끝내기가 바쁘게 방선(放禪)을 했던 터이었다. 그리고 해제(解制) 한 철 동안을 두루 헤매었던 것이다.

혹은 깊은 산속의 토굴에도 갔고 저잣바닥의 주루(酒樓)에도 갔으며 혹은 청루(靑樓)도 기웃거렸고 혹은 왈짜패들의 투전판이며 깍정이들의 야바위판에다가 천예(賤隷)들의 노역장을 더듬기도 하였다. 내가 명색이 방포(方袍)를 걸친 사문의 몸으로 저잣바닥의 온갖 추하고 천한 곳을 다투어 더듬었던 까닭은 한 가지로 오로지 그이를 만나 도(道)를 배우고자 하는 원력(願力)에서였다. 그이의 행적은 그러나 도무지 자취가 없어서 어떻게 내가 소문을 듣고 달려가보면, 어디론가 또 벌써 육환장(六環杖)을 옮긴 뒤였던 것이다.

내가 그렇게 일구월심으로 그이를 찾아 저잣바닥을 더듬다가 붉고 푸른 색등(色燈)이 즐비한 청루거리로 들어섰을 때였다. 청루의 이곳저곳에서 논다니들이며 오입쟁이들의 합환지성(合歡之聲)이 낭자하였는데, 웬 유녀(遊女) 하나이 축축한 붉은 색 등롱 아래 외로이 서 있는 게 아닌가. 재우쳐 지나치는데 그 유녀가 나를 불렀다.

여기 좀 보서요, 스니임.

가까이 가보니 그 여자는 박박 얽은 곰보인데다가 들창코인 천하의 박색이었다. 그런 몰골인지라 밤이 야심하도록 오입쟁이 하나를 잡지 못하고 시름없이 수심가나 읊조리는 터인 듯하였다.

나를 불렀는가?

나는 물었는데 유녀는 말없이 내 장삼 소매를 잡았다.

어허 왜 이러는가?

나는 소매를 떨쳐 그 천한 계집의 손을 뿌리쳤다.

계집이 코먹은 소리로 말하였다.

뵙자 하니 육허기가 드신 분 같은데, 쇤네가 육보시를 하지요.

나는 어이가 없어서 준엄하게 꾸짖었다.

네 비록 노는 계집이라고 하나, 화택(火宅)을 여의고 선방에서 수행하는 사문에게 이 무슨 해괴한 짓인고.

유녀가 은근짜로 눈을 흘기었다. 그 계집은 숫제 한쪽 눈을 찡긋거리며 주먹을 들어 나를 쥐어박는 시늉을 하였던 것이다.

왜 이러서요. 쇤네 비록 몰골은 추루하나 이 바닥서 요본과 감창이라면 호가 난 계집이지요. 한번 진퇴에 사대육신 팔만사천 마디가 녹아버려 그대로 우화등선(羽化登仙)이랍니다.

관세음보살.

나는 한 번 보살의 명호를 부른 다음 거듭 꾸짖었는데, 여전히 가관인 미태며 손짓을 거두지 않은 채로 유녀가 말하였다.

해우채는 안 받는다니까 그러서요. 이 세상에서 제일로 수승(殊勝)한 공덕이 무주상(無住相) 보시(布施)라는 것쯤은 천한 쇤네도 들어서 안단 말입니다. 목마른 이에게 물을 주고 배고픈 이에게 밥을 주고 병든 이에게 약을 주듯이 육허기 든 이에게 육보시를 하겠다는데 왜 화증을 내실까.

12

그 계집은 어디서 주워들었는지 쪼가리 알음알이로 숫제 법문(法問)을 하려 드는 것이어서 생각 같아서는 볼때기라도 쥐어박고 싶었으나, 짐짓 나는 점잖게 말하였다.

말인즉 한 이치가 아주 없는 것도 아니네만 도를 구하는 사문에게 육허기라니, 그 말이 가히 아름답지 못하이.

쩍 하면 입맞이고 건너다보면 절터라고 논다니짓 십 년에 남은 것은 엉덩이짓과 눈치뿐이지요. 육허기가 들지 않았으면 야심한 밤에 청루는 왜 기웃거리실까.

어허, 산승이 산을 떠나니 봉욕이 자심할세. 실인즉 진인을 찾고 있으이.

진인이랍니까?

그러이. 자네가 진인을 아는가?

이거 왜 이러서요. 몸 파는 계집이라고 세상에 진인을 모를까.

계집은 입술을 썰룩이며 치맛자락을 모아잡았는데 그냥 대문 안으로 들어갈 눈치였다. 이번에는 내가 그 계집의 팔을 잡았다.

미안허이. 그런 뜻은 아닐세만 고깝게 생각하지 말게나. 그래, 진실로 그 어른을 아는가? 뵌 적이 있단 말인가?

계집이 모아잡았던 치맛자락을 놓으면서 햅쭉 웃었다.

뵙다마다요. 어젯밤에도 오셨는걸요. 아마 오늘밤에도 오실 거여요.

무슨 소린가? 그 어른께서 자네 같은……

하다가 나는 얼른 말을 바꾸었다.

자네가 그 어른을 뵈었다는 것이 사실이라면, 이야기 좀 들려주게.

계집의 눈이 스르르 감기면서 목소리가 가늘게 떨려나왔다.

그이는 우리처럼 천한 무리들의 동무이시지요. 먹고 산다는 일이

끔찍스러워서 그만 세상이 싫어질 때면 반드시 찾아오시는데 골 어지러운 소리는 한 마디도 안 하십니다. 쇤네가 한번은 창병이 도져서 기동을 못 하는데 서답 빨래까지 해주셨지요. 뿐입니까. 한번은 내 동무 삼월이가 포졸인지를 모르고 팔을 끌었다가 등창이 터지게 얻어맞고 있는데 그이가 나타나 그 포졸놈을 메다꽂았지요. 그이는 우리들의 아버지 같고 오라버니 같고 정 많은 서방님 같지요. 그이는……

그 계집은 한도 끝도 없이 엉뚱한 소리만을 지껄이고 있는 것이어서 나는 그만 계집의 팔을 흔들었다.

자네가 진실로 그 어른을 뵈었달 것 같으면, 용모며 차림새를 말해보게.

여전히 눈을 감은 채로 계집이 말하였다.

그이는 우리네와 똑같이 생겼지요. 얼굴도 못생기고 옹이가 박힌 손발은 볕에 타서 새까만데 무엇보다도 알아듣지 못할 소리는 한마디도 안 하셔요.

낭패였다. 도무지 당치도 않은 언사를 농하는 것으로 봐서 실성한 계집일시 분명하였다.

어허 낭패로고, 어디로 가서 그 어른을 만나뵐꼬.

혼잣말로 탄식하며 등을 돌리는데 계집이 한사코 장삼자락을 잡고 늘어졌다.

해우채는 안 받는다니까 그러시네. 그만큼 뻐기셨으면 면체면은 되셨을 터이니 그만 들어가서요.

놓아라. 어디서 천한 계집이 존엄한 사문의 법복에 손을 대는고.

나는 진심으로 화증이 솟구쳐서 크게 소리쳤다. 그러나 그 천한 계집은 도무지 놓아주지를 않았을 뿐더러 불경스럽게도 이번에는 허리를 끌어안으며 살께를 더듬는 게 아닌가.

이거 못 놓겠느냐. 이 천한 계집이 누구에게 감히, 관세음보살. 수행하는 사문을 욕보이는 중생은 죽어 무간지옥에 떨어질 것인즉 ······.

나는 힘껏 계집의 손을 뿌리쳤고 그 바람에 계집은 때절은 속곳을 내보이며 땅바닥에 나가자빠졌는데, 웬걸. 벌떡 몸을 솟구치더니 방자하게도 나의 목에 걸린 염주가닥을 움켜잡고 고래고래 소리를 지르는 게 아닌가.

이놈. 이 천하에 불한당 같은 땡초 중놈. 육기갈 든 중놈에게 무주상으로 육보시를 하겠다는데, 주먹질이 웬말이며 악담은 또 웬말이냐.

그 바람에 속곳바람의 논다니들이며 굇말을 움켜쥔 오입쟁이들이 몰려나와 킥킥거렸고 나는 도무지 창졸간에 당하게 된 봉욕인지라 입 속으로 보살의 명호나 부르고 있는 수밖에 없었는데, 그 계집은 그 난중에도 큼큼 하고 목청을 가다듬고 나서 앙칼지게 소리쳤다.

이놈. 이 천하에 흉악한 산적 같은 놈. 뭐 나보고 무간지옥에 떨어지라고. 예가 바로 지옥인 것을 어느 땅에 또 지옥이 있단 말이며, 그래 도를 닦는다는 명목으로 손끝 하나 까딱 않고 밥도적질하는 네놈들은 죽어 극락 가고, 내 살 팔아 내 밥 버는 우리는 죽어 지옥 간단 말이냐.

줄이 끊어지면서 염주알이 땅바닥에 흩어졌고 나는 가슴만 벌렁거렸는데, 계집은 여전히 고래고래 악을 썼다.

오냐. 못생기고 천한 우리는 살 판 죄로 지옥엘 갈 것이니 네놈들 잘나고 많이 배운 놈들은 극락으로 가거라.

다행히 불심(佛心)이 도저한 계집 어미 하나이 구경꾼 중에 있어 간신히 그곳을 벗어날 수 있기는 하였으나 일지 진인을 만나기

는 고사하고 천한 논다니 계집에게 봉욕만 치른 터수라 도무지 더
이상 저잣바닥을 기웃거릴 용심이 나지를 않았다. 그러나, 그렇다
고 해서 진인을 찾는 일을 작파할 수는 없는 일이어서 나는 저잣바
닥의 온갖 천하고 추한 데를 다 더듬어보았는데, 청루에서의 봉욕
과 크게 다를 바 없는 낭패를 겪게 되었을 뿐이었다. 내가 세상에서
도 제일로 고귀한 도를 구하는 사문의 몸으로서 그렇게 세상의 모
질고 외진 곳들을 다투어 더듬었던 까닭은 한 가지로 오로지 일지
진인을 만나 수승한 도를 깨우치고자 하는 일념으로써였음은 두말
할 것도 없는데, 어찌하여 진인께서는 세상에서도 고귀한 안방마님
들이며 공경대부(公卿大夫)들이 다투어 찾아와 은금보화를 시주하
는 법당을 마다하고 생각만 해도 소름이 끼치는 그따위 천하고 추
한 데를 찾아다니신다는 말인지, 도무지 그 흉중을 헤아릴 수가 없
는 것이었다. 그런데 사람들은 언제나 그런 곳에서 진인을 만났다
고 하는 게 아닌가. 그렇게 청루의 논다니 계집들과 왈짜패 투전꾼
이며 까진 깍정이들에다가 마지막에는 노역장의 천예들로부터까지
자심한 봉변을 당하였던 것이다. 나랏님의 놀이터를 새로 만드는
곳에서 마치 소처럼 등짝에 멍에를 지고 집채만한 맷돌을 굴리고
있던 천예들은 숫제 내게 침을 뱉았다. 그들이 조상 대대로부터 이
어져 내려와 이승을 하직하기 전에는 벗어날 길이 없는 노역의 고
통을 호소해왔을 때, 나는 자비심으로 일장의 법문을 설해주었던
것이다.

　관세음보살. 당신들이 금생(今生)에 이런 고초를 당하는 것은
다생겁래(多生劫來)로 지어온 죄업(罪業) 때문일 것인즉, 원망할
것은 오로지 스스로의 업장(業障)일 것이며, 미움과 원한은 죄업의
근원이 되나니 헛되이 세상을 욕하지 말고 오로지 일심으로 염불을
하여……

16

그러자 천예들은 일제히 침을 뱉아오며 까마귀떼처럼 우짖었던 것이다.

너처럼 일신의 의식주 걱정이 없이 도인지 똥덩어린지를 구하는 자가 우리들 천한 백성들의 고초를 어찌 짐작이나 하겠느냐. 부당하게 배고프고 부당하게 병들고 부당하게 옥에 갇혀서 당장 죽어가는 자들에게 모든 것이 단지 자업자득이라고 체념하고 내생(來生)에나 좋은 땅에 태어나도록 염불이나 하라는 너야말로 가승(假僧)일시 분명쿠나.

그러면서 그자들은 금방이라도 잡아먹을 것처럼 시퍼런 불이 뚝뚝 떨어지는 목자로 나를 노려보았는데 등짝을 찍어누르는 멍에만이 아니라면 숫제 때려죽일 기세였던 것이다. 아무튼 배우지 못하고 불심이 없는 상것들이 사는 저잣바닥이야말로 천하고 추해서 나처럼 아름다운 도를 구하는 자가 기웃거릴 데가 아니었던 것이다.

나는 끙 소리가 나게 무릎에 힘을 주면서 몸을 일으켰다. 오랫동안 쪼그리고 앉아 가없는 망상번뇌에 시달렸던 터이므로 오금이 저리고 어지럼증이 일어나서 아무 데서나 쓰러져 잠들고 싶었다.

어느덧 날은 완연히 어두워서 지척을 분간하기 어려운데, 산협(山峽)의 이곳저곳에서는 고독하고 굶주린 금수들의 울부짖음이 가득하여서 진인의 친견은 고사하고 잘못하면 심산의 무주고혼(無住孤魂)이 될 판이었다. 나는 떨리는 목소리로 보살의 명호를 읊조리면서 바랑끈을 죄고 신들메를 고쳐 매었다. 그리고 나뭇가지를 헤치며 앞으로 나아갔다.

그렇게 엎어지며 자빠지며 길을 찾아 얼마인가를 정신없이 헤매고 있을 때, 저만큼 앞쪽에 일 점 불빛이 보이는 게 아닌가. 불빛으로 보아 인가임이 틀림없었는데 이 깊은 산중에서 인가라면 일지 진인의 처소일시 분명하였다. 나는 한달음에 뛰어 그곳으로 갔다.

그곳은 금점꾼이나 심마니들이 하룻밤 우로(雨露)를 피하는 초막이었는데, 그곳에는 한 늙은이가 가물거리는 송진불 아래서 이를 잡고 있었다. 그 늙은이는 삭정이처럼 야윈 몸매에다가 입성은 남루하였으며 찌그러진 눈가에는 눈곱이 잔뜩 끼어 있어 한눈에도 무리에서 뒤처진 각설이가 분명하였다.

진인을 찾아온 터수에 나는 그만 만정이 떨어져서 그냥 와선(臥禪)이나 할까 하다가 그래도 한마디 던져보지 않을 수 없었다.

노인장은 혹 일지라는 진인의 함자를 들어보았소?

그 늙은이는 그러나 귀가 먹었는지 응구대척이 없이 딱딱 소리가 나게 이를 눌러 죽이는 일에만 골몰할 뿐이었다.

그러면 그렇지 네깟것이 거룩한 진인의 함자를 들어봤을 리가 있겠느냐.

속으로 생각하며 나는 늙은이를 무시하고 눈을 감았다. 그리고 습관대로 와선 전의 독경(讀經)을 시작하였다.

수리수리 마하수리 수수리 사바하 오방내외 안위제신진언…….

거 시끄러워서 어디 잠을 잘 수 있나. 염불을 하려거든 심중으로 할 것이지, 꼭 입으로 소리를 내서 남의 잠을 방해해야만 되겠소.

늙은이가 화증을 내는 바람에 눈을 떠보니, 어느 틈에 송진불은 꺼져 있었고 늙은이의 코고는 소리가 요란하였다.

벌써 한철을 두고 저잣거리며 산간을 헤매느라 온 삭신이 다 노곤하여 깜박 늦잠이 들었던 모양이었다. 눈을 떠보니 벌써 해가 중천에 걸렸는데 늙은이는 보이지 않았다. 나는 바랑 속의 미싯가루로 요기를 하고 신들메를 단단히 쥔 다음 막막한 심정으로 첩첩한 앞산을 바라보았다. 그렇게 또 하루가 가고 벌써 또 날은 밝았는데, 어디로 가나. 어디로 가서 진인을 만나나. 그러나 어디로든 또 가야 할 것이었다.

돌멩이를 얹어놓은 듯 무거운 마음으로 초막을 뒤로 하는데 대사, 대사, 하고 부르는 소리가 났다. 나는 선 채로 고개만 돌렸는데, 그 늙은이였다. 웬일인지 그 늙은이는 히죽히죽 웃고 있었다.

진인을 찾으신다고?

나는 고개만 끄덕여주었는데 갑자기 늙은이가 박장대소를 하였다. 그리고 그 늙은이는 가엾다는 듯이 내 어깨를 토닥여주었던 것이다.

이 미련방퉁이 같은 자야. 뭐 진인을 찾는다고?

그렇소.

나는 올곧지 않게 대답했고 늙은이는 츳츳 혀를 찼다. 그리고 후유 하고 장탄식을 내어뿜었다.

진실로 진인이 진인이랄 것 같으면 세상에 할일이 태산 같은 터수에 산간에서 이나 잡고 있겠는가.

순간, 나는 명치께를 짓누르고 있던 돌덩어리가 쑥 내려가면서 갑자기 천지가 환해지는 느낌을 받았다.

나는 서둘러 하산(下山)을 재촉하였다. 늙은이의 한마디에 몰록 깨달음을 얻은 때문이었다. 깨달음이라고 하지만 실은 지극히 당연한 것이었다. 산을 내려가야 한다는 것이었다. 산을 내려가서 천하고 추한 저잣거리의 중생들과 함께 살을 섞어야 한다는 것이었다. 보리와 번뇌가 본래 둘이 아니며 예토(穢土)와 정토(淨土)가 본래 둘로 나뉘어진 별세계가 아니라는 여래(如來)의 말씀이 진실로 진언(眞言)인 것일진대, 팔풍오욕(八風五慾) 속에 끝없이 윤회(輪廻)하는 이 예토를 여의고는 다른 어느 곳에서도 정토를 구할 수가 없을 것이었다. 유녀의 말대로 천한 계집들이 단지 연명을 위하여 살을 파는 저자의 청루가 바로 지옥인 것이라면, 그 지옥의 살림살이를 스스로 겪어보아야 할 것이었다. 아울러 진인을 만나고 안 만나고 또는 내게 귀중한 깨달음을 준 그 늙은이가 내가 그토록 기를 쓰고 찾아 헤매었던 진인의 화현(化現)이었는지의 여부 또한 아무런 상관도 없을 것이었다.

글쎄, 이런 것도 감히 깨달음이라고 할 수 있을는지……

등(燈)

　나는 그해 사월 초파일을 대복사(大福寺)에서 보냈다. 내가 깊
은 산속의 선방(禪房)을 내려와 대도시의 근교에 있는 그 유명한
절을 찾았던 것은 그러니까 초파일을 한 달쯤 앞둔 어느 날 저녁 무
렵이었다.

　내가 그 절을 찾게 된 것은 그러나 전혀 내 본의가 아니었다. 내
가 겨울 안거(安居)를 보냈던 곳은 나라 안에서도 첫손에 꼽히는
선도량(禪道場)인 ㅎ사(寺)였고, 그곳에는 백여 명의 눈 푸른 납
자(衲子)들이 모여 저마다 풀어야 할 숙제인 화두(話頭) 하나씩을
끌어안고 신음하고 있었으며, 그들의 뒷자리에 끼어들었던 나는 그
리고 그 겨울 안에 결단코 화두를 깨우쳐 생사일대사(生死一大事)
를 해결하고야 말겠다는 독한 마음으로 장좌불와(長坐不臥)를 하
였던 것인데, 안거를 끝내기도 전에 나는 그만 쓰러져버리고 말았
던 것이다.

진맥을 한 한의(漢醫)의 말로는 허로(虛勞)라고 했다. 쉽게 말하자면 결핵 초기라는 것이었다. 그 병에는 안정과 섭생이 무엇보다도 중요하다고 했는데, 안정이야 잠시 가부좌를 해제하고 뒷방에 누워 지내면 될 것이었고, 문제는 섭생이었다. 다시 말해 섭생이란 한 서너 달 어육(魚肉)을 장복하라는 거였는데 그때만 해도 비구승의 자존심이 시퍼렇던 때였는지라 단호하게 거부하고 쓰게 웃으며 일어서는 내게 그 한의는 노련하게 웃으며 보약을 먹을 것을 권해왔다. 자기가 지어주는 보약 한 제만 먹으면 장담코 건강을 회복할 것이라고 했는데 그 약값이란 게 그러나 엄청난 액수여서 일의일발(一衣一鉢)에 바랑 하나밖에 가진 게 없는 누더기 운수(雲水)로서는 요컨대 마음을 독하게 먹는 도리밖에 없었다.

몸이 약해졌다는 것은 마음이 약해졌다는 것의 뚜렷한 증명일 것이며, 조실(祖室)스님의 말씀대로 그것은 화두를 확실하게 붙잡고 있지 못하기 때문에 일어나는 병통일 것이었다. 그래서 나는 정진(精進)으로 병을 이겨볼 작정을 하고 전보다 더 무섭게 화두에 매달렸던 것인데, 결과는 병세의 악화였다. 요컨대 나는 중생(衆生)이었고, 그것도 철저하게 무력(無力)한 중생이었으며, 병든 자에게 있어 진리의 말씀이란 그리하여 찬물 한 모금의 영험(靈驗)도 못되는 바람 소리가 아닌가.

그렇게 선방을 내려온 나는 면식 있는 사찰을 전전하며 약값을 구걸하는 참혹한 몰골이 되고 말았던 것이었다. 부처가 되겠다고 산에 들어간 지 육 년, 내 나이 스물다섯 살 때였다.

저만큼 산중턱으로 대복사의 우람한 모습이 눈에 들어왔다. 그리 높지 않은 그 산은 나무보다도 바위가 많은 악산(惡山)이었는데 그 절의 주위만큼은 제법 수림이 울창하였다. 멀리서도 날아갈 듯 높다라니 솟아 있는 팔작집 금박 단청이 기우는 햇살을 받아 눈부셨고, 절을 중심으로 한 산마루 여기저기로는 알록달록하게 색칠된 돈 많은 사람들의 별장이며 산장이 마치 동화 속에서나 나올 듯싶게 앙증맞아 보였다. 매끄럽게 포장된 이차선 도로가 산마루를 향하여 뻗어 있는데, 그대로 거침없이 올라가서 절마당이며 산장까지 닿게 되는 모양이었다. 길 좌우로는 나무 하나 없이 벌건 등성이가 밋밋하게 이어져 있었고 그곳에는 더럽고 초라한 판잣집들이 굴껍데기처럼 다닥다닥 늘어붙어 있었다. 판잣집이 끝나는 곳에서부터 갑자기 나무가 우거졌고 거기서부터가 말하자면 정식으로 산인 셈이었다. 길가의 여기저기에서는 봄놀이 나온 부녀자들의 니나노 소리가 낭자하였고, 산을 내려오는 등산복 차림의 남녀들이며 이따금 귀부인을 태운 승용차가 미끄러지듯 소리 없이 산으로 올라가고 있었다.

나는 공양 시간에 대기 위하여 잰걸음을 놀렸다. 버스에서 내려 벌써 한참을 걸었으므로 사지가 노곤해오면서 이마에 찬땀이 솟았고, 등을 찍어 누르는 바랑의 무게가 천 근이나 되는 듯 힘겨워서 나는 자주 긴 숨을 내쉬어야 했다. 빨리 가서 저녁 먹고 객실(客室)에 누워야지…… 나는 바랑끈을 잡은 손에 힘을 주었다.

병세는 그저 그랬다. 오전에 반짝 힘이 나는가 싶다가도 오후에 들어서면 미열이 왔고 삭신이 노곤해지면서 도무지 손가락 하나 까딱하기 싫은 무력증에 빠져드는 것이었다. 바짝 서둘러서 투약(投藥)을 하고 맘먹고 몸조리를 한다면 금방이라도 자리를 털고 일어설 수 있을 것 같았는데 웬일인지 서둘러지지가 않았다. 핑계야 물론 돈이 없고 마음 놓고 육신을 눕힐 수 있는 공간이 없다는 거였지만 어쩌면 나는 그때 적당히 불건강한 상태를 즐기고 있었던 것은 아니었는지…… 병들었다는 것은 얼마나 근사한 휴식인가. 몸이 약해지면 마음 또한 약해지는 것일까. 나는 언뜻 화두고 뭐고 다 포기하고 그저 수더분한 여자 하나 골라서 저자에 묻혀 그렇게 평범하게 살고 싶다는 나약한 생각이 들기도 하였다. 피안(彼岸)은 참으로 멀고 먼 데 있었으며 무엇보다도 나는 나 자신에게 깊이 절망하고 있었던 것이다. 도로(徒勞).

나는 힘껏 머리를 흔들고 나서 서둘러 걸음을 재촉하였다. 나는 다시 시작하리라. 그러기 위해서는 우선 튼튼한 몸을 만들어야 할 것이었다. 대복사는 신도수가 물경 십만에 일 년 수입이 삼억이 넘으며 초파일 하루 수입만 해도 기천만 원에 달한다는 소문이었다. 화두 하나 끌어안고 뒹구는 납자들이야 물론 그런 것에 추호의 관심도 없었지만, 나처럼 육신이 병들어 정신까지 약해진 떠돌이 객승(客僧)들 사이에서는 그런 소문은 달콤한 환상이 되어 떠돌아다녔던 것이었다. 대복사야말로 병들고 지친 자들에게 있어서 서방정토(西方淨土)가 아닌가. 내가 대복사를 점찍은 데는 나름대로 믿는 바가 있었던 때문이었다. 그 절에서는 도무지 자기 문중(門中)의 승려가 아니면 방부(榜付)를 받지 않는다고 했는데 다만 염불 잘하는 승려만은 예외라는 것이었고 그리고 나는 염불에는 자신이 있었던 것이다. 선방에 들어가면서부터 목탁을 놓아서 그렇지 내 염불이라면 날고 긴다는 대처승 어산(魚山)들도 한몫 접어주었던 터였다. 내가 평범하게 일자로 두드리는 목탁 소리에도 사람들은 신묘한 가락이 들어 있다 하였고 내가 지그시 눈을 감고 염불 한자락을 펼쳐보이면 사람들은 까닭 모를 비감(悲感)에 젖어 문득 눈물이 나온다 하였다. 그 절의 부처님은 영험이 신통하기로 나라 안에서도 손꼽힌다 하였고 그래서 끝없이 밀려드는 불공 손님을 위하여 염불 잘하는 승려의 절대수가 언제나 부족하다고 하였다. 몸이 약해져서 큰 불공이야 못 하지만 간단한 예식(禮式)쯤이야 미끄럽게 해올릴 자신이 내게는 있었다. 안 된다고 하면 초파일 연등이나 만

들어줘도 약값이야 얻을 수 있으리라는 교활한 계산이었다.

낙관적인 상념에 젖다보니 입 안에 침이 마르면서 견딜 수 없는 갈증이 엄습해왔다. 나는 눈에 띄는 길 옆의 송방으로 들어가 사이다를 시켰다.

"면이 없는데…… 복절 가시우?"

빨대를 내밀며 쥔노파가 물어왔다. 나는 빨대를 사양하고 병나발을 불며 고개를 끄덕여주었다. 사이다는 미지근했지만 그런대로 해갈이 되었다. 노파가 다시 물어왔다.

"어디서 오시우?"

노파의 시선이 내 누더기 승복에 쏠리는 것을 의식하며 나는 막연하게

"저어기……."

라고 말했다.

"산속에서 오는구만."

노파가 혼잣말처럼 중얼거렸다. 나는 웃음이 나왔다. 산에 있는 절 찾아가는 중더러 산에서 온다고 하다니…… 노파가 다시 중얼거렸다.

"아따 인저 누데기 스님 보기도 어렵다니까. 세상이 개명해서 시방은 기지옷에 가죽신 신고……."

문득 얼굴이 뜨거워짐을 느끼며 나는 얼른 병모가지를 입에 박았다. 내가 진실로 부끄러워하는 것은 그러나 껍데기로만 개명해버린 도회지의 승려들이 아니라 백결(百結) 천결(千結)로 기워진 누더기 승복에 값하지 못하는 내 엉터리 중 노릇이었다. 남루한 누더기를 걸친 내 겉모습만을 보고 노파는 나를 진실한 중으로 짐작하는 모양이었는데, 천만에. 수도(修道)합네 하는 핑계로 또는 병이 들었다는 핑계로 이 절 저 절 떠돌아다니며 시줏돈을 구걸하는 나야

말로 가승(假僧)이 아니고 무엇이랴. 나는 서둘러 병을 비웠다. 그 때 종소리가 들려왔다. 저녁 쇠종이었다. 공양 시간은 벌써 지나가 버린 것이었다. 나는 나일론 실로 엮은 그물의자에 털썩 주저앉아 버렸다.

"뭣 좀 요기할 게 없을까요?"

노파가 이상하다는 얼굴로 나를 바라보았다.

"왜, 절에 가서 자시지."

"절 밑에 사시면서 비구승 불비시식(不非時食)도 모르십니까?"

그럴 기분은 아니었지만 농을 던지면서 나는 삼립빵 두 개와 목장우유 한 병을 시켰다. 식욕은 별로 없었지만 간단하게라도 요기를 하고 올라가는 게 객승 된 자의 예의일 것이었다. 산중 절에서야 오밤중에도 객승을 위하여 국수를 삶는 다순 인정이 있지만 모든 것이 바쁘게 돌아가는 대처의 절에서야 그런 인정을 바라는 게 차라리 실례였던 것이다.

두 개째의 빵을 반쯤 먹었을 때 나는 문득 이마가 섬뜩해옴을 느꼈다. 고개를 들다 말고 나는 하마터면 손에 들고 있었던 빵을 떨어뜨릴 뻔하였다. 저만큼 떨어진 길가에서 어떤 노인이 나를 노려보고 있었다. 그 노인은 방분(放糞)하는 자세로 쪼그리고 앉아 나를 쏘아보고 있었는데 잘 벼린 비수의 날처럼 타는 듯 날카로운 눈빛이었다. 그 노인의 눈빛에는 그리고 뭐랄까, 어떤 강렬한 적의(敵意)가 담겨져 있는 듯하였다. 까닭모를 전율이 등골을 타고 흐르면서 빵을 잡고 있던 손가락 끝이 가늘게 흔들렸다. 참으로 기이한 일이었다. 스포츠형으로 바짝 치어 깎은 노인의 머리칼은 희끗희끗한 반백의 은발이었고 물들인 검정색 작업복 차림의 추레한 모습이었는데 물론 처음 보는 얼굴이었다. 어떤 알 수 없는 두려움으로 가슴이 벌렁거려서 내가 먼저 시선을 거두었고 노인의 시선도 이내 허

공으로 옮겨졌으며 손가락 사이에 끼워져 있던 짧은 꽁초가 노인의
입으로 들어간 것과 내 입으로 우윳병이 들어간 것은 모두 잠깐 사
이에 일어난 일이었다. 종소리가 점점 가늘어지고 있었다.

종소리는 자지러지는 소리로 낮게 흐느끼며 천천히 땅 위로 잦아
들고 있었다. 갑자기 산그늘이 내려오면서 생각난 듯이 놀이 깔렸
다. 이제 목탁 소리가 들려오고 그리고 어둠이 밀려올 것이었다.

나는 서둘러 셈을 치른 다음 송방을 나왔다. 노인의 곁을 지나가
면서 슬쩍 고개를 돌려봤는데 노인은 여전히 방분하는 자세로 쪼
그리고 앉아 허공을 바라보고 있었다. 놀이 비낀 노인의 옆얼굴이
술취한 듯 붉었다. 그 노인은 든든하게 저녁을 먹고 나서 바람을
쐬러 나왔다가 지는 놀을 바라보며 문득 생의 허망함을 생각하고
있는 듯한 추연한 모습이었다. 날카로운 적의는 어디에도 보이지
않았다.

나는 잰걸음으로 노인의 곁을 지나쳤는데 이상하게도 다시 뒤통
수가 서늘해짐을 느꼈다. 나는 달렸다. 한참을 달리다 보니 숨이 턱
에 차면서 걷잡을 수 없이 기침이 터져나왔다. 나는 그 자리에 쪼그
리고 앉아 한참을 진정한 끝에 간신히 숨길을 잡을 수 있었다.

대복사는 지는 놀 속에 조는 듯 잠겨 있었다. 지객(知客)을 찾아
객승의 인사를 하고 주지(住持)스님께 인사드리겠다고 했더니 외
출중이라고 했다.

새로 칠한 듯 니스 냄새가 싸아한 객실에 선참자는 없었다. 나는
승려증을 보여준 다음 객승일지에 인적사항을 적었다. "편히 쉬십
시오"라는 말을 남기고 지객이 나갔다. 나는 양말도 벗지 않은 채
그대로 누웠다. 물 먹은 솜처럼 온몸이 나른했는데 이상하게도 정
신만은 물로 씻은 듯 맑았다. 언제나 그렇듯이 아는 사람이 없는 낯
선 곳에서의 잠자리는 늘 불편하였다. 나는 결국 혼자였고 혼자라

는 것을 투철하게 인식하고 있는 비구승이었지만 썰렁한 객실 안에
누우면 늘 새삼스럽게 외로웠다. 사람들은 언제나 자기들끼리만 웃
고 떠들었다. 한군데서 뿌리박고 살고 싶었다. 잠깐 그런 생각이 들
었다. 안주(安住). 나는 잠 못 이루고 몸을 뒤채었다. ……내일도
다시 태양이 뜨겠지. 새벽이 도둑처럼 찾아오면 어김없이 종이 울
리고, 새들이 높이 떠서 지저귀고, 그리고 또 아침이 오겠지. 열반
(涅槃)은 아직도 먼데, 아아 나는 그렇게 늙고 병들어 죽어가겠지.
중생(衆生).

　뜻밖에도 방부는 쉽게 결정되었다. 전혀 기대하지 않았던 행운이
어서 언뜻 실감이 나지 않았다. 내가 그 절의 객실에 머무른 지 사
흘 만에 인사를 드리게 된 주지는 물론 완곡하게 방부를 사절하였
고 나 또한 전혀 기대하지 않았던 것이어서 잠시 우울했을 뿐 불만
은 없었다. 원칙적으로 객승은 사흘 이상을 객실에 머무를 수 없는
게 사찰의 규칙이었다. 나는 주지에게 사정을 얘기하고 약값을 보
시(布施)받을까 하다가 도무지 긴 이야기를 늘어놓는다는 게 짜증
스러워서 그만두고 객실로 가 바랑끈을 죄는데 지객이 왔다. 몇 푼
의 차비가 든 봉투를 내밀며

　"편히 가십시오."

하고 의례적인 한마디를 던져올 것이었다.

　"가시게요?"

　지객이 말하였다. 내 또래의 승려였는데 대처의 승려답지 않게
뜻밖에도 눈이 맑았다. 나는 몇 번 바랑을 추슬러 등을 편하게 한
다음 합장(合掌)을 하였다.

　"잘 쉬었습니다."

　"어디로 가십니까?"

　"글쎄요……."

나는 머뭇거렸고 지객이 말하였다.

"뭣하시면 여기 사시죠."

"방부가…… 곤란하다던데요."

지객이 똑바로 나를 바라보았다.

"수좌(首坐) 스님이시지요?"

나는 더듬거렸다.

"어, 업만…… 짓고 있습니다."

지객은 잠깐 무엇인가를 생각하는 표정이더니

"염불 할 줄 아십니까?"

하고 물어왔다.

"염불이라면……."

"예식 말입니다. 여긴 도깨비들이 많아요."

나는 빙긋 웃음을 보였다.

"탁잣밥이야 내려먹을 줄 알지요."

"됐습니다. 여기 사세요. 제가 우리 스님께 말씀드릴께요."

나는 일면식도 없는 그 승려의 호의가 고마워서 콧마루가 찡해 왔는데 지객이 문득 결연한 어조로 말하였다.

"전 선방으로 갈 작정입니다. 진짜 중 노릇 한번 해봐야겠어요."

울적해 하는 나를 의식했던지 그는 이렇게 덧붙였다.

"약값은 충분히 나올 겁니다."

그날부터 나는 대복사의 대중(大衆)이 되었다. 그리고 목탁 노동자. 사시마지(巳時摩旨)를 올리는 내 염불 소리를 들은 주지는 매우 흡족해 하면서 산신각(山神閣)을 내게 맡겨 주었다.

목탁 노동자에서 문득 몸을 일으켜 선방으로 떠난 그 승려의 말대로 그 절의 신도들은 도깨비였다. 내가 상단(上壇) 불공을 올리기 위하여 천수(千手)를 쳤을 때 줄줄이 따라 하는 것이야 놀랄 게 못 되었지만 슬그머니 일반 불공 때 잘 안 쓰는 어려운 다라니(陀羅尼)를 치는데도 막힘없이 따라오는 데는 이것 봐라 싶었다. 도깨비란 절에 살다시피 하는 열성 신도를 일컫는 승려들 사이의 변말이었는데 그 여자들은 참선까지도 입으로만 하는 것이라면 막힘이 없어서 어지간한 승려는 뺨 맞고 물러서기 십상이었고 특히 염불의 경우에는 조금만 시원찮다 싶으면 어떻게든 트집을 잡아 쫓아버리고는 하는, 말하자면 프로 불공꾼들이었다. 데뷔전을 치르는 권투선수처럼 잔뜩 긴장한 나는 천천히 목탁을 들어올렸다. 자꾸만 터져 나오려는 잔기침을 가부좌 튼 발꿈치로 분문(糞門)을 눌러 막으면서 예식을 끝냈을 때 그 여자들은 다투어 내 염불 솜씨를 칭송하였다.

"아이구 스님, 초성 한번 구성지네. 어쩜 그리 슬프게도 하실까. 우리 대복사 절에 인제 진짜 스님 한 분 오셨네."

나는 쓰게 웃으며 법당을 나왔다. 그때도 그랬다. 한번은 내가 공양간 아궁이 앞에 쭈그리고 앉아 부지깽이로 땅바닥을 두들겨 장단을 맞추면서 장엄염불(莊嚴念佛) 한자락을 펼치는데 뒤에서 누군가 쿨쩍거리는 소리가 들려왔던 것이다. 채공(茱供)보살이었는데 그 여자는 치맛귀로 눈께를 찍어내며 중얼거렸다.

"슬퍼유, 공연시리 슬퍼져유. 스님 염불 소리를 듣고 있노라면 위째서 눈물이 나는 건지 물르것유."

그때 나는 소스라치게 놀라며 문득 깨달을 수 있었던 것이었다. 사람들의 슬픔을 달래주는 것이 승려된 자의 도리일진대 오히려 삿된 음성으로 사람들의 마음을 단지 슬픔에 젖게 할 뿐이라면 그것은 차라리 죄악일 수 있다는 것을. 입으로만 부처님의 이름을 부르는 것은 거짓 염불이며 부처님의 마음을 생각하여 나의 마음으로 하고 부처님의 행(行)을 생각하여 나도 그대로 행하는 것이 참다운 염불이라는 것을. 나는 목탁을 집어던지고 선방으로 갔던 것이었다.

대복사에는 상주(常住)하는 대중만도 서른 명이 넘었고 그리고 소문대로 그 절은 기름졌다. 아니 기름진 정도가 아니라 객승 사회의 문자로 숫제 달러박스라고 함이 옳았다. 그 절은 참으로 살기 좋은 안락국(安樂國)이어서 굳이 서방정토에를 가고자 무릎이 닳도록 꿇어 엎드려 절하며 목쉰 소리로 아미타불(阿彌陀佛)을 부를 필요가 없을 듯하였다. 도깨비들은 다투어 내 방을 찾아와 그 신묘한 가락과 눈물이 나도록 슬픈 음악을 들려주는 자의 얼굴을 보자 하였고 아울러 목이 쉬면 큰일이라며 박카스며 인삼넥타에다 로얄제리 따위를 끝없이 디밀어주었다. 은밀하게 부탁만 한다면 날계란이며 갖은 양념으로 다진 화육(火肉)까지도 찬합에 담겨 들어올 듯싶었다. 일개 목탁 노동자에 지나지 않는 나를 대하는 저들의 신심(信心)이 그러할진대 나의 방부를 결정할 권한을 쥐고 있는 이들에게 향할 그 여자들의 신심이 얼마나 도타울 것인가는 미루어 짐작하기 어렵지 않을 것이었다.

그들은 물론 동지섣달에도 런닝 바람으로 살 만큼 충분히 절륜한 정력을 자랑하였고, 얼굴은 부처님처럼 둥글고 원만하였으며, 두 뺨에는 언제나 발그레 홍조를 띠었는데 입가에는 또 늘 보일 듯 말 듯 부처님의 그것처럼 불가사의한 미소가 어려 있었다. 지금도 마찬가지지만 나는 살찌고 혈색 좋은 사람들을 특별히 증오하는 편은 아니지만 또 미치게 좋아하는 편도 아니다. 평등(平等).

나는 잘 먹었고 그 여자들이 던져주는 팁을 모아 비싼 약도 사먹으면서 잘 살았는데 웬일인지 건강은 호전되지 않았다. 그렇다고 더 나빠지는 것도 아니었다. 외로운 자에게는 병 또한 동무일 수 있는 것일까. 뚜렷한 이유도 없이 잠을 못 이뤘고 어쩌다 잠이 들면 울부짖으며 달려드는 승냥이떼에 시달렸으며 충혈된 눈을 비비며 염불을 하고 나서는 목탁을 놓기 바쁘게 산신각 뒤에 붙은 내 처소(處所)에 쓰러져 죽음 같은 가수(假睡)에 빠지고는 하였다.

나는 산신각 뒷길로 해서 숲속으로 들어갔다. 산의 곳곳에는 섬뻑 베여진 생채기처럼 진달래며 산철쭉이 핏빛으로 흐드러지고 있었다. 이제 초파일이 며칠 남지 않았고 그렇게 또 봄은 갈 모양이었다.

대복사에서는 벌써 여러 달 전부터 연등 만들기에 정신이 없었다. 주로 신도들이며 신도들의 여식들이 와서 일당을 받고 등을 만들었는데 그 방에서는 언제나 진달래 꽃잎 같은 웃음소리가 만발하였다. 부처님 이야기가 물론 대종을 이루었지만 그 여자들은 저잣거리의 이야기며 저잣거리에서 살고 있는 중생들의 팔만사천 가지 삶의 양태에 대하여 방앗간의 새떼처럼 쩝고 까불어쌓는 것이어서 어쩌다 그 방에 들어갔던 나는 벌겋게 얼굴을 물들인 채 도망치듯 그곳을 나와야 했다. 그 여자들이 그렇게 만드는 등을 가지고는 그러나 초파일 밤의 연등 행사에 어림도 없이 모자란다 하였는데 그 모자라는 등은 전속계약을 맺은 등공장에서 트럭으로 실어 나른다 하였다.

그 절의 신도들은 대강 세 동아리로 구분되는 것 같았다. 당장 먹고 살기에 바쁜 빈민층의 사람들은 진실로 부처님의 가르침을 배우고자 하여도 시줏돈이며 으리으리하게 꾸며진 그 절의 겉모습에 주눅이 들어 안으로 들어오지 못하였고, 죽는 소리를 하지만 그래도 돈푼이나마 나툴 여유가 있는 서민층이 제일 밑을 이루었으며, 그 위로 중산층과 부유층이 피라밋의 형태를 이루고 있었다. 부유층의 위에는 또 등 하나에 기백만 원씩을 시주하는 극부유층이 있다 하였다. 모모하는 재벌들의 안방마님이며 작은댁들이라 하였는데 그 여자들이 직접 절까지 오는 경우는 드물고 은밀히 승용차를 보내어 주지스님을 모셔다가 수표를 건넨다 하였다.

내가 기도를 맡은 보살은 그저 보통의 부자인 듯싶었다. 그 여자는 백일기도의 입재(入齋)날 잠깐 얼굴을 내밀었다가 이내 내려갔는데 기도의 목적을 따로 밝히지 않고 그저 재수기도라고만 말하였다. 대주(大主)인 바깥양반이 커다란 사업을 하는데 재수(財數), 그러니까 풀어 말해서 재물의 운수가 대통하게끔 산신님께 빌어달라는 얘기였다.

"스님만 믿수. 잘 좀 해줘요."

그 여자는 칼날처럼 시퍼런 지전을 내 손에 쥐여주며 등을 두드렸다.

"부탁허우. 기도만 성취되면 내 따로 인사를 하겠수."

나는 깨어지라고 힘껏 목탁을 두드리며 목이 찢어지라고 힘껏 산왕대신(山王大神)을 불렀다.

나는 숲 사이로 가느다랗게 뚫린 소로를 따라가다가 골짜기를 타고 밑으로 내려갔다. 그곳에는 둥치가 실한 참나무가 한 그루 서 있었고 저만큼 아래쪽으로 한눈에 산장이 들어왔다. 나는 나무에 등을 기대고 다리를 뻗었다. 붉은 지붕에 흰 벽을 두른 산장은 장난감처럼 앙증스러워 보였다. 그곳의 베란다에는 널따란 흔들의자가 놓여 있었는데 파이프를 입에 문 신사와 분홍색 홈웨어를 걸친 숙녀가 나란히 앉아 사금(沙金)처럼 쏟아져내리는 봄날 하오의 햇빛을 쐬고 있었다. 주말을 즐기러 온 행복한 부부로는 웬일인지 생각되지 않았고 잠시 사람들의 눈을 피하여 불장난을 벌이는 불륜의 남녀로 보였다. 남자가 뭐라고 말하는 듯하였는데 여자가 남자의 어깨를 쥐어박는 시늉을 하였다. 두 사람은 똑같이 웃음을 터뜨렸고 남자의 한 팔이 여자의 허리에 둘러졌다. 여자의 상체가 남자의 품으로 기울어지면서 두 사람의 얼굴이 하나로 포개어졌다. 의자가 크게 출렁였다가 조금씩 흔들림이 약해지고 있었다. 한참 만에 두 사람의 얼굴이 떨어졌는데 마치 외국 영화의 한 장면을 보는 것 같았다.

나는 눈을 감았다. 발바닥이 간질간질해지면서 사지가 노곤해 오는 것이 또 미열이 시작될 모양이었다. 나는 깜박 졸았던 것 같았다.

짧은 꿈속에서 나는 연애를 하였다. 양복을 입고 장발을 휘날리면서 밤저자의 불빛 아래를 싸돌아다녔다. 아름다운 여인이 화사하게 웃으며 다가오더니 내 손을 잡았다. 우리는 은은한 색조명 아래서 글라스를 부딪쳤고 다른 나라 사람들이 연애하고 결혼하는 영화를 보았고 기름진 요리를 먹고 커피를 마셨다. 장면이 바뀌어서 나는 혼자였다. 여인은 저만큼 앞쪽에서 어서 오라고 내게 손짓했는데 아무리 기를 쓰고 쫓아가도 도무지 거리가 좁혀지지 않는 것이었다. 쓸쓸했다. 그 쓸쓸함을 잊기 위하여 나는 자위(自慰)를 했고 그리고 사정을 하였다. 눈을 떠보니 나무그늘이 어느새 발치를 덮고 있었다. 식은땀이 흘렀고 아랫도리가 불쾌하게 끈적거렸으며 그리고 아아 무엇보다도 나는 죽고 싶었다. 절망.

베란다의 남녀는 이제 다정스레 머리를 맞대고 있었다. 정근(精勤)을 해야 될 시간이었다.

나는 절 쪽을 향하여 몇 발자국 걸어가다가 문득 걸음을 멈추고 말았다. 어떤 자가 저만큼 떨어진 앞쪽에서 타는 듯 날카로운 시선으로 나를 쏘아보고 있었던 것이다. 그 노인이었다. 섬뜩한 기분이 들면서 부르르 몸이 떨려와서 나는 짐짓 크게 소리쳤다.

"누구요…… 누구십니까?"

노인이 씩 웃었다. 한쪽 입꼬리가 위쪽으로 말려 올라가는 기분

나쁜 웃음이었다. 나는 단전(丹田)에 힘을 주면서 다시 소리쳤다.

"누구세요…… 누구십니까?"

위쪽으로 말려 올라갔던 노인의 입꼬리가 다시 밑으로 내려왔다. 노인이 천천히 오른팔을 들어올리더니 어깨와 수평이 되게 뻗었다. 노인의 팔은 나를 가리키고 있었는데 팔끝에서 무엇인가 번쩍 빛났다. 갑자기 노인의 팔이 머리 위로 올라갔다.

"비켜!"

뜻밖에도 굵고 힘찬 목소리로 노인이 부르짖었다. 나는 급하게 몸을 틀어 옆으로 비켜섰다. 노인의 팔이 수직으로 빠르게 내리꽂히면서 바람을 가르는 쉿소리가 들려왔다. 번쩍 하면서 흰 빛[光] 한 줄기가 날아오더니 조금 전 내가 등을 기대고 있던 나무에 박혔다. 한 뼘 크기의 짤막한 비수였는데 칼자루가 파르르 경련하고 있었다.

나는 도무지 가슴이 벌렁거리고 입 안이 깔깔해와서 자꾸 마른침만 삼키고 있는데 노인이 천천히 다가왔다. 그런데 노인이 걸음을 옮길 때마다 기우뚱기우뚱 한쪽 어깨가 표가 나게 땅 위로 기울어지고 있었다.

"관세으음보살."

나는 입 속으로 조그맣게 관세음보살을 불렀다. 그가 다리를 저는 불구자라는 사실이 우습게도 일단 나를 안심시켰던 것이다. 한 발 한 발 확인하듯 그렇게 천천히 걸어온 노인이 나무둥치에 깊숙이 박혀 있는 비수를 뽑아들었다. 그런데 노인이라고 생각했던 것은 전혀 나의 착각이었다. 그것은 전적으로 그의 흰 머리칼 때문이었다. 끌로 판 듯 깊게 골진 이마의 주름이며 귀 밑에서 턱으로 그어진 예리한 칼자국이 세상을 험하게 살아온 사람으로 보였을 뿐, 딱 바라진 어깨며 걷어올린 팔뚝의 근육이 팽팽해서 아직 장년을 넘어 보이지 않았다. 그는 검게 물들인 군용 작업복에 농구화를 신고 있어서 언뜻 된발음 나는 사투리를 쓰는 사나이를 연상시켰다.

사내가 비수를 잡고 있던 팔을 어깨 높이로 들어올렸다. 칼끝은 흔들의자에 비스듬히 누워 있는 산장의 남녀를 겨냥하고 있었다. 남자가 뭐라고 말하는 듯하였는데 여자가 주먹을 들어 남자의 어깨를 쥐어박는 시늉을 하였다. 두 사람은 똑같이 웃음을 터뜨렸고 남자의 한 팔이 여자의 허리에 둘러졌다. 여자의 상체가 남자의 품으로 기울어지면서 두 사람의 얼굴이 하나로 포개어졌다. 사내의 두 눈이 이상스런 적의로 번뜩이는가 싶더니 비수를 잡고 있던 팔이 머리 위로 올라갔다. 나는 생침을 꿀꺽 삼키면서 다급하게 소리쳤다.

"여보세요!"

사내의 고개가 내 쪽으로 비틀리면서 입꼬리가 위로 말려 올라갔다. 나는 헐떡거리면서 더듬거렸다.

"더, 던질 겁니까……."

말해놓고 나서 생각하니 쓸데없는 걱정이어서 숨이 가쁜 중에도 피식 웃음이 나왔다. 산장이 비록 한눈에 들어왔고 사내의 솜씨가 아무리 비상하다 해도 칼이 미치기에는 도저히 먼 거리였던 것이다. 웃음이 나온 김에 나는 사내에게 아무런 적의도 없다는 것을 보여주기 위해서 필요 이상으로 입가에 주름을 잡으며 웃었는데, 사내는 예의 입꼬리가 위로 말려 올라가는 기분 나쁜 미소를 보여줄 뿐이었다.

"처사님…… 아니 아저씨."

나는 조심스럽게 사내를 부르며 손마디를 꺾었다. 사내가 힐끗 나를 바라보며 짧게 말했다.

"가보슈."

"네?"

"가보란 말야. 찌그러져."

사내는 짜증스럽게 내뱉으며 치켜올렸던 팔을 내렸다. 나는 어떻게 해야 좋을지 몰라 주춤거리는데 사내가 선 자리에 털썩 주저앉으며 윗주머니에 손을 넣었다. 사내의 손에 피우다 꺼둔 꽁초가 잡혀 나왔고, 이내 불이 붙여졌다.

"처사님…… 아니 아저씨."

다급하게 담배를 빠는 사내의 얼굴이 몹시 울적해 보였다.

"괴로운 일이 있으신 것 같은데……."

나는 사내의 앞에 쭈그리고 앉았다.

"무슨…… 고민이 있으십니까?"

사내는 필터만 남은 꽁초를 땅에 비비며 씩 웃었다.

"왜요. 해결해주겠수?"

"해결이라기보다…… 말씀이나 나눠보자는."

"아아."

사내가 손을 들어 내 말을 잘랐다.

"지겹수다. 설교라면 이가 갈린다 이 말이오."

나는 어색하게 웃으며 두 손을 맞잡아 딱 소리가 나게 손마디를 꺾었다.

"설교는…… 저도 아무것도 몰라요. 그냥 아저씨와 얘기나 나눠보고 싶어서요."

사내가 잠시 물끄러미 나를 바라보더니 갑자기 상의를 들춰 올렸다.

"보슈."

"으."

나도 모르게 단음(單音)을 내뱉으며 나는 얼른 눈을 감았다. 사내는 런닝도 입지 않은 알배였는데, 배꼽으로부터 위쪽으로 한 뼘 가량이 온통 날카로운 무슨 연장으로 난도질을 친 듯 무수한 상흔 (傷痕)이 지렁이처럼 꿈틀거리고 있는 것이었다. 눈을 뜬 다음에도 나는 어디에 시선을 둬야 할지를 몰라 난감한 기분이었는데 웬일인지 사내가 빙글거렸다.

"나 빵잽이오."

"빵……."

"꽈자라면 알겠수? 학교, 교도소 말이우."

"아."

나는 다시 단음을 뱉으며 마른침을 삼켰다. 입 안에 침이 마르면서 극심한 갈증이 일어났다. 사내가 껄껄 웃어젖혔다.

"떨지 마슈. 댁에를 해칠 생각은 없으니까. 안심 푹 놓으시라 이 말이우. 아시겠소?"

나는 창피한 생각이 들어 얼굴이 뜨거워왔다.

"처사님…… 아니 아저씨."

"얘기하슈."

"함께 가시지요. 절에 가서 저녁 공양이나 드시면서."

사내가 다시 손을 들어 내 말을 잘랐다.

"절에 가면, 먹여주고 재워줍니까?"

"그럼요. 형편이 딱하시다면 도움을 드릴 수도 있지요."

사내의 입꼬리가 위쪽으로 말려 올라갔다.

"사기치지 마슈. 세상에서 공밥 주는 데는 빵밖에 없습디다."

"공밥이 아니에요. 일을 하면 되잖습니까. 절에서도 밥값 할 일은 얼마든지 있다구요."

"치우쇼."

사내가 건조하게 내뱉으며 윗주머니에 손을 넣었다. 담배를 찾는 모양이었는데 빈손이었다.

"니기미…… 강아지 쏠려 미치겠네."

사내는 두 손으로 무릎을 끌어안더니 무릎 사이에 머리를 박았다.

"이거 보세요, 아저씨."

나는 이제 완전히 긴장이 풀려서 조심스럽게 사내의 어깨를 잡고 흔들었다.

"이거 보세요, 절로 가시자니까요."

"놔요, 이거 노란 말야."

사내는 거칠게 어깨를 떨며 번쩍 고개를 처들었는데 눈자위가 붉게 충혈되어 있었다. 사내는 버릇처럼 빈 주머니를 뒤지다 말고 "니기미" 하고 내뱉었다.

"니기미…… 댁에 같은 사람이야 모르겠지. 대궐 같은 기와집에서 따뜻한 아랫목에 책상다리 틀고 앉아 할아버지나 찾고 있는 인물들이 나 같은 놈의 빽적지근한 세상살이를 알 리가 있겠수."

나를 바라보는 사내의 눈에 그러나 적의는 보이지 않았다. 나는 공연스레 죄 지은 기분이어서

"미안합니다."

하고 조그맣게 말했는데 사내는 산장 쪽으로 시선을 옮겼다. 베란다의 남녀는 방으로 들어갔는지 이제 보이지 않았다. 사내가 말하였다.

"비까번쩍하는 주제비 쫙 뽑아 입은 연놈들이 하꾸다이에 실려 턱하니 산장으루다 들어가는 걸 보면 미치겠수. 그치들에게 꼭 내 껄 뺏긴 것 같은 기분이 든다 이 말이우. 중들두 마찬가지 아뇨? 다 즈덜끼리, 밥 걱정 없고 골통에 먹물 든 놈들끼리 짝자꿍으로 해먹는 거 아뇨?"

무슨 말이든지 해야겠다고 생각하며 나는 입술에 침칠을 하였다.

"이거 보세요. 사람…… 사람이란 그러니까 누구나 똑같이 평등할 수 없는 겁니다. 이 세상에 똑같은 얼굴이 없듯이 사람은 누구나 다 전생에 지은 바 업에 따라 사는 거예요. 전생을 알고자 하거든 금생을 보고 내생을 알고자 하거든 역시 금생을 보라고 부처님께서도 말씀……."

사내가 힐끗 나를 바라보았다.

"웃기지 마슈. 지금 현실적으루 가난하게 사는 사람들은, 그럼 다 전생에 못된 짓을 저질렀다 이 말이우?"

"뭐 반드시 그렇다기보다…… 윤회란 게 그러니까."

사내가 손을 흔들었다.

"설교는 지겹시다. 식구통으로 썰푸는 치 치구 사기꾼 아닌 놈 없습디다."

나는 부처님의 말씀을 들려줄까 하였으나 도무지 자신이 없었다. 사내와 같은 거친 사람들의 열악(劣惡)한 삶에 대하여 전혀 아는 것이 없었을 뿐더러 생각해보니 먹고 사는 문제에 대하여 심각하게 생각해본 적이 한번도 없었던 때문이었다. 생활을 모르는 자로서 생활에 대하여 이야기를 한다는 것은 사내의 말대로 결국 사기가 되는 것일 뿐더러 당장 먹고 사는 문제가 절박한 자에게 진리의 말씀을 들려준다는 것 또한 진실로 진실 그것에 어긋나는 게 아니냐는 생각이 들었던 것이다. 그래서 나는 사내의 나이를 물어보는 것이 고작이었다.

"연세가 어떻게 되십니까?"

"연세라……."

사내가 씩 웃었다.

"점잖은 말씀 듣고보니 이거 뻐근허우. 그러니까, 양띠요. 을유

생."

"네……."

나는 고개를 끄덕이며 속으로 간지를 짚어보았다. 서른다섯 살이었다. 그러니까 나보다 열 살이 더 많은 셈이었다.

"그런데……."

나는 이해할 수 없다는 표정을 지었고 사내가 손바닥으로 자기의 머리털을 두드렸다.

"아, 똥털 말이우. 꼴통 죽인다고 뒷수정 차고 개밥 좀 씹었더니 이리 됐시다. 우주복 입고 일주일이면 손 안 드는 장사 없지…… 한 달을 버텼더니 결국 담당들이 손들더구먼. 그때부터 한수 봐줬지요. 잘 살았시다. 그땐 정말이지 노골적으루 사회 부자 부럽지 않았다 이거요."

사내는 눈꼬리를 가늘게 좁히면서 쩝 소리가 나게 입맛을 다셨다.

"개도 길렀지……."

"개라니요?"

"개도 모르쇼? 강아지 말요. 스피츠. 징역 안 깨져 심심해 못 살겠다고 빠갰더니 스피츠 한 마리 넣어주더구만. 심심풀이로 데리구 놀라며."

나는 사내의 말이 도무지 믿어지지가 않았다.

"아니, 교도소에서 개를 길러요?"

"개뿐인 줄 아쇼? 일단 혼모노 꼴통으루 인정받으면 징역 깨기 쉽지. 다 봐준다 이거요. 그러기 위해선 숱하게 까무라쳐야지. 징역 살[肉]이 덜 올랐을 때 한번은 깔창 깨가지고 배지 긁었던 적이 있는데……."

사내는 문득 부르르 진저리를 쳤다.

"햐, 진짜 독종이더구만. 뒷수정 채워 땅바닥에 뉘여놓고 소금을 쑤셔넣고 발로 비비는데…… 그건 또 약과요. 우주복이란 게 숨구멍만 뻥 뚫어놓고 머리끝에서 발끝까지 뒤집어씌우는 특수복인데, 사흘만 지나면 구데기가 나와요. 견디는 장사 없지. 두 달 만에 나오니까 똥털이 백발 됐습디다."

갑자기 사내가 빙글거렸다.

"내 별명이 뭐였는지 아쇼?"

나는 사내의 이야기며 터무니없는 웃음 따위가 전혀 납득되지 않아 멍하니 사내의 얼굴을 바라보는 수밖에 없었는데, 사내가 말을 이었다.

"부르스 박이우. 양쪽 허리 타진 가다마이 콤비로 뽑고 솜털처럼 부드러운 싸롱 구두 신은 발로 호텔 꼭대기 나이트 클럽서 디스코며 부르스를 야통으로 조졌다 이거요. 그때가 이몸에겐 잘 나가던 시절이었지……."

사내는 숫제 지그시 눈을 감았다.

"인기 좋았시다. 깃발 날렸지요. 부르스 박이라면 그 바닥에서 잔뼈가 굵었다는 제비들도 한수 접어줬다 이거요. 나이 지긋한 사모님들은 고고나 디스코 같은 격렬한 춤보다도 부르스나 지르박 같은 얌전한 춤을 좋아합디다. 부르스라면 끝내줬지요. 여북하면 부르스 박이겠수. 부르스란 묘해서 아무리 운동신경이 둔한 사모님이라도 일 분 안에 마스타할 수 있는 춤이니까 말요. 가만히 있기만 하면 된다 이거요. 왼손은 제비의 오른손을 잡고 오른손은 제비의 허리에 두르고 머리를 제비의 모가지 밑으로 틀어박고 그저 가만히 발만 슬슬 비벼대면 된다 이거요. 자 살과 살이, 튀어나오고 들어간 부분이 움직일 때마다 남의 살에 부딪쳐 흔들리는 기분이 어떻겠다는 것쯤은 댁에도 짐작할 수 있을 거요. 순진한 척 얼굴 붉히지 마쇼. 댁에도 기회가 없을 뿐이지 속으론 그리워하고 있잖소. 내 척 보면 안다 이거요. 좌우지간 이몸은 부르스 십 분이면 끝내줬다 이 거요. 이몸은 사모님들의 급소를 알고 있고, 그 급소를 여하히 자극 하면 사모님들이 사죽을 못 쓰고 미스터 박, 피곤해, 좀 쉬고 싶구 먼, 하고 슬그머니 홀을 빠져나가게 된다는 것을 빠삭하니 꿰고 있 었다 이 말이오. 미리 예약된 호텔방은 방음이 잘 돼서 아무리 사모 님들이 울부짖어도 조금도 신경 쓸 필요가 없고, 한 시간짜리 풀코 스 앞조지기 한판이면 벌써 사모님은 초주검이 되어 칼날처럼 빳빳 한 범털을 내밀게 된다 이거요."

사내는 여전히 지그시 눈을 감은 채 잘 나가던 시절을 회상하는 듯 아련한 얼굴을 하고 빠르게 말을 이어나갔는데, 나는 도무지 믿 어지지가 않았다. 험악하게 생긴 얼굴이며 게다가 다리까지 저는 불구로서 사교계를 누비며 유한부인들의 등을 치는 생활이 가능할 수는 도저히 없을 것이었다. 사내는 어쩌면 감방에서 듣게 된 동료 의 이야기를 자기의 것으로 각색하여 들려주고 있는 것인지도 몰랐 고, 그것은 그리하여 초라한 사내의 가엾은 희망인지도 몰랐다.

"진짜 내 별명이 뭔지 아쇼?"

사내가 번쩍 눈을 떴다.

"쌍칼이우. 명동 쌍칼이라면 그 바닥 야꾸샤 세계에선 알아줬지. 날림 두 자루 품고 나서면 세상에 무서울 게 없었수. 칼침 한 방이 면 이따만한 떡대들도 픽픽 쓰러졌으니까…… 그러다가 나도 칼침 한 방에 나가고 말았소. 칼 든 놈은 칼 든 놈한테 망한다더니…… 이 말도 물론 빵에서 목사한테 들은 거우만."

사내의 머리통이 다시 무릎 사이로 들어갔다. 사내가 나약하게 중얼거렸다.

"발버둥쳤수. 발버둥쳤지만 니기미, 쳐봤자더라 이거요."

나는 전혀 대책이 없어서 멀거니 쭈그리고 앉아 있는 수밖에 없었고, 사내가 다시 말하였다.

　"축머리를 아쇼? 아무리 도망쳐 봐야 결국 그물에서 벗어나지 못하고 죽게 되는 바둑돌 말이우. 이것도 빵에서 배운 거우만, 빵에서 우리는 밥풀을 이겨 바둑을 두었소…… 빵을 가리켜 빵잽이들은 학교라고 하는데 그러고 보면 사회에서 돈 없고 빽 없어 배우지 못한 많은 것들을 가르쳐주는 빵이야말로 진정한 뜻의 학교가 아니고 무엇이겠소."

　사내의 시선은 산장을 향하고 있었다. 예의 타는 듯한 적의가 담겨 있는 그의 눈빛을 나는 보았다.

　"저곳을…… 털 작정입니까?"

　사내의 입꼬리가 위로 말려 올라갔다.

　"어리석은 통빡은 안 잡수. 시시하게 뚜룩치고 빵까긴 자존심이 허락지 않는다 이 말이우."

　"그러면, 칼을 버리세요."

　사내가 다시 씩 웃으며 비수가 들어 있는 주머니를 툭툭 두드렸다.

　"내 친구요. 날림이라도 있으니까 살아가는 거다 이 말이오. 댁에 같은 인품들이야 돈 있고 학식 있고 아구빤찌도 있지만, 나처럼 좆도 없는 놈들은 이거라도 있어야 산다 이 말이오."

　나는 황급하게 사내의 말을 잘랐다.

　"아닙니다, 아녜요. 나는 아무것도 없어요. 아저씨와 똑같은 사람이에요. 다만 스스로 그 마음을 비워 마음을 찾고자 공부하는 사람일 뿐이라구요. 진실로 사람답게 사는 길을 찾고자 노력하는 수행자일 뿐이에요. 부처님은 우리와 똑같은 사람이었어요. 다만 깨달음을 얻은 진짜 사람이었지요. 그래서 우리는 부처님처럼……."

"어려운 썰은 나 몰루. 해골 아픈 소린 치우쇼."

사내가 벌떡 몸을 일으켰다. 따라서 몸을 일으키다 말고 나는 그 자리에 주저앉아 버리고 말았다. 오랫동안 쪼그리고 앉아 있었던 때문에 무릎이 저려와서 도저히 걸음을 옮길 수가 없었던 것이다. 한참 동안 다리를 주무른 다음 몸을 일으켰을 때, 사내는 어느새 뉘엿뉘엿 땅거미가 내리고 있는 골짜기를 타고 지축지축 산을 내려가고 있었다.

그날 나는 오후 정근을 빼먹었으므로 밤정근을 대신 두 시간 했는데, 염불이 자꾸 헛갈려 나왔다. 간신히 기도를 끝내고 내 방에 몸을 뉘었을 때는 먹감은 것처럼 온몸에 땀이 흘렀다.

대복사는 새벽부터 밀려드는 불자(佛子)들로 하여 정신을 차릴 수가 없을 지경이었다. 그날은 부처님이 오신 날이었다. 사시가 되었을 때는 이미 일주문(一柱門) 밖의 주차장을 가득 채우고 넘친 승용차들이 절마당의 일부에까지 밀려와 있었고 승용차에서 내린 안방마님들이며 걸어서 올라온 부인네들로 하여 대복사 큰절의 넓은 마당은 사람의 물결로 뒤덮여 있었다. 사람들은 그리고 끝없이 밀려오고 있었다. 돈의 액수에 따라 각기 크고 작은 등을 받아 든 사람들은 건명(乾命) 곤명(坤命)이 적힌 등표와 식권을 함께 쥐고 다른 사람들보다 한 발이라도 부처님 가까이에 자기의 등을 걸고자 아우성이었다. 남보다 비싼 등을 산 이들은 부처님께서 돈의 액수만큼 복을 주실 것으로 굳게 믿어 의심치 않으며 떳떳해 하였고 소액의 등을 산 이들은 웬일인지 부끄러워하며 감히 법당 가까이에는 가지 못하고 멀찍이 떨어진 마당 귀퉁이에 등을 거는 것이었다. 부처님처럼 둥글고 원만한 얼굴 가득 은은한 미소를 띤 주지스님께서는 신도회의 간부들이며 화주(化主)보살들과 다(茶)를 나누며 부처님의 무량(無量)한 공덕(功德)을 찬탄하는 틈틈이 대(大) 대복사의 무량한 발전을 위하여 이야기를 나누고 있었다. 예식이 끝난 다음에는 주지스님의 초파일 특별 법어(法語)가 있었다. 법상(法床)에 오른 주지스님은 잠시 눈을 감고 양구(良久)하더니 이윽고 눈을 뜨면서 만당한 불자들을 쭉 둘러본 다음 천천히 입을 열었다.

"옛날에 가난한 과부가 있었습니다. 그 과부는 부처님께 연등공양을 올려야겠는데 너무 가난해서 기름을 살 돈이 없었습니다. 그래서 생각다 못해 간신히 동전 한 닢을 구걸해서 밥그릇에 동전 한 닢어치의 기름을 사가지고 사람들이 다니지 않는 저자의 뒷골목으로 들어갔습니다. 그리고 기름에 불을 붙이고 그 앞에 엎드렸습니다. 그 과부는 아무런 소원도 빌지 않았습니다. 빌고 싶은 소원이야 물론 누구보다도 많았지만 자신의 공양이 너무 초라해서 부끄러운 과부는 그저 부처님께 송구스러운 마음뿐이었습니다. 밤이 깊어지면서 바람이 거세어졌습니다. 높다랗게 매달려 찬란하게 타오르던 수천 수만 개의 등불들이 모두 꺼져버렸습니다. 그런데 뒷골목 어디선가 가느다란 불빛이 보이는 것이었습니다. 부처님의 제자 한 분이 그곳으로 달려갔습니다. 등불이 다 꺼지기 전에는 부처님께서 주무시지 않는다는 것을 아는 그 제자는 손으로 불을 끄려고 했습니다. 그런데 웬일인지 불은 꺼지지가 않는 거였습니다. 제자는 가사자락을 펼쳐 불을 끄고자 하였으나 역시 마찬가지였습니다. 그때 부처님께서 말씀하셨습니다.

부질없이 애쓰지 말고 그대로 두라. 가난하지만 마음이 순결한 여인의 밝은 등불이므로 그 불은 꺼지지 않을 것이며, 그 여인은 오늘 밤의 공덕으로 다음 세상에서는 반드시 성불을 하리니.

부처님의 이 말씀은 금새 온 성 안에 퍼졌고, 나랏님은 부처님께 불평을 했습니다.

부처님, 저는 오랫동안 부처님과 스님들께 보시를 하였습니다. 초파일에는 해마다 수만 개의 크고 화려한 연등 공양을 드렸으며, 산마다 골마다 절을 짓고 금박 단청으로 장엄을 하였습니다. 제게도 성불의 약속을 주십시오.

부처님께서 빙그레 미소하셨습니다.

세상의 높은 이시여, 다음의 여덟 가지 일을 성취하면 반드시 성불을 하게 될 것이오. 첫째는 다른 이들을 도와주되 도와준다는 마음을 내지 말고 또 보답을 바라지 마시오. 둘째는 다른 이들의 고통을 나의 고통으로 알고 함께 나누시오. 셋째는 지은 바 공덕을 모두 다른 이들에게 돌려주시오. 넷째는 차별을 두지 말고 다른 이들을 대하되 스스로 마음을 비워 겸손하시오. 다섯째는 모든 중생을 보기를 나를 보듯이 하시오. 여섯째는 성현들의 마음을 의심하지 마시오. 일곱째는 다른 이들과 이해를 갖고 다투지 마시오. 여덟째는 다른 이들이 나보다 높게 되는 것을 질투하지 마시오. 이와 같이만 하면 반드시 성불을 하게 될 것이오.

연등 공양의 참뜻이 여기에 있은즉, 여러 보살님들께서는 스스로의 마음 속에 갖고 계시는 내 부처를 찾도록 하십시다. 나무 서가모니불."

아름다운 말씀이었다. 말이라는 것은 참 아름다운 것이구나, 나는 잠시 생각하였다. 개구즉착(開口卽錯).

밤이 되었고, 도량을 가득 메운 불자들은 꽃밭처럼 찬란한 불의 바다 아래에서 끝없이 허리를 접어 합장하며 서가모니불을 불렀다.

사람들이 떠드는 소리에 잠이 깬 것은 아직 예불 시간이 이른 새벽이었다. 발자국 소리가 어지러웠고 여러 사람이 누군가에게 몰매를 놓는 듯 비명 소리가 낭자하였다.

주지실 앞마당에는 여남은 명의 사람들이 누군가를 둘러싸고 웅성거리고 있었다. 어젯밤에 내걸었던 등불은 모두 꺼져버렸고 아직은 어두운 시각이었는데 둘러서 있는 몇 사람의 손에는 등불이 들려 있어 주위가 환하였다. 가까이 다가가던 나는 급하게 호흡을 삼켰다. 거기에는 머리가 허연 웬 늙은이가 형편없이 구겨진 몰골로 무릎 꿇려 앉혀져 있었는데, 그 사내였다. 사내의 두 팔목은 등 만들 때 쓰던 철사줄로 단단히 결박되어 있었고 코피가 터졌는지 얼굴이 피투성이였다. 안경 쓴 간부 승려 하나가 고래고래 소리질렀다.

"아니 세상에 불벌(佛罰)이 두렵지도 않은가. 부처님의 정재(淨財)를 도적질하러 들어오다니. 그것도 거룩한 초파일 밤에 말이야. 세상이 아무리 말세라지만 인도(人道)가 이렇게 떨어질 수가 있는가 말이야."

뚱뚱하게 살찐 보살 하나가 한 손으로 그 사내의 머리통을 가리키며 째지는 소리로 악을 썼다.

"이것 봐요. 아니 그래 도둑질도 양심이 있지, 세상에 도둑질할 데가 없어서 부처님 궁전에 들어와."

그 여자의 살찐 손가락에 끼워져 있는 보석반지가 불빛을 받아 번쩍번쩍 빛나고 있었다.

"이런 사람은 따끔하게 혼 좀 나야 한다구요. 콩밥 먹고 나오면 새 사람 되겠지. 아이구 관세음보살."

간부 승려가 말했다.

"뭐하쇼, 김 처사. 끌고 가라니까. 지서에 넘겨요."

김 처사라고 불린 부목이 하품을 하다 말고 손등으로 얼른 입을 가렸다.

"전화를 했으니까요, 스님. 날이 밝으면 순경이 올라올 겁니다."

48

간부 승려가 짜증스럽게 소리쳤다.

"이거 보쇼 김 처사, 아 순사들 올라오면 빈손으로 보낼 수 있소? 그러니 얼른 넘겨주고 오라니까."

"알았습니다."

김 처사가 다시 하품을 하면서 사내의 목덜미를 잡아 일으켰다. 그때까지 고개를 떨군 채로 있던 사내가 갑자기 부르짖었다.

"아니에요, 아니란 말입니다. 훔치러 왔던 게 아니라구요."

다른 부목 하나가 수도로 사내의 목덜미를 내리찍었다.

"그럼 강도질하러 왔나? 당신 칼 품고 있었잖아. 강도 예비 음모면 몇 년 받는지 알아?"

힘없이 고꾸라졌던 사내가 오뚜기처럼 발딱 일어서며 다시 부르짖었다.

"아니에요, 아니라니까. 내 말 좀 들어보쇼, 나는 그냥……."

역성들어 주기를 기다리는 아이처럼 안타까운 시선으로 주위를 둘러보던 사내는 절망을 느낀 듯 갑자기 표독스럽게 소리치며 이를 갈았다.

"니기미 좋다구. 좆 꼴리는 대로들 하쇼. 빵에서 인생이 끝나지는 않을 테니, 인사는 반드시 하겠수."

"관세음보살. 이제야 본성이 나오시는군."

간부 승려가 쯧쯧 혀를 차며 등을 돌렸고 부목들의 손에 끌려가며 사내가 울부짖었다.

"봐주쇼. 부처님 좋다는 게 뭐요. 이번에 달려가면 외상값도 있고, 내 인생 깨진다 이 말이우. 크흐흐……."

나는 끝내 사내의 앞에 나서지 못하고 말았다. 마음 속으로야 물론 사람들 앞에 썩 나서서 사내의 처지를 변명해주고 용서를 빌어주고 싶은 생각이 굴뚝 같았지만, 그러나 그럼으로써 힘들게 잡은 방부의 끈이 끊어질는지도 모른다는 현실적인 두려움 때문이었다. 오히려 나는 사내가 나를 알아보지 못하고 또 사람들에게 대복사에 자기가 아는 승려가 있다는 사실을 밝히지 않았던 것을 얼마나 다행스럽게 생각했는지 모른다. 이런 비겁한 쥐새끼 같으니라구.

나는 한달음에 뛰어 산신각으로 올라갔다. 그리고 가쁜 숨결을 잡은 다음 목탁을 들었다. 기도 시간은 아직 일렀지만 마음을 가라앉히는 데는 염불 이상이 없었다. 천수를 치는데 이상하게도 가슴이 벌렁거리고 목탁 쥔 손이 흔들려와서 목탁의 리듬이며 염불의 곡조가 엉망이 되었다.

나는 사내가 다른 목적을 가지고 절을 찾았던 것이라고는 믿고 싶지 않았다. 그리고 만에 하나라도 다른 목적을 가지고 절을 찾았던 것이라면 그는 헛짚은 것이었다. 날카롭게 수입을 챙긴 주지사람은 일찍이 초저녁에 산을 내려가 저자의 안가(安家)로 숨어들었던 때문이었다.

천수를 반쯤 치다 말고 나는 끝내 목탁을 집어던지고 방으로 들어가 바랑을 챙겼다. 막막했다. 어디로 가나…… 그러나 어디로든 또 떠나야 할 것이었다. 이 세상 어딘가에는 깨끗한 땅이 있겠지.

그때만 해도 나는 아직 어렸던 터라, 더러운 땅을 여의고는 어디서도 깨끗한 땅을 찾을 길이 없다는 지극히 당연한 사실을 몰랐던 것이었다.

밤

삶은 탁한 강물 속에 빛나는
푸른 하늘처럼 괴롭고 견디기 어려운 것
송진 타는 여름 머나먼 철길을 따라
그리고 삶은 떠나가는 것
　　　　　　—김지하의 시 〈비녀산〉 중에서

놀이 잦아들면서 땅거미가 깔리고 있었다. 벌건 속흙을 드러내고 있는 능선은 쭈그리고 앉아 있는 짐승의 등짝처럼 가파르게 낮아지면서 달구지가 지나다닐 만큼 넓고 판판한 길이 아래를 향해 곧바로 이어지고 있었다. 썩은 고사목이며 허옇게 송진이 말라붙은 아름드리 육송들이 여기저기 무더기를 이룬 채로 쓰러져 있었고, 골짜기를 훑으면서 올라오는 메마른 바람 소리가 쇳소리를 내면서 허공을 할퀴고 있었다. 키 작은 관목수들이 자지러지는 비명을 지르며 연방 땅 위로 쓰러지고 있었다.

마지막 한 모금의 연기를 길게 빨아들이고 난 사내가 깔고 앉았던 돌멩이에 꽁초를 비비면서 한 손으로 무릎을 짚었다. 우두둑 하고 관절이 어긋나는 소리가 났고, 사내는 주먹으로 무릎을 두드렸다. 그는 허리를 바로 하면서 바바리 코트의 깃을 올렸다. 목 밑까지 단추를 채운 바바리 사이로 넥타이가 보였고 훌쩍하게 큰 키에 살결이 하얘서 한눈에도 세련된 대처의 신사로 보였다. 그는 눈가에 주름을 접으며 저 아래로 점점이 엎드려 있는 마을을 바라보았다. 땅거미가 잦아들면서 어둠이 깔리고 있었고 엷게 퍼져 흐르고 있던 가느다란 연기들이 어둠에 묻히면서 개 짖는 소리가 아득하게 들려왔다.

　"급살 엠병이나 맞다 거우러나질 년."
　노파는 입안의 소리로 씨부렁거리며 지등(紙燈)의 등피를 올렸다. 마침 불어오는 바람에 출렁하고 지등이 흔들리면서 성냥불이 꺼졌고, 노파는 침을 뱉었다.
　"육실허게 바람두 부네. 찢어 육포를 뜰 년."
　노파는 팽소리가 나게 마른코를 풀고 나서 집 안으로 들어갔다. 뒤란에 붙은 골방 쪽에서 코 고는 소리가 요란했고, 노파는 이맛살을 으등그려 붙였다.
　"어이구 지지리두 못난 늠. 종로서 뺨 맞구 한강 와서 눈 흘기더라구, 저 못나서 지집 놓치구서 누구 배채기루 밤낮 술 퍼먹는겨, 술 퍼먹길."
　노파는 성냥통을 집다 말고 돼지고기를 쌌던 회부대 종이를 가늘게 찢어 몇 번 구기적거린 다음, 벽에 걸린 남폿불에 불을 당겼다. 노파는 골방 쪽을 향해 한번 눈을 흘기고 나서 손바닥을 오므려 불을 가리웠다.
　"어이구 쓸개빠진 늠. 도라꾸루 차구 늠치는 게 지집인디……남덜은 열 지집두 거너리더먼. 끙."

52

노파는 몸으로 지등을 가리우고 등피를 올린 다음 촛도막에 불을 붙였다. 유자 기름을 먹인 등피가 붉게 물들면서 술 주(酒)자가 드러났고, 살집 좋은 노파의 양볼이 무안 타는 사람처럼 빨개졌다.

"급살 옘병이나 맞다,"

하고 버릇처럼 중얼거리던 노파가 인기척을 느끼고 고개를 비틀었다.

"뉘…… 뉘기여?"

노파는 지등 뒤로 한 발 물러서며 낮게 소리쳤다. 분명히 인기척이 났는데 갑자기 밝혀진 불빛에 눈이 어려 앞이 잘 안 보였던 것이다.

"거기…… 뉘기여?"

"예. 지나던 길손이올시다."

바바리 코트 차림의 키 큰 사내가 불빛 아래 모습을 드러냈고, 노파는 손바닥으로 가슴을 쓸었다.

"애그머니나. 간 떨어질 뻔했네. 아, 사람이 기척을 허구 와야지."

노파는 눈꼬리를 가늘게 좁히면서 사내를 훑어봤고, 사내가 가볍게 웃었다.

"할머니, 술 있습니까?"

"술집에 술이 읎겠우만…… 초이면객인 것 같은디."

"요기할 것두 있겠죠? 어, 야기가 차다."

사내는 어깨를 떠는 시늉을 했는데 실제로 추워서 그러는 것 같지는 않았다. 사내의 어깨 너머로는 반딧불 같은 마을의 불빛들이 보였고 개 짖는 소리가 희미하게 들려오고 있었다.

산간에서는 보기 드문 양복쟁이 사내가 미심쩍은 듯, 다시 한 번 사내의 아래위를 훑어보고 난 노파가 고개를 갸웃거리며 등을 돌렸다.

"촌간이서 무신 벤벤헌 게 있겠우만…… 드롸보슈."

"술은 뭘루 드리까?"
국솥에 불을 지피면서 노파가 물었다. 감개 어린 눈길로 술청 안을 둘러보던 사내가 오리의자를 당겨 탁자 앞으로 바짝 다가앉으며 손마디를 꺾었다.
"막걸리밖에 없지요?"
"쐬주두 있우. 맑은 술두 점 있구."
"소주로 주세요."
노파는 살강에 들어 있는 됫병을 꺼내어 주전자에 따른 다음 김치 보시기와 함께 사내의 앞에 놓았다.
"술국 뎁혀지거던 하냥 자시지."
"예. 천천히 먹지요. 그런데, 할머니."
"왜 그루?"
"여기서 주막을 하신 지가 얼마나 되십니까?"
"서너 해 되넌갑소."
노파는 아궁이 앞에 쪼그리고 앉아 솔가지를 꺾어 넣었다. 그 여자는 치맛귀를 들어 코를 풀었다.
"운수가 븨색허다 보니 말년이 술에미가 됐우만…… 본래는 대처에 살었다우."
사내는 이마에 깊은 주름을 접으며 잔을 놓았다. 그리고 김치를 한 점 집다 말고 다시 주전자를 기울여 잔을 채웠다.
"그러시면…… 이 동네 내력은 잘 모르시겠군요."
"옛날 고릿적 내력이야 모르우만, 근래 사정이야 알지. 사변통이 예두 쑥밭이 됐다니께."
노파는 고개를 돌려 사내를 바라보았다. 사내는 술잔에 시선을

54

고정시킨 채로 미동도 하지 않았고, 노파가 고개를 갸웃거렸다.

"워디서 오넌 객이슈? 서울 양반 같은디…… 워째 핀이 있는 것 두 같구……."

사내가 고개를 들고 조금 웃어 보였는데 소리는 나지 않고 고른 치열만 보이는 묘한 웃음이었다.

"옛날에 한 번 와봤던 적이 있는 곳이지요. 옛 친구를 만나보려고 왔는데…… 사변 때 변을 당했다지 뭡니까."

"아이구 저런……."

노파는 츳츳 혀를 찼다.

"사변통이 죽은 이가 한둘이겄우. 나두 본래는 대처서 떵떵거리구 살었넌디…… 사변 때 그만 이응감을 잃구 말년이 팔자이 옰넌 술에미루……."

손가락 끝으로 콧물을 훑어 치맛자락에 닦고 난 노파가 뽀드득 소리가 나게 이를 갈았다.

"찢어 육포를 뜰 늠덜. 빨갱이늠덜은 그저 죄 찢어죽여야 혀. 그 급살 옘병을 맞다 거우러나질 늠덜이 이응감이 일정 때 베슬살이 헸다구 그만……."

술잔을 들어올리는 사내의 손가락이 가늘게 흔들리고 있었다. 이마가 넓고 하관이 빨은 얼굴이 남폿불 빛에 어려 창백해 보였다. 노파가 부지깽이로 땅바닥을 한 번 치며 한숨을 내쉬었다.

"급살 옘병이나 맞다 거우러나질 늠덜. 아 제 인물 잘나서 베슬살이헌 것이 무신 조이가 된다구 생사람 목심을 산냇기 끊덧 끊넌겨, 끊기를."

사내는 물끄러미 때 절은 흙벽에 어려 있는 자기의 그림자를 바라보았고, 노파가 끙 하고 힘을 쓰며 몸을 일으켰다.

"아이구 삭신이야. 아 찢어 육포를 뜰 늠덜이 글쎄…… 비응신 같은 이용감. 아 내 말만 들었으먼 갱긔찮었을 걸 가지구, 자긔가 무신 이웽가리(뒹뼈)라구…… 옛날 베실 심만 믿구 그 숭악헌 빨갱이 늠덜헌티 호령호령허다가, 끙."

노파는 주먹으로 허리를 두드렸고, 사내가 물었다.

"영감님이 왜정 때 높은 관직에 계셨던 모양이지요?"

투가리에 술국을 퍼담던 노파가 국자를 든 채로 사내를 바라보며 누런 입을 벌려 웃었다.

"암만."

그 여자는 자랑스럽게 말했다.

"물렀거라 질렀거라…… 어느 늠이 감히 말대꾸를 하며 어느 영이라구 감히."

하는데 사내가 들고 있던 잔을 탁 소리가 나게 탁자 위에 놓았다.

"무슨 벼슬을 하셨는데요?"

"면장."

사내가 두어 번 고개를 끄덕였다.

"훌륭하십니다."

"훌륭허다마다. 아 일번 사람덜두 이용감 앞이선 절절맸다니께."

사내는 진저리를 치며 잔을 비웠다. 처마를 스치고 지나가는 바람 소리가 날카로웠고 나약한 신음소리를 내며 문짝이 덜컹거렸다. 담배연기 때문인가, 힘껏 연기를 빨아들이던 그는 손등으로 눈께를 비볐다. 빨갛게 충혈된 눈으로 그는 술청 안을 다시 둘러보았다. 원래는 살림집의 부엌이었던 것을 옆에 달린 헛간까지 터서 술청으로 만든 것 같았는데, 새까맣게 그을음이 얹힌 키 낮은 천장이며 파리똥이 더껑이로 붙어 있는 흙벽이 오래된 고가(古家)로 보였다. 바람 소린가, 어디선가 심하게 떠는 것 같은 문풍지 소리가 들려왔다.

잔을 채우다 말고 그는 귀를 기울였는데, 뒤란 쪽에서 거칠게 내쉬는 숨소리와 함께 몸부림치는 소리가 들려왔다.

"돼지고기 듬뿍 늫구 톱톱허게 끓였으니께 요긔가 될 거유. 술안주룬 그저 술국이 젤이지. 요긔두 되구."

사내의 앞에 투가리를 밀어주며 노파가 말했다.

"잘 먹겠습니다."

사내는 투가리를 두 손으로 받쳐들고 국물을 한 모금 마신 다음 수저를 잡았다. 노파의 너스레와는 달리 고기는 몇 점 보이지 않았고 덜 삶아진 배추는 설겅거렸다. 노파가 주먹으로 허리를 두드렸다.

"어이구 삭신 쑤셔. 늙으면 그저 죽어야지 무신 낙을 보겠다구 이 고생인구."

그 여자는 씨부렁거리며 사내의 맞은편에 털푸덕 주저앉았고, 사내가 물었다.

"식구는 몇 분이나 되십니까?"

"식구래야 모재 단 두 식구……"

노파는 휴 하고 한숨을 내리쉬고 나서 접어올린 스웨터 자락에서 꽁초를 꺼냈다.

"이거 한 대 피우시죠."

사내가 필터가 달린 궐련을 내밀었고, 노파는 연신 손을 내저으면서 얼른 담배를 받았다.

"이거 원, 미안시러워서."

사내가 내미는 라이터불에 담뱃불을 붙인 노파가 연기와 함께 한숨을 내쉬었다. 그 여자는 지그시 눈을 감았다.

"그 너른 논밭전지며 고래등 같던 와가집허구…… 슨산은 또 월매나 널렀으며 하인 머슴만 헤두 몇였든구. 생각헐수록 이가 갈린다니께. 그 급살 옘병이나 맞다 거우러나질…….”

사내가 노파의 사설을 잘랐다.

“할머니.”

“왜 그루?”

“동네하고도 한참 떨어진 이런 산밑 막집에서, 장사가 되십니까?”

“웬걸.”

노파가 홰홰 손을 내저었다. 그 여자는 급하게 말을 하려다가 사레가 들렸고, 빨갛게 얼굴을 물들이며 한참 동안 기침을 했다.

“지, 지난 결까지만 헤두…… 캑캑…… 겨, 경기 좋았지.”

기침을 끝낸 노파는 옷소매로 눈께를 문질렀다.

“산판이 한창 붙었을 땐 샥시꺼정 두구 장살 헀으니께. 급살맞일 년.”

“누구 말씀입니까?”

“메눌년 말이우. 그년이 아 글쎄 빙든 즤 서방 놔두구 산판 오야가다늠허구 장달음을 났다니께…… 찢어 육포를 뜰 년.”

“산판은 왜 중단됐습니까?”

“내남적 읎이 조선늠덜은 그저 죄 몽뎅이루 작신 조겨 놔야 혀.”

“무슨…… 말씀이세요?”

“아 글쎄, 그 급살맞일 인사덜이 거시기 뭐라더라…… 높은 늠덜허구 짜구설랑 그러니께 허가 읎이 나무럴 베제꼈다던가 원. 그바람이 여러 늠덜 결딴났지. 급살. 그래 봐야 다 높은 늠덜이구 먹구 살 만헌 늠덜이니께 갱긔찮겠지먼, 아 우덜 같은 사람이야 뭘 먹구 사너냔 말여, 먹구 살길.”

사내가 고개를 끄덕였다.

“마을 사람들은 자주 옵니까?”

58

"말늠덜? 그 뜨벵이 촌것덜이 돈 아까서 워떡케 술을 사먹어? 가끔 워쩌다 산판 둘러보러 오넌 관공리덜 바라구 여적 등 달구 있는 거지."

"집이…… 꽤 오래된 것 같은데."

새삼스럽게 술청의 여기저기를 둘러보는 사내의 눈가에 엷은 주름이 잡혔고, 담배연기가 따가운지 몇 번 눈을 껌뻑이고 손등으로 눈께를 문지르고 난 그가 지나가는 말로 물었다.

"전에 여기 살던 사람들은 어디로 갔는지…… 혹 아십니까?"

노파가 짧게 받았다.

"결딴났지."

"………"

"옛날 고릿적인 쩡쩡 울리던 양반집이었답디다. 아 우리두 이응감 살었을 땐 쩡쩡 울렸지. 암, 쩡쩡 울렸다마다. 허나 무신 소용인구. 자꾸 뒤집어지는 게 시상 이치라……."

노파가 다시 사설을 늘어놓으려는 눈치였는데, 사내가 재촉했다.

"그래서…… 어떻게 됐습니까?"

"이응감 말이우?"

사내가 마른침을 삼켰다.

"영감님은 사변 때 돌아가셨다며요. 전에 살던 사람들 말입니다."

"아, 원 이 집 사람덜."

사내가 눈으로 대답했고 노파가 말했다.

"대주가 사변 때 항방불명이 됬넌디…… 맞어죽었을 거라넌 이두 있구 거시기 북선으루 넘어갔을 거라넌 이두 있지먼, 아마 물르면 물러두 맞어 죽었을 거라는 게 맞을 거구먼. 일정 때버텀 호가 난 오여손잽이였다니께."

"………."

"쥑일 늠. 빨갱이늠덜은 그저 죄 쥑여야 혀. 이응감 생각만 허먼
자다가두 치가 떨린다니께."

노파는 표독스럽게 내뱉으며 꺼두었던 꽁초에 불을 당겼다. 사내
는 말이 없었고 그 여자는 휴 하고 한숨을 내쉬었다.

"생각허먼 가엾은 인생이라. 자석이 옳어진 후 늙은 양주년 홧병
으루 쓰러지구 젊은 여편네는 대처루 서방혜 갔답디다."

연기를 내뿜느라고 노파는 잠시 말을 끊었고 사내는 담뱃불이 손
가락 끝에 닿도록 힘껏 빨았다. 사내가 물었다.

"그래서…… 어떻게 됐나요?"

"워떻게 되긴 뭐가 워떻게 됐겄우. 난신적자 역적이 집안이니,
하루아침이 구몰된 거지. 그래두 씨 하나는 빠쳐서 절손은 민혰다
지먼…… 그 아이가 중이 됐으니 절손된 거나 마찬가지구…… 생
각허먼 안된 집안이지."

사내가 몸을 일으켰다.

"왜? 뒷간이 가시게."

사내가 고개를 끄덕였고 노파가 문께를 가리켰다.

"뒷간이 따루 있겄우. 밖이 아무 데나 보우."

소주를 반되 넘어 비운 사람 같지 않게 사내의 걸음은 꼿꼿했는
데, 문짝을 미는 손이 흔들리면서 문짝이 요란한 소리를 냈다. 그는
지등 아래 서서 힘껏 눈을 감았다 떴다. 불빛에 어린 사내의 옆얼굴
은 분을 바른 듯 창백했고, 그는 다시 한 번 힘껏 눈을 감았다가는
떴다. 저 아래로 보이는 마을의 불빛들이 유충의 알처럼 꼬물거렸
고, 그는 가늘게 한 번 어깨를 떨고 나서 술청으로 들어갔다.

"할머니도 한 잔 하시지요."

사내가 노파에게 잔을 권했고 몇 번 사양하던 노파는

"잘자리니께…… 그럼 쬐끔만 주."

하고 말하며 잔을 받았다. 주전자를 기울이며 사내가 물었다.

"그 아이…… 중이 됐다는 그 아이는 지금 어느 절에 있나요?"

"만불사. 조오기 산중턱."

진저리를 치며 잔을 비운 노파가 사내에게 잔을 내밀었다.

"쥑일 년. 그 예펜네가 핏덩어리를 글쎄 만불사 법당 안이다가 디밀어놓구 야반도주를 헸다지 뭐유. 지집년덜은 그저 내남적 읎이 몽뎅이루 다시려야……."

노파는 쩝쩝 입맛을 다셨고 서둘러 잔을 비운 사내가 다시 노파에게 잔을 권했다.

"약주를 잘 하시면서 그러세요. 자, 한 잔 더 받으시죠."

"과헌디, 과혀…… 이러먼 미안시러워서 워쩌나."

사내가 권하는 궐련까지 받아 문 노파는 불콰해진 얼굴을 손바닥으로 훑어내렸다. 사내가 물었다.

"상대는 누구였답니까?"

"이? 누구 말여."

사내가 씩 웃었다.

"야반도주했다는 여자의 사내 말입니다."

노파는 픽 하고 코웃음을 쳤다.

"자고로 모를 건 지집 맴이라. 아 글쎄 왜정 때버텀 즤 서방 잡어들이던 긍찰 사람허구 배가 맞었다니…… 서방늠이 알먼 땅 속이서라두 월매나 원통헐꾸. 허기야, 쥑일 것은 년이 아니라 늠이라."

"………."

"그 서방이란 늠 말이우. 빨갱이늠. 아 나라이서 국벱이루다 금허는 빨갱이 짓을 허다가 그 지경이 됐다니께. 입이 열 개래두 헐말은 읎을껴. 옛날 같으면 삼족이 결딴나넌 역적질을 헌 거니께."

"글쎄 말입니다."

하고 말하며 사내가 웃었는데, 얼굴의 근육이 조금도 움직이지 않는 이상한 웃음이었다. 그는 목마른 사람처럼 급하게 잔을 뒤집고 나서 다시 잔을 채웠다.

"허지만…… 아이가 안됐군요. 아이야 무슨 죄가 있겠습니까……
……."

"그건 그렇지. 아이야 무신 조이가 있겠우. 다 부모 잘못 만난 탓이지."

"그리고…… 어떻게 됐습니까?"

"워떻게 되긴 뭐이가 워떻게 되겠우. 즈이 할미가 만불사 화주보살이었다니께, 그 인연으루다가 만불사 노장이 거둬준 게지."

"마을에두 가끔 내려오겠군요."

"웬걸. 이루 온 지 시 해가 넘었지먼 뒤 번 믄빛으루 봤으까. 아따 그 색기 인물 하나넌 훤허더먼. 분 바른 지지배 얼굴처럼 하얗게 똑 관옥 같더라니께. 허기야 즤 에미애비두 인물 하나넌 훤했다니께 씨내림이겠지먼."

노파는 담배를 꺼서 몇 번 분 다음 스웨터 자락에 꼽았다. 그 여자는 손등으로 입을 가리며 하품을 했다.

"절이 댕기넌 이덜 애길 들으면 만불사 노장이 절 바깥이루넌 못나가게 헌답디다. 즤 근본을 알구 어린 게 탈긔될까 봐 그런 게지. 허기야 시상이 난셀 땐 중질이 신간은 편허겠습디다. 시상에 시비헐 일이 있나 밥 걱정이 있나…… 그렇다구 장개를 드니 지집 걱정이 있나."

노파는 다시 하품을 했고 사내가 혼잣말처럼 중얼거렸다.

"거기라고 왜 걱정이 없겠습니까. 똑같이 사람 사는 곳인데……
……."

사내는 빈 술잔에 시선을 던진 채로 그린 듯이 앉아 있었는데, 노파는 사내를 언젠가 꼭 봤던 것 같은 느낌이 자꾸 들었다. 바지랑대같이 큰 키하며, 지집처럼 흰 살결하며…… 워디서 봤던구. 워디서. 늙으면 그저 죽어얀다니께…… 노파는 손바닥을 펴서 홧홧하게 달아오르는 얼굴을 쓸어내리며 아함 하고 하품을 했다.

"몇 점이나 됬우?"

"………."

"워떻게…… 밤이 야심헌디."

사내는 무슨 골똘한 생각에 잠겨 있는 듯 멍청한 표정으로 노파를 바라보았고, 뒤란 쪽에서 몸부림치는 소리가 들려왔다. 잠결인 듯 목이 잠긴 소리였는데 안타깝게 누구를 찾고 있는 것 같았다.

"정옥아, 정옥아……."

술 취한 사내는 잠결에 누군가의 이름을 자꾸만 부르고 있었다. 노파가 끙 하고 몸을 일으켰다.

"어이구 똥물이 튀길 늠. 샛서방 혜간 지집을 뭐허러 찾는구…… 찢어 육포를 뜰 년."

고시랑거리며 노파는 냉수 한 대접을 받쳐들고 뒤란으로 갔고, 사내는 필터까지 타들어 온 꽁초를 탁자의 기둥에 대고 힘껏 눌렀다.

노파가 다시 술청으로 나왔을 때, 사내는 보이지 않았다. 탁자 위에는 지전 몇 장이 놓여 있었다. 지전을 얼른 속곳 속에 챙겨 넣은 노파는 밖으로 나가보았다. 지등은 꺼져 있었는데 구름이 걷힌 하늘에 달이 밝았다. 쏟아지는 달빛 아래 저만큼 키가 큰 사내의 뒷모습이 보였다. 사내는 꾸부정하게 어깨를 숙이고 산길을 향하여 걸어 올라가고 있었다. "빌꼴, 워째서 말루 안 네려가구 이 밤중이 산으루 올라갈꼬” 하고 중얼거리던 노파는 순간 호흡이 멎는 느낌이었다. “에그머니나.” 그 여자는 놀란 외침이 터져나오려는 것을 손바닥으로 입을 막아 간신히 참았다. 왜정 때 이웃 면에서 면서기를 다니던 남편이 지방 좌익들에게 맞아죽고 나서 할 수 없이 뒷소금을 이고 집을 나섰던 날, 우연히 순사들에게 끌려가던 키 큰 사내의 구부정한 뒷모습을 보게 되었던 것이다. 읍으로 가는 신작로에 서였는데, 난생 처음 장사를 떠나던 날이어서 그런지 그 광경은 어제인 듯 뚜렷했고, 생목숨 하나가 또 끊어지는구나 하고 한숨을 쉬었던 기억까지 똑똑하게 떠올랐다. 달빛은 찢어지게 밝았는데, 찢어지게 밝은 달빛 아래 사내는 새의 날갯짓처럼 두 팔을 휘저으며 허위허위 산길을 오르고 있었다. 잠시 벌렁거리는 가슴을 진정한 노파는 문득, 이러이러한 사람을 보게 되면 꼭 신고하라던 구장의 말이 생각났고, 신고인에게 지급된다던 엄청난 액수의 상금이 생각났다. 구름이 밀리면서 어둠이 깔렸다. 그 여자는 이마의 진땀을 손등으로 훔치고 나서, 마을 쪽을 향해 몸을 굴렸다.

밤오줌이 마려워 잠이 깬 동승(童僧)은 승방(僧房)을 나왔다. 달은 없었다. 깜깜한 어둠 속이었는데 그 아이는 저만큼 골짜기 너머 산판길에서 빛나고 있는 불빛을 보았다. 불빛은 여러 점이었고 그리고 불빛은 무더기를 이룬 채 아래쪽으로 내려가고 있었다.

늘 다니던 길이었는데 웬일인지 오늘 밤엔 정랑(淨廊)까지 가는 게 무서워서 그 아이는 벽을 더듬어 모퉁이에 섰다. 이 밤중에 웬 사람들일까? 고개를 갸웃하며 동승은 바지를 내렸다. 가느다란 오줌줄기는 작은 포물선을 그리며 더운 김을 내뿜었고, 그 아이는 부르르 진저리를 쳤다.

바지를 올렸을 때, 불빛은 이미 반딧불만큼 작아져 있었다. 불빛

64

은 그리고 이내 어둠 속에 묻혀버렸고 어디선가 밤새가 깃을 치는
소리가 들려왔다.

　방으로 들어가던 동승은 금방이라도 꺼질 듯 낮게 자지러드는 법
당 앞의 장명등(長明燈)을 보았다. 그 아이는 까치발을 하고서 장
명등의 심지를 올렸다.

산난(山蘭)

　종이 울렸다. 산사(山寺)의 뜨락에는 일제히 가사(袈裟)빛 놀이 깔렸다. 길게 끌며 파문지는 종소리의 여운에 따라 엷은 무늬를 이루며 놀이 흔들렸다. 법당 뒤 산죽(山竹) 숲으로부터 새 한 마리가 날아올랐다. 그 새는 법당 지붕 위를 몇 바퀴 빙빙 돌더니 빠르게 지붕을 넘어 법당 앞의 헌식대(獻食臺) 위에 앉았다.

　종채를 놓은 동승(童僧)이 불단(佛壇) 앞으로 다가가 목어(木魚)를 들었다. 다르르륵, 다르르륵, 두 번 채를 고르고 난 동승은 천천히 목어를 내렸다. 시나브로 가늘어지는 목어 소리에 따라 불단 앞 정중앙 어간(御間)에 서 있는 노승(老僧)과 노승 옆에 저만큼 떨어져 서 있는 여인의 허리가 깊숙이 숙여졌다. 다르르륵, 다시 한 번 채를 고른 다음 동승은 길게 청을 뽑았다.

　지이시이이이임귀며어엉례(至心歸命禮) 삼계에도사사생자부우(三

界導師四生慈夫) 시아본사아아서어어가아모니이이불(是我本師釋
迦牟尼佛)……

제 머리통만한 목어를 두드리며 뽑아대는 동승의 염불은 제법 구
성지게 가락이 잡히고 목소리 또한 여간 낭랑한 게 아니어서 절밥
을 오래 먹은 올깨끼로 보였다.

천천히 목어를 내린 동승이 신중단(神衆壇)을 향해 몸을 돌렸
다. 부릅뜬 고리눈으로 부월(斧鉞)과 모검(矛劍)을 치켜들고 있는
화엄신장(華嚴神將)들을 향하여 동승과 여인의 허리가 깊숙이 숙
여졌는데, 노승은 부동의 자세였다.

……관자재보살 행 심반야바라밀다시 조견 오온개공도 일체고액
사리자 색불이공 공불이색 색즉시공 공즉시색(觀自在菩薩 行 深
般若波羅蜜多時 照見 五蘊皆空度 一切苦厄 舍利子 色不異空 空不異
色 色卽是空 空卽是色)……

일정한 간격을 두고 절도 있게 두드리는 동승의 목어 소리에 맞
춰 반야심경(般若心經)이 독송(讀誦)되었다. 분문(糞門)으로부터
밀어올리는 듯 우렁차고 장중한 노승의 염불 소리에 용마루가 쩡쩡
울렸다. 입을 벌릴 때마다 관골에 굵은 힘줄이 돋는 노승의 등뼈는
꼿꼿했고 큰 키에 체격이 장대해서 망팔(望八)의 노비구(老比丘)
라기보다는 천군(千軍)을 질타하는 장수의 풍모였다. 청아하고 구
성져서 차라리 안스러운 느낌이 드는 동승의 염불 소리는 노승의
노도 같은 염불 소리에 묻혀 들리지 않았고 여인은 아직 이백육십
자 반야심경을 못 외우는 듯 가만히 합장만 하고 있었다.

노승이 불단 위의 본존(本尊)을 향해 반배(半拜)한 다음 어간문

을 나갔다. 동승은 본존 앞의 무인등(無人燈)에 불을 붙이고 여인
은 각단(各壇)에 켜져 있는 촛불을 껐다.

헌식대 위에 앉아 있던 새가 허공으로 솟구쳐올랐다. 그 새는 허
공으로 힘차게 솟구쳐올랐다가는 떨어지고 다시 또 솟구쳐올랐다
가는 떨어지기를 되풀이하며 토막토막 끊어지는 단음(單音)을 토
해냈는데, 영락없는 목어 소리였다. 그 소리는 딱 딱 딱 딱······ 일
정한 간격을 두고 천천히 이어지다가 딱 딱 딱 딱······ 조금씩 조금
씩 빨라지기 시작해서 딱딱딱딱······ 이윽고 숨 넘어가는 소리로
빠르게 내려지고 있었다.

"대방광불화엄경(大方廣佛華嚴經)."

신음처럼 중얼거리며 허공으로 치켜올렸던 고개를 내리는 노승
의 눈에 저만큼 마당을 가로질러 다가오고 있는 청년이 보였다. 그
청년은 빠른 걸음으로 헌식대 옆의 석계(石階)를 올라왔다. 협문
(夾門)으로 법당을 나오던 여인의 눈이 크게 벌어지면서 손에 들고
있던 염주(念珠)가 가늘게 흔들렸다. 청년이 여인의 앞으로 다가갔
다. 여인은 문득 노승 쪽으로 고개를 비틀며 뭔가를 호소하는 표정
이 되었다. 노승이 늙은이답지 않게 정한(精悍)한 눈빛으로 청년을
바라보았다.

"시주(施主)는 뉘시오?"

청년이 눈을 가늘게 해가지고 노승의 시선을 받았다. 그는 양쪽
허리가 타진 신사복에 넥타이를 매고 끝이 뾰족한 구두를 신고 있
었는데 세련된 대처의 멋쟁이로 보였다. 청년은 잠깐 여인에게 일
별을 던진 다음

"누님 되십니다."

하고 말했다. 노승이 고개를 끄덕였다. 청년은 희고 길쭉한 손가락
으로 귀를 덮은 장발을 쓸어올리며 여인에게로 한 발 더 다가섰다.

68

"누님, 누님 찾느라고 한 달을 헤맸어요. 소식 한 장 없이 그럴 수 있습니까? 아이들 생각도 좀 하셔야죠."

노승이 여인을 바라보았다.

"젊은 시주가 보사(保寺)님의 아우 되시오?"

"……네."

여인이 고개를 숙이며 조그맣게 대답했다. 노승이 고개를 끄덕였다.

"관세음보살. 무단히 출분(出奔)을 하셨다 그 말이오. 산승(山僧)의 눈이 어두웠소이다."

여인의 고개가 더욱 밑으로 숙여지며 목덜미가 붉게 물들었는데 모두의 얼굴이 놀에 비껴 붉었으므로 특별히 표가 나지는 않았다. 노승의 오른손 엄지에 밀려 느릿느릿 뒤로 제껴지고 있던 단주(短珠)가 갑자기 딱 소리와 함께 멎었다.

"이놈, 능선(能善)아!"

"네엣."

여인의 뒤에 서서 청년의 얼굴이며 옷차림을 바라보느라 정신을 놓고 있던 동승이 화들짝 놀라며 노승의 앞으로 달려갔다.

"고이헌 놈이로고."

엄하게 꾸짖는 목소리와는 달리 노승의 눈가에는 파뿌리 같은 잔주름이 모아지고 있었다.

"네…… 스님."

노승은 다시 느릿느릿 단주를 굴렸다.

"객이 오셨을 땐 어찌해야 되는고?"

동승의 두 손이 가슴께로 올려지면서 손바닥이 합쳐졌다.

"네, 우선 공양(供養)을 올리고,"

"그리고,"

"처소로 모셔야 하옵니다."

"연인즉슨,"

동승이 청년에게로 뛰어갔다. 여인은 여전히 고개를 숙인 채였는데 청년은 속삭이듯 낮은 목소리로 뭔가를 열심히 말하고 있었다.

"처사(處士)님, 저녁 공양 드셔야지요?"

청년이 손을 내저었다.

"아 상관없다. 먹고 왔어."

동승이 뒤를 돌아보니 노승은 어느새 염화실(拈華室)로 가는 석계를 오르고 있었다. 걸어가면서 노승이 말했다.

"손님께 다(茶) 공양을 올리도록 해라."

동승은 멀어져가는 노승의 등을 향해 허리를 숙였다.

"네."

객실(客室) 쪽으로 겅중겅중 뛰어가는 동승의 옆구리에서 조갑지만한 쪽빛 염낭이 간들간들 흔들렸다.

"늙은 중놈 눈빛 한번 고약하군."

동승의 뒤를 따라가며 청년이 중얼거렸다.

"미스터 박!"

여인이 걸음을 멈추면서 낮게 소리쳤다. 청년은 빙글거리며 여인의 팔을 잡았다.

"오 여사두 중 다 됐수."

객실의 문을 열어주고 돌아서는 동승의 눈과 여인의 눈이 잠깐 마주쳤다. 여인이 무슨 말을 하려는 듯 입술을 달싹였는데 동승은 고개를 외로 꼬면서 팽그르르 한 바퀴 몸을 돌리더니 공양간 쪽으로 빠르게 뛰어갔다.

동승은 '三界唯心'이라고 쓰인 예서체(隸書體) 현판이 걸려 있는 방으로 들어갔다. 그 방에는 몇 점의 여자 옷가지와 아이용 승복이

벽에 걸려 있고 뒤창문 쪽으로는 낡고 때절은 조그만 서안(書案)이 놓여 있었다. 서안 위에는 웅혼한 필체의 초발심자경문(初發心自警文) 필사본(筆寫本)이 산죽 뿌리로 만든 서산대가 끼워진 채로 펼쳐져 있었다.

동승은 잠깐 벽에 걸려 있는 눈부시게 흰 원피스를 바라보다가 협실(夾室)의 문을 밀었다. 유실(幽室)과도 같이 이상한 향내음과 침중한 분위기가 감도는 그 방에는 주석(朱錫) 촛대며 향로, 다관(茶罐), 다기(茶器), 옻칠이 벗겨져 희뜩거리는 목발우(木鉢盂), 크고 작은 여러 개의 항아리, 그리고 갖가지의 기명(器皿)이며 제구(祭具)들이 가지런히 정돈되어 있었다. "……사바하." 동승은 입술을 오물거려 무슨 진언(眞言) 같은 것을 외면서 얼른 다관과 다기를 목예반에 챙겨들고 작설(雀舌) 한 줌을 다기에 담은 다음 그 방을 나왔다.

수각(水閣)은 공양간 뒤란에 있었다. 물에 비친 동승의 갸름한 얼굴은 투명하게 맑고 준수해서 언뜻 미모의 계집아이로 보일 만큼 어여뺐다. 수각 앞에 쪼그리고 앉아 물 속의 제 얼굴을 들여다보던 동승은 문득 입술을 홈통처럼 오므리더니 훅 하고 바람을 내뿜었다. 어여쁜 얼굴이 가늘게 경련하면서 이내 보기 흉하게 일그러졌다. 동승은 손으로 물을 휘저어 얼굴을 지웠다. 가까운 곳에서 부스럭거리는 소리가 났다. 조그만 산새 한 마리가 수각에 물을 떨어뜨려 주는 대나무 홈통 위에 앉아 물을 찍어먹고 있었다. 동승은 홈통 밑에 다관을 받쳤다. 산새가 포르르 날아오르더니 저만큼 떨어진 돌담 위에 앉아 이쪽을 바라보았다. 동승은 다관의 절반쯤 물을 받고 다기를 깨끗이 씻어가지고 공양간으로 들어갔다.

서말들이 흑철솥에서는 뽀얀 김이 솟아오르고 있었다. 동승은 예반을 부뚜막에 내려놓고 저고리 고름을 다시 맨 다음 합장을 했다.

벽에는 연기에 그을리고 빛이 바래어서 주사(朱砂)의 흔적이 얼마 남지 않은 조왕대신(竈王大神)의 화상이 걸려 있었다. 동승은 거기에 대고 허리를 굽힌 다음 부지깽이를 들고 아궁이 앞에 쪼그리고 앉았다. 아궁이의 재를 헤치자 빨간 숯불이 나왔다. 동승은 아궁이 앞으로 숯불을 끌어낸 다음 작설을 넣은 다관을 올려놓았다.

"부초심지인은 수원이악우하고 친근현선하야 수오계십계등(夫初心之人 誰遠離惡友 親近賢善 受五戒十戒)……."

부지깽이로 장단을 맞추면서 원효(元曉)스님의 초심(初心)을 염불식으로 중얼거리던 동승은 갑자기 부지깽이를 집어던졌다. 그리고 두 무릎을 오므려 가슴에 붙이더니 두 손으로 무릎을 끌어안고 무릎 위에 턱을 올려놓았다. 물끄러미 숯불을 바라보는 동승의 눈에 뿌연 안개가 서렸다.

……….

"어인 수선인고?"

염화실에서 면벽좌선(面壁坐禪) 중이던 노승이 결가부좌(結跏趺坐)를 튼 채로 고개만 돌렸다.

"저…….."

아이는 입술을 비쭉이며 왼손을 내밀었다. 검지 손가락을 칭칭 동여맨 잿빛 헝겊 위로 새빨간 선혈이 임리(淋漓)하였다. 노승이 가부좌를 풀더니 아이의 앞으로 다가와 쭈그리고 앉았다.

"목어도 십 년을 때려야 제 소리가 나는 법, 일호차착(一毫差錯)이 천지현격(天地懸隔)이라 일렀거늘…… 하찮은 낫질에도 도(道)가 있다 안 하던고."

"그게 아니어요."

"아니면."

아이는 아랫입술을 꼭 깨물었다.

"이제 풀베기 안 하겠어요."

노승이 깊은 눈길로 아이를 바라보았다.

"일일부작(一日不作)이면 일일불식(一日不食)이어늘, 일하지 않고 먹겠다 하느뇨?"

아이는 세차게 고개를 흔들었다.

"손가락이 아파요. 풀들은…… 얼마나 아프겠어요?"

노승의 흰 눈썹이 꿈틀하더니 눈이 크게 벌어졌다.

"호오, 선근(善根)이로다."

아이가 눈을 깜박였다.

"스님, 풀베기 안 해도 되어요?"

노승이 무릎을 치며 벌떡 일어났다.

"법기(法器)로다. 노랍(老衲)이 드디어 사자새끼를 얻었구나."

노승은 아이를 데리고 염화실 옆에 붙은 협실로 들어갔다.

"능선아."

"네."

"보고 싶은 사람이 있으렷다."

"네."

아이는 크게 고개를 끄덕였다. 노승은 뚫어져라 아이의 눈을 들여다보았다.

"시재(時在)에 제일로 그리운 사람이 누구인고?"

아이의 입술이 비틀리며 초롱초롱 빛나던 눈에 물기가 돌았다.

"……옴마."

노승이 고개를 끄덕였다.

"그러하리라."

노승은 벌떡 일어나 방을 나갔다. 잠시 후 노승은 큼지막한 목자배기를 들고 오더니 목침 한 개 없이 소조(蕭條)한 백방(白房) 한

구석에 놓았다.

"기다리거라."

아이는 입술을 빨며 고개를 끄덕였다. 방을 나간 노승은 협문을 잠갔다. 그리고 협실의 앞문을 닫아 걸고 철장을 질렀다.

"스님, 스님……."

방 안에 갇힌 아이가 울음을 터뜨렸다.

"능선아!"

노승이 소리쳐 아이를 불렀다.

"이잉."

"잘 보아라."

"………?"

노승은 염낭 속에서 소침(小鍼) 한 개를 꺼내더니 문에 대고 찔렀다.

"보이느뇨?"

아이는 문에 붙어 있었으므로 창호지를 뚫고 들어오는 바늘을 보았다.

"이잉."

노승은 바늘을 뽑았다.

"그 구멍에 눈을 대어라."

아이는 바늘 구멍에 한쪽 눈을 붙였다. 노승이 소리쳤다.

"보이느뇨?"

아이의 눈에는 아무것도 보이지 않는다.

"안 보여잉. 아무것도 안 보여잉."

"그러렷다. 허나, 보일 것이야."

"뭐가잉?"

"능선아."

"이잉."

"제일로 그리운 사람이 누구라 하였던고?"

아이는 주먹으로 눈께를 문질렀다.

"옴마."

노승이 고개를 끄덕였다.

"어미라 하였것다."

"이잉."

"어미가 올 것이야."

아이의 눈이 반짝 빛났다.

"이잉?"

"어미는 소를 타고 올 것이야."

"소?"

"그러하니라. 누런 황소이니라. 어미는 그 누런 황소를 타고 올 것인즉,"

노승은 잠깐 말을 끊었다. 꼴깍 하고 아이의 목구멍으로 침 넘어가는 소리가 노승의 귀에 들렸다. 노승이 말을 이었다.

"잡아야 하느니라. 어미를 태우고 오는 소가 보이거든 그 소의 뿔을 꽉 잡아야 하느니라. 헌즉, 어미를 만날 것이야."

"정말?"

"알겠느뇨. 그 구멍으로 내다보고 있노라면 어미를 태운 황소가 오리니, 그 황소의 뿔을 꽉 잡아야 하느니라."

아이는 그날부터 노승이 협문을 따고 디밀어주는 밥을 받아먹고 자배기에 대소변을 보는 시간 이외에는 바늘구멍에 눈을 붙이고 밖을 내다보았다. 엄마가 보고 싶다는 지극히 사무치게 그리운 마음으로 바늘구멍을 들여다보았다. 그러나 아무것도 보이지 않았다. 밤을 보았다. 깜깜한 어둠을 보았을 뿐이었다. 밤이 오면 무서워서

아이는 두 주먹을 옹송그려쥐고 협문을 두드렸는데 노승은 응구대
첩이 없었다. 밥을 디밀어주고 자배기의 오물을 버리느라 문을 여
닫을 때도 쏘는 듯 형형한 눈으로 쏘아보기만 할 뿐, 묵언(默言)으
로 일관했다. 지쳐 쓰러져 잠이 들었다가 눈을 뜨면 아이는 다시 바
늘구멍에 눈을 붙이고 뚫어져라 밖을 내다보았는데, 어둠이었다.
해가 지고 놀이 죽고 그리하여 우우 우우 아우성치며 달려가는 바
람 소리와 먼 골짜기에서 들려오는 산짐승들의 울부짖음에 흠칠흠
칠 몸을 떨다가 아이는 지쳐 쓰러져 또 잠이 드는 것이었다. 잠이
들면 꿈을 꿨고 꿈을 꾸면 엄마를 만났다. 엄마의 얼굴에서는 독한
분내음이 났고 엄마의 젖가슴에서는 우르르 우르르 뜀박질하는 비
릿한 피내음이 났다.

"아가."

"응."

"엄마가…… 엄마가 말야."

"옴마, 왜 그저?"

여인을 치어다보는 아이의 눈망울은 이슬방울처럼 영롱하다.

"아무것도 아냐."

절레절레 고개를 내젓는 여인의 속눈썹이 파르르 파르르 흔들린
다.

"아가."

"응."

"엄마가……."

"응."

"까까 사올게."

"까까. 까까 조아."

왈칵 아이를 끌어안는 여인의 눈이 붉게 충혈된다.

아이는 여인의 저고리섶을 헤치며 젖무덤에 얼굴을 묻는다.

"옴마, 조이여."

아이의 목소리가 점점 가늘어지더니 이내 고른 숨을 내쉰다. 여인은 아이를 자리에 눕히고 궁둥이를 몇 번 다독이고 이마에 입을 맞춘 다음 살그머니 일어나 문을 민다.

"차처(此處)는 노랍의 독살이외다. 대가람(大伽藍)으로 가시어 선지식(善知識)을 찾으시오."

노승은 느릿느릿 단주를 굴렸다.

"하오나 스님……."

여인은 애소하는 눈빛으로 노승을 올려다본다. 딱 소리와 함께 단주가 멎었다.

"그여이 입재(入齋)를 하시겠다 그 말이오."

"방황하는 영혼을 가엾이 여기소서."

"산승은 영가(靈駕)를 천도(薦度)할 법력(法力)이 없소이다."

"큰스님의 선성(先聲)은 일찍부터,"

"허허. 진세(塵世)의 허명(虛名)은 삼악도(三惡道)의 노수(路需)로나 쓰일 일……."

여인이 똑바로 노승을 올려다보았다.

"진세의 중생들을 가엾게 여기어 슬픔을 함께 나누는 게 사문(沙門)의 도리가 아니온지?"

노승의 눈썹이 미미하게 경련했다. 노승이 껄껄 웃었다.

"고라니새끼가 어찌 사자의 흉내를 내겠소이까. 허나, 참으로 어려운 것은 성불(成佛)이 아니라 진세에 묻혀 저자의 중생들과 우비희락(憂悲喜樂)을 함께 나누는 일일 것이오. 산승이 이를 모르는 바 아니나 사람에겐 제각기 그릇이 있는 법, 이를 모르고 어찌 동타지옥(同墮地獄)의 혀를 놀리리까. 일찌기 산승은 작심한 바 있소이다. 삼춘(三春)에 노래하는 앵무가 되기보다 천고에 말이 없는 바위가 되겠노라고."

노승은 잠시 말을 멈추더니 여인의 얼굴을 바라보았다. 여인의 눈에는 그렁그렁한 눈물이 맺혀 있었다.

노승이 한숨을 내쉬었다.

"허나, 단월(壇越)의 청이 하 곡진하시니 산승은 또 망축(亡祝)의 구업(口業)을 짓나 보외다."

여인의 허리가 깊숙이 숙여졌다.

"큰스님의 자비, 잊지 않겠습니다."

노승은 다시 천천히 단주를 굴리기 시작했다. 무슨 말인가를 하려는 듯 입술을 달싹이던 여인은

"그럼 제수(祭需)장을,"

하더니 말을 잇지 못한 채 뛰듯이 산을 내려갔다.

엄마 생각이 날 때마다 아이는 법당 뒤로 달려갔다. 거기에는 나이를 알 수 없는 늙은 보리수나무 한 그루가 서 있었는데 아이는 그 나무 아래서 몰래 몰래 우는 것이었다.

"능선아아—."

저를 찾는 노승의 목소리가 들려오면 아이는 얼른 눈물을 닦고, 저고리 고름으로 꼭꼭 찍어 눈물을 닦고, 그리고 웃으면서 달려갔다. 그러나 노승은 아이가 울었다는 것을 귀신처럼 알았다.

"이노옴, 또 망상(妄想)을 피웠구나."

아이의 고개가 밑으로 떨어진다.

"어미가 보고 싶으면 관세음보살을 부르라 일렀거늘."

"관셈보살을 부르면 정말 옴말 만날 수 있어요?"

"허허. 미욱한 중생이로고. 일념으로 관세음보살을 부른즉 삼재(三災)가 불입(不入)하고 팔란(八難)이 능멸(能滅)이며 삼십이응

신(三十二應身)을 안 나투시는 곳이 없고 천수(千手)로 어루만지고 천안(千眼)으로 살펴보실 것이어늘, 항차 인간의 어미일까. 관세음보살."

노승은 뜻 모를 소리를 혼잣말처럼 중얼거리며 아이의 등을 법당 안으로 미는 것이었다.

법당 안은 무섭다. 개금(改金)을 한 지 오래되어 꺼멓게 금칠이 벗겨진 불상도 무섭고 울긋불긋한 탱화(幀畵)도 무섭고 개분(改粉)을 안 해 거무죽죽한 십육나한(十六羅漢)의 일그러진 얼굴이 무섭고 불단 위에 배설된 향로며 다기, 촛대, 그리고 바람이 불 때마다 미친 듯이 펄럭이는 탁자 밑의 붉은 휘장이 무섭고 지장보살이며 관세음보살의 차라리 슬픈 듯 아름다운 얼굴도 무섭다. 아이는 이를 옹송그려 물고 두 주먹을 불끈 쥐고 마룻바닥에 엎드린다. 우수수 우수수 흙덩이가 떨어지고 깨어지는 소리를 내면서 여닫히는 문짝, 저려오는 무릎을 꼼지락거릴 때마다 삐걱이는 마룻장, 울부짖는 산죽 숲, 객실 뒤 개오줌나무 숲속에서 들려오는 낮부엉이의 울음 소리…… 무서워서, 무섭고 또 무서워서 아이는 입을 오물거린다.

"관셈보살, 관셈보살, 관셈보살……."

그러나 아무리 관세음보살을 수천 수만 번 불러도 엄마는 나타나지 않고 사르르 사르르 눈이 감긴다. 아이는 힘주어 눈꺼풀을 밀어 올리며 다시 관세음보살을 부른다. 그렇게 자꾸 가늘어지는 목소리로 관세음보살을 부르던 아이의 고개는 점점 밑으로 숙여지기 시작해서 이윽고 모잽이로 쓰러져 새우처럼 허리를 꼬부리고 사타구니 사이에 두 손을 찌른 채 잠이 든다.

"이놈, 능선아!"

벽력 같은 노승의 고함 소리에 놀라 아이는 눈을 떴다. 잘 익은 탱자알처럼 노란 햇살이 문을 두드리고 있었다. 아이는 무릎걸음으로 다가가 바늘구멍에 눈을 붙였다. ……밤이 가고 아침이 오고 또 밤이 가고 아침이 왔다. ……마침내 아이의 눈에 외계(外界)의 사상(事象)이 조금씩 조금씩 보이기 시작했다. 어둠이 보이고 안개가 보이고 구름이 보이고 놀이 보이고 햇빛이 보였다. 햇빛을 베이며 지나가는 바람이 보였다. 바늘구멍에 눈을 붙인 채 미동도 하지 않는 아이의 몸뚱이는 엷은 안개에 휩싸여 있었다. 밥을 넣어주려고 협문을 열던 노승이 심우삼매(尋牛三昧)에 빠져 있는 아이를 발견하고 얼른 문을 닫았다. ……마침내 아이의 눈에 사물의 구체적인 모습이 조금씩 조금씩 보이기 시작했다. 넓은 절마당이 한눈에 들어왔다. 마당의 흙이 보였다. 돌멩이가 보였다. 멋대로 자라고 있는 잡초가 보였다. 꼬물거리며 기어다니는 개미가 보였다. 수많은 개미들이 일자로 긴 행렬을 지어 어디론가 끝없이 기어가고 있었다. 개미의 행렬을 따라가던 아이의 눈이 법당 앞의 헌식대에 머물렀다. 개미들은 필사적으로 헌식대 위로 기어오르고 있었다. 기어오르다가는 떨어지고 다시 또 기어오르다가는 떨어지기를 되풀이하면서 개미들은 행렬을 멈추지 않고 있었다. 헌식대 위의 밥찌꺼기가 보였다. 밥찌꺼기 사이에 있는 검정콩 한 알이 보였다. 콩알은 조금씩 조금씩 커지기 시작해서 이윽고 목어만해졌는데, 새였다. 참나무 장작불처럼 빨갛게 타오르는 놀이 소낙비처럼 퍼부어내리고 있었다. 그 새는 타는 놀을 받아 황금빛으로 빛나는 나래를 풍선처럼 부풀어올리더니 힘차게 깃을 치며 허공을 향해 솟구쳐올랐다. 토막토막 끊어지는 단음이 수은방울처럼 헌식대 위를 굴렀다. 아이의 정수리에서는 뜨거운 김이 분수처럼 솟아오르고 있었다. 그때 장삼자락으로 땅을 쓸며 마당을 가로질러 오고 있는 노승이 보였다.

"스님!"

아이는 소리쳐 노승을 불렀다.

"잡았느뇨?"

구르듯 달려오며 노승이 소리쳤다. 아이가 맞받아 소리쳤다.

"보여요!"

"뭐가 보이는고?"

"새가 보여요. 날아가는 새를 보았어요."

노승이 발을 굴렀다.

"그것뿐인고?"

아이가 다시 소리쳤다.

"스님이, 스님이 보여요!"

노승은 주먹을 들어 허공을 후려쳤다.

"이놈아! 소 타고 오는 어미를 보라 하였지 날아가는 즘생을 보고 이 늙은 중놈을 보라 하였더냐?"

땅이 꺼지게 한숨을 쉬며 염화실로 들어가는 노승의 발걸음은 그러나 가벼웠다. 노승은 그리고 서둘러 가사와 장삼을 벗어 벽에 건다음 공양간으로 달려갔다.

노승이 쑤어다 준 잣죽을 먹고 나서 아이는 다시 바늘구멍에 눈을 붙였다. 햇빛을 베이며 지나가는 바람이 보이고 마당의 흙이 보이고 끝없이 이어져 헌식대를 기어오르는 개미떼가 보이고 밥찌꺼기가 보이고 검정콩알이 보이고 그리고 아아 황금빛 나래를 부풀리며 힘차게 솟아오르는 새가 보이고 그 시간마다 어김없이 마당을 가로질러 오고 있는 노승이 보였는데, 그것으로 그만이었다. 결코 소는 보이지 않았다. 소를 타고 오는 엄마는 보이지 않았다. 보이지도 않는 소의 뿔을 잡을 수는 없는 일이었다. ……심심하고 배가 고프고 졸음이 왔다. 아이는 주먹으로 협문을 두드리며 소리쳐 노승을 불렀다. 묵묵부답이었다. ……마침내 바늘구멍에 눈을 붙이고 있던 아이의 몸이 뒤로 넘어져버렸다.

"사자새끼인 줄 알았더니 고라니새끼였고녀."

노승이 장탄식을 하며 철장을 해제했다. 그리고 산문(山門) 밖으로 아이의 등을 밀었다.

"가거라. 진세의 저자에는 어미가 있으리니."

아이는 기쁘고 슬픈 마음이 반반인 채로 산문을 벗어났다. 사행(蛇行)으로 길게 꼬리를 감추고 있는 산길을 따라 밑으로 내려가던 아이는 이내 밤을 맞았다. 우르릉 우르릉 산이 울었다. 풀이 울고 벌레가 울고 나무가 울고 새가 울고 짐승이 울고 바람이 울었다. 밤이면 깨어나는 땅 위의 모든 것들이 일제히 머리를 들고 울부짖었다. 울부짖으며 아이의 몸뚱이를 물어뜯었다. 소리쳐 엄마를 부르는 아이의 눈에 멀리 산꼭대기에서 눈물처럼 빛나고 있는 장명등(長明燈)의 불빛이 보였다. 아이는 눈물을 철철 흘리며 소리쳐 노승을 부르며 산길을 뛰어올라갔다. 아이는 산문에 몸을 숨기고 염화실 쪽을 훔쳐보았다. 창문에는 벽을 향해 결가부좌를 틀고 앉아 있는 노승의 육중한 그림자가 비치고 있었다. 아이는 발뒤꿈치를 치켜들고 살그머니 공양간으로 숨어들었다.

"고라니새끼도 법기는 법기, 서까래감은 되리라."

솥전을 껴안고 잠들어 있는 아이를 안아올리며 노승이 중얼거렸다.

아이는 숲속으로 숲속으로 들어간다. 숲은 깊고, 깊은 숲속에서는 만수향 타는 냄새가 난다. 아이는 돌멩이를 집어 숲속에 던진다. 푸드득 깃을 치며 산새가 날아오른다. 요령(搖鈴) 불알처럼 흔들리던 나뭇잎이 멎으면서 숲은 다시 고요 속에 잠긴다. 아무것도 없다. 보이는 것은 나무, 그리고 또 나무…… 심심하다. 날아다니는 잠자리라도 잡아먹고 싶을 만큼 심심하고 또 심심해서 아이는 돌멩이를 던진다. 하지만 나무들은 저희들끼리만 속살거릴 뿐 아무런 이야기도 들려주지 않는다. 우우 우우 바람이 분다. 진저리치며 갈대가 흔들린다. 아이는 팔베개를 하고 갈밭에 눕는다. 파랗다. 너무 파래서 손가락으로 하늘을 폭 찌르면 파랑물감이 묻어날 것 같다. 현기증이 나서 아이는 눈을 감는다. 엄마 생각이 난다. 그리고 또 배가 고프다. 아이는 참으로 알 수가 없다. 어째서 엄마 생각만 하면 배가 고파지고 배가 고파지면 또 어김없이 엄마 생각이 나는 것인지. 살래살래 고개를 흔드는 아이의 뺨 위로 또르르 눈물 한 방울이 구른다.

"이 속에 불법(佛法)이 다 들어 있느니라. 이것만 익히고 쓰면 삼악도에는 떨어지지 않을 것이며 선근이 익어지면 어느 땐가 타파칠통(打破漆桶), 마음달[心月]을 보게 되리니……."

솥전을 껴안고 잠이 든 아이를 안고 염화실로 들어간 노승은 아이가 잠이 깨기를 기다려 때절은 서책 한 권을 던져주었다. 필사본으로 된 초발심자경문이었다. 노승이 혼잣말로 탄식하였다.

"가탄(可歎), 가탄이로다. 내 너의 선근을 어여삐 여겨 일초직입여래지(一超直入如來地)의 보주(寶珠)를 주려 하였더니 너의 선근이 미치지 못하는고녀. 이 어찌 가탄치 않으리오. 허나 여래지에 이르는 길은 수천 수만 갈래가 있을 것인즉 스사로 근기(根機) 따라 찾아볼 일이로다. ……아, 참으로 헛되고 헛된 것은 언어(言語)와 문자(文字)일 것이니, 일찌기 석로(釋老)가 마업(魔業)이라 일렀음이여."

아이는 한 달 만에 그 책을 떼었고 구술(口述)해주는 천수경(千手經)은 사흘에 익혔는데 노승은 더 이상 가르쳐주지 않았다. 아이가 다른 책을 배우고 싶다고 말했을 때 노승은 눈을 부릅뜨며 호통을 쳤다.

"이놈! 삼악도가 그리운고?"

꿈결인 듯 아득하게 들려오는 노승의 호통 소리에 아이는 눈을 떴다. 홍시를 으깨어 칠갑을 한 것처럼 짙은 주황색 하늘이 이마 위로 낮게 내려와 있었다. 깜짝 놀라 산을 뛰어내려가던 아이는 문득 저만큼 개오줌나무 숲 사이를 빠져나오고 있는 여인의 하얀 치맛자락을 보았다. 눈부시게 흰 원피스를 입은 여인이 꽃무늬로 레이스를 두른 원피스자락을 두 손으로 모아잡고 아이를 향해 올라오고 있었다. 여인이 걸음을 옮길 때마다 홍시빛 타는 놀이 여인의 하얀 발목을 뱀의 혀처럼 핥았다. 거리가 가까워졌을 때 아이는 자기를 향해 조용히 웃고 있는 여인의 얼굴을 보았다. 놀을 받아 발그레 홍조를 띤 여인의 얼굴은 탱화 속의 관음보살처럼 차라리 슬픈 듯 아름다웠는데 아이는 하마터면 "옴마!" 하고 소리를 지를 뻔하였다.

"노스님께서 찾으시던걸."

여인은 가쁜 숨을 곱게 내쉬며 투명하게 흰 손으로 이마에 흘러내리는 머리칼을 쓸어올렸다. 손가락에 끼워진 보석반지가 반짝 하고 빛났다. 아이는 감전된 듯 움직이지 않았다. 여인이 아이의 곁으로 바짝 다가왔다.

"어머, 이 자국 좀 봐. 산에서 잠들었던 모양이지."

여인은 손을 들어 아이의 볼에 찍혀 있는 갈대 자국을 쓸었다. 법당의 만수향 타는 냄새나 산꽃 내음과는 다른 야릇한 향기가 여인의 손끝에서 풍겨왔다. 가슴이 터질 것처럼 벌렁거리고 금방이라도 울음이 터질 것 같아 아이는 아랫입술을 꼭 깨물었다.

"자, 우리 내려갈까. 이런 데서 자다가 벌레한테 물리면 큰일나요."

여인은 살그머니 아이의 손을 잡았다. 갑자기 아이는 세차게 여인의 손을 뿌리치고 밑을 향해 달렸다.

"얘, 같이 가. 같이……."

뒤에서 쫓아오며 여인이 소리쳤는데 아이는 못 들은 척 그냥 달렸다. 한참을 달리던 아이가 문득 뒤를 돌아보니 여인은 보이지 않았다. 아이는 멈칫거리다가 슬그머니 내려온 길을 되짚어 올라갔다. 저만큼 잔솔밭 사이로 원피스 자락이 보였다. 좀더 가까이 가보니 여인은 솔밭 사이에 쓰러져 있었다. 아이는 단숨에 뛰어가 여인의 어깨를 흔들었다. 뽀얗게 웃으며 여인이 일어났다. 눈처럼 흰 원피스 앞자락에 시퍼런 풀물이 배어 있었다.

"혼자만 가는 법이 어딨어. 그 바람에 아줌마가 넘어졌잖아."

여인은 곱게 눈을 흘기며 아이의 손을 잡았다. 아이는 가만히 있었다.

"산승은 진작에 여인(女人)사람으로 인하여 졸경을 치른 적이 있소이다."

노승은 아이를 한 번 바라보고 나서 말을 이었다.

"보시는 바와 같이 늙은 비구와 어린 사미(沙彌) 아희가 조죽약석(朝粥藥夕)하는 독처(獨處), 대처의 귀부인께서 유할 곳이 못 되오이다."

"허락하시어요. 절양식은 제가 대어드리겠으며 저 아이도 쓸쓸할 것이니 동무 삼아,"

"스님이라 부르시오. 산승이 이미 십계(十戒)를 설했으며 능선이라 불명(佛名)을 주었소이다."

"죄송합니다."

"관세음보살……. 불문(佛門)은 무문(無門)이라 왕자(往者)를 막지 않고 내자(來者) 또한 막지 않으니, 왕래를 자재(自在)하시오."

그날부터 아이는 여인과 한방을 쓰게 되었다. 그 여인은 몸이 아파 휴양을 온 것이라고 했는데 어디가 꼭 아픈 것 같지는 않았다. 옷차림이라든가 소지품 그리고 나이를 짐작할 수 없게 희고 고운 피부로 봐서 부유한 집안의 귀부인 같았는데 이따금 미간에 그늘이 지는 것으로 보아 남모르는 번뇌를 깊이 간직하고 있는 듯하였다. 여인은 그날부터 아이를 공양간에 들어오지 못하게 했다.

"대장부가 부엌에 들어오면 못 써요."

그러나 아이는 기를 쓰고 공양간으로 들어갔다. 들어가서 불도 때주고 잔심부름도 해주면서 여인을 졸라 산문 밖 세계의 이야기를 듣는 게 신기하고 재미있었기 때문이었다. 이야기보다도 사실은 냄새가 좋았다. 여인에게서는 밥이 익을 때의 솥뚜껑처럼 따스하고 살짝 누룽지를 눌려 끓여낸 보리숭늉처럼 구수한 엄마의 냄새가 나는 것이었다.

"보살님, 보살님."

"응."

"……서울은 얼마나 멀어요?"

"멀지. 아주 먼 데 있어."

"응…… 서방정토(西方淨土)보다두요?"

"서방정토가 어딘데?"

"응…… 서쪽으로 서쪽으로 한참, 아주 한참 가면 있대요."

"오 그래…… 그럼 그곳엔 누가 살까?"

"성불한 사람들이 사는 곳이래요."

"성불? 성불이 뭔데?"

"히히…… 보살님두. 부처님이 되는 거지 뭐예요."

"참 그렇지. 그럼 성불은 어떻게 하면 할 수 있지?"

"응…… 공부를 많이 해야 된대요. 노스님처럼 참선 공불……."

"능선스님."

"네."

"능선스님도 참선 공불 많이 해서 꼭 성불을 하세요. 응."

여인은 아이의 손을 꼭 쥐어주는 것이었는데 그때마다 아이는 목 젖이 콱 막히면서 배가 고파지는 것이었고 그래서 아무도 몰래 법 당 뒤 보리수나무 밑으로 달려가는 것이었다.

．．．．．．．．

동승은 예반에 다관과 다기를 받쳐들고 공양간을 나섰다. 빛바랜 가사빛으로 시들어가고 있는 놀이 장삼자락처럼 땅 위로 끌리며 낮 은 포복으로 기어다니고 있었다. 객실에 얼른 다공양을 올리고 나 서 장명등에 불을 밝혀야겠다고 생각하며 동승이 걸음을 빨리하는 데 법당 뒤 산죽숲으로부터 목어 소리가 들려왔다. 목어 소리는 잦 아들었다가는 되살아나고 잦아들었다가는 또 되살아나 끝없이 이 어져 되풀이되고 있었다. 그 새는 꼭 저녁 예불을 마친 동승이 법당 을 나서면 기다렸다는 듯이 울기 시작해서 놀이 죽고 어둠이 올 때 까지 목어 소리를 내며 슬피 우는 것이었다. 법당 쪽을 바라보는 동 승의 눈에 뿌연 안개가 서리고 있었다.

"시임, 시임, 모따소이다. 모따소이."

처음 그 새의 울음 소리를 들었을 때 아이는 자꾸 노승의 치의 (緇衣)자락을 끌며 법당 뒤 산죽숲으로 가자고 졸라대었다.

"들리느뇨, 저 소리가."

이목구비가 큼직큼직하고 검붉은 빛깔이어서 짐짓 험상궂어 보 이는 노승의 얼굴에 문득 한자락 비감(悲感)의 그림자가 드리웠다.

"드인다 드인다."

아이는 모둠발로 뛰어오르며 자꾸 노승의 장삼끈을 흔들었다. 노 승은 눈가 가득히 주름을 잡으면서 솥뚜껑 같은 손으로 번쩍 아이 를 들어올렸다.

"선재(善哉) 선재라."

노승은 도토리껍질처럼 조그만 아이의 머리통을 쓰다듬으며 긴 한숨을 내쉬었다.

"아아 도현(倒懸)의 아해(兒孩)들이 어미 찾아 우짖는고녀. 살아서 찾지 못한 어미, 죽어 운들 무엇하리."

아이는 칭얼대며 노승의 가사섶을 흔든다.

"이잉, 자바조. 모따소이 자바조."

허공에 던져져 있던 노승의 깊은 눈길이 아이에게로 옮겨졌다.

"어째서 무(無)라 했는고?"

아이는 여전히 칭얼댄다.

"이잉, 자바조. 모따소이 자바조."

눈언저리를 덮고 있는 노승의 희고 긴 눈썹이 철사처럼 빳빳해지면서 갑자기 목소리가 높아졌다.

"무엇을 일러 무라 했는고!"

갑자기 엄해진 노승의 얼굴이 무서워 아이는 입술을 비쭉인다. 노승이 다시 소리쳤다.

"무가 무인 도리를 아는고!"

아이는 앙 하고 울음을 터뜨리며 노승의 가사섶을 쥐어뜯는다. 노승의 입이 활짝 찢어지면서 시뻘건 목젖이 크게 꿈틀거렸다.

"으핫핫핫…… 무로써 무를 찾으니 무 찾는 이 물건 또한 무로구나!"

객실 앞 토방에는 고무신과 구두가 나란히 놓여 있었다. 까무룩이 잦아들던 놀이 여인의 흰 고무신 속으로 파고들며 부르르 부르르 진저리를 쳤다. "보살님" 하고 동승이 불렀다. 대답이 없다. 멀리 염화실 쪽에서 노승이 부르짖듯 뱉아내는 "무(無)라!" 소리가 희미하게 들려오고 있었다. 동승은 다시 한 번, 이번에는 조금 크게

"보살님" 하고 불렀다. 대답이 없다. 동승은 고개를 갸웃하면서 왼손으로 예반을 받쳐들고 가만히 문고리를 당겼다. 갑자기 동승은 흑 하고 호흡을 삼키며 급하게 몸을 틀었다. 예반이 땅에 떨어졌다. 사기그릇 깨어지는 날카로운 파열음이 땅 밑으로 잦아드는 놀을 발기발기 찢어발기며 허공으로 흩어졌다. 산문을 향하여 마구 내달리는 동승의 두 뺨 위로 축축한 것이 흘러내리고 있었다. 그 어린 사미승 아이는 보아버렸던 것이었다. 사람 위에 또 사람이 포개어져 만들어진 이층(二層)을.

놀이 졌다. 목어 소리 끊어진 산사의 뜨락에는 일제히 승복빛 어둠이 깔렸다.

그해 여름

1

"올 여름이두 가이 안 잡넌 모냥이네."

눗주발 밑에 붙은 보리죽을 긁던 소년이 볼이 부어 중얼거렸고, 곁의 소년이 토를 달았다.

"올 여름뿐여. 작년이두 안 잡었넌디."

그 곁의 조금 큰 소년이 하얗게 눈을 흘겼다.

"분수읎넌 소리들 허구 있네. 작년만이 아니라 그러께두 안 잡었잖여."

간장 종재기에 숟갈을 넣던 노인이 두어 번 헛기침을 했다. 이제 막 코밑에 수염발이 잡히기 시작하는 청년이 아우들을 꾸짖었다.

"큰언니 잽혀가신 뒤루 가이 잡넌 것 봤어? 잡을 가이두 읎지면 항차 또 있다구 헤두 그렇지. 무신 정신이루 가이를 잡너냔 말여. 잽혀간 큰언니가 돌어가셨는지 살어기신지 소식이 돈절인 이 난리 통거리에."

무추름해진 소년들이 고개를 외로 꼬며 죽사발에 얼굴을 묻었고, 청년이 엄한 얼굴로 말을 이었다.

"아 밥 다 먹었으면 냇갈이 가서 발이나 닦어. 빈 밥그릇만 긁지 말구. 아무리 어린애덜이라지먼 집안 정황을 요량헐 중 알어야지. 아 싸게싸게 뭇덜 일어나넌겨. 아버지 어머니 심긔 상허시게 허지 말구."

"둘째언니는 밤낮 지청구만 혀. 밤낮 보리죽만 주먼서."

탱탱하게 부은 목소리로 중얼거리며 소년 하나가 멍석 겻의 검정 고무신에 발을 꿰었다. 그 소년은 사립 쪽으로 뛰어갔고, 두레반 밑에서 계집아이에게 죽을 떠넣어주던 아낙이 몸을 일으켰다.

"영색무저항(寧塞無底舡)이언정 난색비하횡(難塞鼻下橫)이라더니……."

노인이 입 안의 소리로 중얼거렸다. 정신없이 보리죽을 퍼넣고 있는 어린 자식들과 멍석 가를 기어다니고 있는 손자 손녀와 노처(老妻)의 버짐 핀 얼굴과 부엌으로 들어가는 며느리의 야윈 어깨를 바라보며 노인은 한숨을 내쉬었다.

"차라리 밑 빠진 항아리는 막을 수 있어두 코 아래 가로 걸린 것만은 막기 어렵다던 옛 성현의 말씀이 헛되이 전혜진 것이 아니고녀…… 끙."

그 늙은이는 타는 듯 붉은 놀이 깔리고 있는 서천(西天)을 바라보며 다시 한 번 한숨을 내쉬었다.

"그러구 보니 오늘이 복날이우그려."

멍석 가에 피워놓은 모깃불 겻으로 기어가는 손자를 끌어당기며 노파가 말했다.

"초복."

그 늙은 여자는 말린 쑥 타는 연기가 눈에 들어갔는지 손등으로 눈을 부볐고, 노인은 입맛을 다셨다. 노파가 말했다.

"푹 삶은 가이에다 닭이나 죽순허구 파를 느서 끓인 개장국이다 고춧가루를 듬뿍 늫구 하얀 쌀밥을 말어서 땀을 쭉 빼구 나먼……."

소년들의 목에서 꼴깍 하고 생침 넘어가는 소리가 났고 노인이 기침을 했다.

"아희들 회 동허라구 무슨 소리요."

"말허자먼 그렇다는 말이지유. 더위두 쫓구 허한 여름몸을 보헐 수 있다는……."

노인이 쩝쩝 입맛을 다셨다.

"허. 예긔(禮記) 월령(月令)에 보면 진덕공(秦德公) 이년에 시 초삼복 지사를 지내넌디…… 승 안 사대문서 가이를 잡어 충재(蟲 災)를 막었다구 했지. 그러므로 가이 잡넌 일이 곧 복날의 옛 행사 요, 시재 풍속에도 개장이 삼복중의 첫째 좋은 음식이 된 것이겠거 니……."

"개장뿐이겠유? 붉은 팥이루 죽을 쒀서 초복 중복 말복이 모두 먹지유."

소년들이 입을 벌린 채로 노파를 바라보았고 그 늙은 여자의 눈 가에 잔주름이 모아졌다.

"팥죽뿐인감유? 밀루다가 국수를 말어서 통배추의 이은헌 잎새 를 데쳐내서 간장 초장 겨자를 쳐서 무친 나물허구 닭괴기허구 섞 어서 으저귀국이다 말어 먹넌 건 또 워떻구유? 뿐인감유? 닭괴기 섞은 멱국이다 국수를 늫구 맑은 물을 약간 쳐서 익혀 먹넌 건 또 워떻구유? 그러구 또 도야지괴기허구 호박허구 버무려서 흰 떡을 쓸어 느서 볶어 먹구 거시기 굴븨 대가리를 섞어서 지저 먹기두 허 구…… 대흥 살 때만 헤두……."

92

며느리가 부엌에서 나오는 바람에 노파는 그만 입을 다물었다. 소년들은 아쉬운 듯 자꾸 입맛을 다셨고 노인은 수저를 내려놓았다.

"오늘 저녁 죽은 유난히 별믜로구나."

이윽한 눈길로 며느리를 바라보던 노인이 시선을 내리깔았다.

"보리죽이라두 나우 먹어야 젖이 나올 텐디…… 먹는 게 부실허니 걱정이구나."

"밥이 아니라서 숭늉이 션찮유. 날 장이 가먼 스슥이래두 점 팔어올 테니께유."

"노잣돈 챙기구 나먼 스슥 팔 돈이 워딨,"

숭늉 대접을 받들어 올리던 아낙의 두 손과 대접을 받던 노인의 한 손이 문득 멎었다. 아낙의 손이 크게 흔들리면서 노인의 손등으로 뜨거운 숭늉이 넘쳤고, 막 입으로 들어가려던 노파와 청년과 소년들의 숟갈이 동시에 멎었다. 숟가락으로 놋주발의 밑바닥을 긁어대는 것 같은 날카로운 파열음이 들려왔던 것이다. 총소리였다. 총소리는 계속해서 들려왔다. 불에 덴 것처럼 아이들이 울음을 터뜨렸고 아낙이 속적삼을 헤쳐 아이에게 젖꼭지를 물렸다. 노파가 두 팔로 계집아이를 끌어안았다. 공포에 질린 눈길로 서로의 얼굴을 바라보던 식구들의 얼굴이 사방으로 돌려졌다. 손등을 문지르는 노인의 목소리가 가늘게 떨려나왔다.

"이 무슨 방포소린고?"

어마지두에 숟가락을 떨어뜨렸던 노파가 계집아이의 궁둥이를 다독거렸다. 노파가 더듬거렸다.

"워, 워디서 나넌 포소리여? 워디서……."

"으, 읍내 쪽인개뷰. 대천……."

아낙이 기어들어가는 소리로 더듬거리는데 소년들이 소곤거렸다.

"박살미 아녀?"

"장밭 쪽 아니구우?"

"울띠 쪽 같은디……."

"쉬잇!"

하고 손가락 하나를 입에 대어 아우들의 소곤거림을 제지시키고 난
청년이 고개를 비틀어 귀를 기울였다. 총소리는 콩 볶는 것 같았고
미친 듯이 개들이 짖었다. 나오지 않는 젖을 빨던 아이가 고개를 젖
히며 다시 울음을 터뜨렸고 계집아이는 할머니의 품 속에 얼굴을
묻었다.

"워느 쪽이냐?"

노인이 손등을 문질렀다. 청년이 고개를 바로했다.

"물퍼니 쪽 같은듀. 아무래두 물퍼니고개 너머 화성 쪽……."

"읍내 쪽이 아니구?"

"예. 읍내라면 이렇게 가차이 들릴 리가 읎잖겠유?"

"북선병대가 워디까지 왔다구 그랬지?"

"조치원유."

"남선병대는?"

"그 근방일 테쥬 뭐."

"조치원은 발써 떨어졌구 읍내까지 왔다던듀."

아낙이 말했고 청년이 꿀꺽 생침을 삼켰다.

"발써유? 대전 있던 미군덜이 금강이다가 방어선을 쳤다던듀."

"누가 그류? 지가 듣기룬 미군덜두 일패도지라던디……."

"믠소 댕기넌 몽딕이 아부지가 그러던듀."

"믠 고쓰까이 댕기넌 이가 워치게 안대유?"

"관청이 댕기넌 사람 말 안 믿으면 누굴 믿넌대유. 거기는 나지

오두 있구 거시기 공문두 오넌디."

"관공리덜 말을 워치게 믿넌대유. 대통령이라넌 이두 백성덜을 쇡이구 야반도주 헸다던디……."

총소리는 계속해서 들려왔고, 수숙(嫂叔)간의 대화를 듣고 있던 노인이 두어 번 기침을 했다.

"듣거라."

그 노인은 엄한 얼굴로 식구들을 둘러보았다.

"모두 여기를 떠나야 헌다. 북선병대든 남선병대든 왜늠병대든 청국병대든 아라사군이든 화적떼든 난리가 쳐들어온 것이 분명헌 이상은, 우선 이곳을 피허구 봐야 헌다."

"가먼 워디루 간대유? 피란을. 밤이 되넌디……."

어두워오는 하늘을 바라보며 노파가 한숨을 내쉬었다. 끙 소리와 함께 몸을 일으키며 노인이 청려장(靑黎杖)을 잡았다.

"산이루덜 올러가자. 우선 뒷산이루."

"살림살이는 워척헌대유? 밥상두 못 쳤넌디…… 셍편 빚어논 건 워떡허구……."

"이 지집사람이 시방 정신이 있넌겨 읎넌겨? 싸게싸게 산이루덜 올러가자니께."

노인이 낮지만 단호하게 쏘아붙였고 노파가 계집아이를 안아올렸다. 아낙이 아이를 들쳐업었다. 청년이 아우들의 손을 잡았다. 그 때 언니에게 꾸중을 듣고 개울로 갔던 소년이 숨이 턱에 차서 달려왔는데 총소리가 들려오는 곳이 물퍼니고개 너머임이 확실해졌다. 명아주대로 만든 지팡이를 짚은 노인이 앞장을 섰다. 아이를 업은 아낙이 뒤를 따랐다. 계집아이를 안은 노파가 그 뒤를 따랐다. 세 명의 어린 아우들을 앞세운 청년이 참나무 몽둥이를 꼬나쥐고 맨 뒤에 섰다. 총소리에 쫓겨 그들은 그렇게 엎어지며 자빠지며 어두

워오는 산길을 올라갔는데, 뜨겁게 달구어진 번철(燔鐵) 위에 올려놓고 콩을 볶는 것 같은 총소리는 계속해서 들려오고 있었다.

2

"빌꼴. 남선 백성덜을 구혜주러 왔다넌 미국병대가 위째서 총질을 헐꾸?"

안고 있던 계집아이의 얼굴에 떨어지는 밤이슬을 저고리 소매로 찍어내며 노파가 말했고, 아낙이 겉치마를 뒤집어올려 아이를 감쌌다.

"뻔허지유 뭐. 오여손잽이덜 잡을라구."

참나무 몽둥이를 꼬나쥐고 노송 밑에 쭈그리고 앉은 식구들의 주위를 돌던 청년이 말했다.

"형수님두 참. 오여손잽이 허넌 이덜은 굉일이겄유. 발써 산이루 튔겄지."

"그럼 위따 대구 총질을 헌다넌겨? 시방."

노파가 손바닥으로 허벅지를 때려 모기를 잡았고 청년이 꼬나쥐고 있던 몽둥이로 땅을 찍었다. 청년은 부르르 어깨를 떨며 어깨에다 얼굴을 문질렀다.

"물르겄유. 위따 대구 쏴대는 건지······."

"그럼 헛방질 허넌 거란 말여? 공중이다 대구."

"헛방질두 한두 번일 테쥬."

"도대처 위따 대구 쏜다넌겨? 누구헌티."

손뼉을 쳐서 모기를 잡으며 아낙이 진저리를 쳤다.

"빨치산덜허구 붙넌지도 물르잖유? 야산대덜허구."

총소리는 계속해서 들려왔다. 콩을 볶는 것처럼 계속해서 총소리가 들려오는 물퍼니 고개 너머를 바라보며 청년이 이를 악물었다.

"야산대가 시방두 있겄유. 믠국정부 들어스구 나서 죄 절딴났지."

"야산대가 결국 넝민덜인디…… 긔덜은 그럼 워치게 됐대유?"

"죽었을 테쥬."

"홀랑유?"

"저 밑이 지리산 워디나 태백산 쪽은 물러두 이 근방이는 그류. 언니처럼 책 많이 읽은 이덜이나 말깨나 허던 이덜은 죄 넘어가거나 예비금속이루 잽혀갔잖유. 핏종발이나 있넌 젊은 사람덜은 죄," 하는데 노인이 주먹을 입에 대고 기침을 했다. 그 노인은 치마를 걷어올려 아이를 싸안고 있는 며느리와 시선이 마주치지 않게끔 돌아앉아 있었는데, 밤이슬이 추운지 책상다리를 틀고 앉은 어깨가 가느다랗게 흔들리고 있었다. 노인이 말했다.

"서양병대가 둔 치구 있는 걸 봤느냐?"

"둔 쳤넌지는 물르지먼 고개 너머 가는 걸 봤유. 오늘 낮에."

"저두 봤넌듀. 얼굴 하얗구 눈 파란 양사람 군대덜이 신작로 질루 가는 걸."

아낙이 말했고 소년들이 다투어 떠들었다.

"저두 봤유. 도라꾸 타구 가던듀."

"쌀라거리면서 가던듀. 새까만 토인두 있었유."

"맨 앞대가리는 찌뿌차였유."

노인이 청년에게 물었다.

"양군들이 정녕 화성에 있으렷다?"

"아마 그럴뀨. 그쪽이는 워느 쪽이던 군대 사람덜이 읎으니께유."

"남선병대는 시방 워디쯤 있다구 헸지?"

"조치원 근방이라구 들었유."

"북선병대는 워디쯤 네려왔고?"

"그 근방 워디겠쥬. 그런디 대이구 밀구 네려오넌 중이래유, 시방."

"모를 일이고녀."

깜깜한 허공을 바라보며 노인은 머리를 흔들었다.

"북선병대두 남선병대두 아직 가근방에는 안 온 모냥인디……서양병대가 지나갔다는 말은 무슨 말이며 방포소리는 또 무슨 연유란 말인구?"

총소리는 계속해서 들려왔다. 총소리 사이로 개 짖는 소리가 들려왔다. 마을에는 불빛이 보이지 않는데 저 아래로 천수답 논두렁 위를 날아다니는 반딧불 몇 점이 아련하였다. 총소리는 계속해서 들려왔는데 콩 볶는 듯한 소리로 미루어 대단히 치열한 전투가 벌어지고 있는 것 같았다. 총소리가 가까워지거나 멀어지지 않는 것으로 봐서 전투는 팽팽한 접전인 것 같았다. 청년이 노인 곁으로 다가왔다.

"잠깐 네려갔다 와야겠유."

"네려가다니?"

놀란 목소리로 두 양주가 동시에 소리쳤고, 청년이 말했다.

"아무래두 밤을 새얄 것 같은디…… 아그가 너무 차유."

노파가 청년의 바짓가랑이를 잡았다.

"저 총구덱이 속이루 워치게 간다넌겨. 아무리 밤이슬이 차다구 해두 그렇지, 워디를 간다넌겨. 죽어두 하냥 죽구 살어두 하냥 살어야지."

"림려 마세유. 예서 화성까지는 오 리두 늠넌디 당장 쳐들어오넌 것두 아니잖유. 싸게싸게 댕겨올 테니께유."

청년은 떨고 있는 부모님과 형수와 조카들과 아우들을 다시 한 번 살펴본 다음 몸을 돌렸다. 노인이 말했다.

"야불답백(夜不踏白)이니라. 밤에는 다다 희게 보이는 것을 조심혀야 허너니…… 살펴 다녀오거라."

"림려들 마시라니께유. 싸게 댕겨올 테니께."

청년이 잔뜩 상체를 숙이며 몽둥이로 풀숲을 헤치기 시작했고 노파가 목안의 소리로 관세음보살을 불렀다.

"관섭보살. 관섭보살. 관섭보살……."

청년이 가져온 밀대방석 위에 둘러앉은 식구들은 말이 없었다. 밀대방석과 함께 청년은 홑이불을 갖고 왔는데 홑이불에 둘러싸여 아이들은 이내 잠이 들었고 어른들은 연방 손뼉을 쳐서 모기를 잡았다. 총소리는 계속해서 들려왔고 콩 볶는 것 같은 총소리 사이로 하늘을 찢어발길 것처럼 개들이 짖었다. 오랫동안 한숨만 내쉬고 있던 노인이 끙 소리와 함께 입을 열었다.

"도라꾸 타구 신작롯길을 달려간 것이 정녕 양인들이렷다?"

"틀림옰다니께 아버지는 대이구 그러시네. 한두 사람이 본 것두 아니구 틀림옰이 양늠덜이라니께유."

밀대방석 주위를 돌며 벗어든 적삼을 휘둘러서 모기를 쫓고 있던 청년이 퉁명스럽게 대꾸했고 노인이 장탄식의 긴 한숨을 내쉬었다.

"양이의 무리들이 이 강산을 짓밟는고녀. 스면단구(鼠面短軀) 왜인(倭人)의 무리 대신 차구 앉은 백면청안(白面靑眼) 양이(洋夷)의 무리가."

계속해서 총소리가 들려왔고 계속해서 개들이 짖었다. 노인이 말했다.

"비긔(秘記)에 이르기를 호승(虎性)이 재산(在山)이라구 혓다.

쇠승품이 산에 있다는 말이렷다. 권인즉창궐(見人卽猖獗)허구 견송즉지(見松卽止)라. 사람을 본즉 미쳐 날뛰고 소나무를 본즉 그친다구 헸구나. 뿐인가, 이재송송송하지(利在松松松下止)라구 헸지. 이가 솔과 솔 사이에 있으니 솔 아래 그치란 말이렷다. 그칠 짓자 있는 곳이 사는 곳이라, 모두가 솔을 얘기헸구나. 활아자(活我者)는 십팔공(十八公)이라. 나를 살리는 것은 십팔공이란 말인데, 십팔공인즉 솔 송자의 파자(破字)가 아니고 무엇이더뇨? 고송(顧松)이라. 소나무를 잊지 말라구 헸구나. 솔을 돌아보라구. 모두가 솔이로구나."

노인이 추연한 표정으로 새삼스럽게 주변의 우거진 노송들을 둘러보았다. 어린 남매와 소년들은 홑이불 속에 잠들어 있었고 노파와 아낙과 청년이 노인을 따라 우거진 낙락장송들을 둘러보았다. 노인이 말했다.

"연인즉, 나를 죽이는 것은 무엇이더뇨? 일렀으되, 살아자(殺我者)는 여인대화(女人戴禾)라. 지집사람이 벼를 였구나. 지집사람이 벼를 였으니 나라 왯자라. 왜늠이로구나. 인부지(人不知)라. 사람인 중 물렀다구 헸으니 더구나 왜늠이 적실하고녀."

"임진난리 때 소나무 밑이루 간 사람은 살었단 말씀이지유?"

청년이 물었고 노인이 고개를 끄덕였다.

"암, 살다마다. 깊은 산중이루 간 사람덜은 죄 살었지. 게다가 십팔공 대국장수 이여송(李如松)이 왜병들을 쫓어냈구. 이러니 어찌 비그를 허언(虛言)이라 허겠느뇨."

총소리는 계속해서 들려왔는데, 처음보다는 사이가 떴다. 삼키면서 길게 끄는 개 짖는 소리가 아득하였다.

"임진난리는 임진난리구 당장 워척헌대유? 밤이 야심헤지넌디 ……."

노파가 노인을 바라보았는데 노인은 혼잣말을 중얼거렸다.

"소두무족(小頭無足), 소두무족이라……."

노파가 아낙을 바라보았다.

"성편 비쪄논 건 워쩍헌다네. 예서 밤을 새게 되면 날 장을 워쩍혀."

"즉을 숫자 대가리요 옳을 뭇자 발이라……."

노인은 여전히 혼잣말을 중얼거렸고 아낙이 말했다.

"글쎄 말유. 도대처 워치게 혜야 될런지 대중이 안 가네유, 시방."

"성편을 돈 사야 노잣돈을 장만헐 텐디……."

노파가 어깨에다 얼굴을 문질렀다.

"관시엄보살. 노잣돈을 장만혜야 늬 아번님이 대전을 댕겨오실 텐디…… 관시엄보살. 대전을 댕겨오셔야 애비 소식을 알 수 있을 텐디……."

지그시 아랫입술을 깨물고 있던 아낙이 노인을 바라보았다. 그 여자는 떨리는 목소리로 입을 열었다.

"난리가 터졌어두…… 재판은 받넌대유?"

끙 소리와 함께 노인은 팔짱을 꼈고 아낙이 다시 물었다.

"도대처 워치게 됬을라나유? 재판 받으면 쬐끔 있다가 가막소를 나온다구 혰넌디…… 난리가 터져버렸으니."

노인은 묵묵히 어둠 속의 노송만 바라보았고 노파가 팽 소리가 나게 맑은 코를 풀었다.

"관시엄보살. 조이 읎이 잽혀간 사람은 해 반이 늠더룩 소식이 돈절인디 난리가 터져버렸으니 이 노릇을 워쩍혀. 난리가 터져서 그이엄령인지 가이엄령인지가 네렸다니 워치게 헌다넌겨. 그레두 워치게 뚫구 가볼라구, 뚫구 가서 생사래두 알어볼라구, 금쪽 같은 멥쌀 닷 되 꿔다가 방아 쪄서 체루 쳐서 팥고물 느가지구 송편을 빚었넌디, 송편을 빚어서 장이 나가 돈 사불라구 했넌디, 급살맞일 양늠인지 미국늠인지, 아름다울 밋자 미국사람인지 쌀 밋자 미국사람 귀축미영(鬼畜米英)인지덜이 총질을 헤댄다니, 워치게 허너난 말여. 워치게 장을 보너난 말여. 어이구 관시엄보살."

아미를 비틀어 숙인 채 옷고름으로 눈께를 찍어내고 있던 아낙이 고개를 들었다. 그 여자는 떨리는 목소리로 그러나 단호하게 말했다.

"댕겨올튜. 총소리 그치면 송편 이구 장이 댕겨올튜. 워치게 허던지 노잣돈 장만혜 드릴 테니께 댕겨오세유. 아무려면 가막소서 주리틀리구 당근질 당허넌 사람두 있넌디…… 이까짓 헛방 쏘넌 총소리가 무에 무서우며 잠자리 같은 방기서 떨어뜨리넌 폭탄이 무에 겁난대유."

아낙은 주먹을 부르쥐며 입술을 깨물었다. 총소리는 좀더 줄어들어 있었다. 노파가 손바닥으로 입을 가리며 하품을 했고, 청년이 말했다.

"네려가시지요, 아버지. 총소리가 줄어드는 걸 보면…… 이제 난리가 가라앉는 것 같습니다. 아무래도 즤 동네까지는 안 올 것 같구."

"하기야 방포소리가 좀 줄어든 것 같기는 허다만 좀더 하회를 보기루 허자. 븨상시에는 항상 처음 시작할 때와 끝날 때가 중요한 벱이니. 자고루 난리 때 무고한 인명이 상허는 것은 항상 시초와 종국 어름이었거늘……."

장죽 생각이 나는지 노인은 두어 번 잔입맛을 다셨다.

"비긔에 일렀으되 구승(狗性)이 재가(在家)라 헸느니라. 가이 승품이 집에 있다는 말이겠다. 견설즉창궐(見雪卽猖獗)허구 근가

즉지(見家卽止)라. 눈을 본즉 미쳐 날뛰구 집을 본즉 그친다. 이재가가가하지(利在家家家下止)라. 이가 집과 집 사이에 있은즉 집 아래 그쳐라. 모두가 집을 얘기헸구나. 살아자(殺我者)는 우하횡산(雨下橫山)이요, 활아자(活我者)는 시상관(豕上冠)이라. 나를 죽이는 것은 비 아래 빗긴 산이요, 나를 살리는 것은 도야지 머리에 갓을 씌운 것이로구나. 비 아래 빗긴 산은 눈 설자요 도야지 머리에 갓을 씌우고 보면 집 갓자가 아니더냐. 천부지(天不知)라. 하늘인 중 물렀다구 헸구나."

"빙자란 때 난리를 피헌다구 산이루 간 사람덜은 모두 눈을 맞어 얼어 죽었으되 집안에 있었던 사람들은 살았다넌 말씀이지유?"

청년이 물었고 노인이 무릎을 쳤다.

"옳거니."

"그러니께 집이루 가유. 집 아래 그쳐유."

총소리는 이제 완전히 그쳐 있었다. 저 아래로 내려다보이는 마을의 집들마다에는 하나둘 불빛이 보이기 시작했고 개 짖는 소리도 들려오지 않았다. 노인이 청려장을 손에 쥐었다. 아낙이 아이를 들쳐업었다. 노파가 계집아이를 품에 안았다. 청년이 소년들을 깨웠다. 노인이 끙 소리와 함께 몸을 일으켰다.

"가자. 이재가가가하지라구 헸으니 집이루덜 네려가자."

3

산자락 밑에 엎드려 있는 마을의 지붕들 위로 연기가 오르고 있었다. 야트막한 초가집들의 굴뚝마다에서 피어오르고 있는 연기는 하늘 위로 곧게 올라가고 있었는데 이따금 가느다랗게 흔들리는 것이었다. 마을의 이곳저곳에서는 산것들이 다투어 깨어나고 있었다. 키 작은 댑싸리로 엮어놓은 사립문 위에 앉아 지저귀던 새 한 마리가 깃을 치며 날아올랐고 그 바람에 댑싸리 끝에 맺혀 있던 밤 잔 이슬방울들이 빗방울처럼 쏟아져내렸다. 새 울음소리가 아득하였다.

아낙이 허리를 폈다. 아낙은 저 아래로 허리띠처럼 가느다랗게 뻗어나간 신작로를 바라보며 아랫입술을 꼭 깨물었는데 두 볼에 찍어 바른 재로 해서 꼭 우는 것 같았다. 허리춤에서 조그만 쪽거울을 꺼내어 얼굴을 비춰보던 아낙은 잿간을 떠나 뒤란의 굴뚝 밑으로 갔다. 흙 틈에 엉겨붙어 있는 그을음을 떼어 두 볼과 이마에 문질렀다. 그리고 턱이며 모가지를 몇 번 문지르고 나서 다시 거울을 보았다. 잘난 신랑을 만나 시집을 간다고 연지 찍고 곤지 찍던 시절이 떠올라서 그 여자는 눈물이 나왔는데 아랫입술을 꼭 깨물어 참으면서 억지로 웃어보았다. 재와 그을음으로 칠갑을 한 얼굴은 영락없는 두억시니여서 그 여자는 다시 눈앞이 부옇게 흐려왔다. 아낙은 먹물 들인 베보자기를 쓰고 나서 목자배기를 머리에 얹었다. 그리고 허리춤에 단단히 질러넣은 은장도를 한번 만져보고 나서 사립을 나섰다.

물퍼니고개에 도착했을 때는 햇살이 따가웠다. 아낙은 고개 한켠에 솟아 있는 느티나무 밑으로 갔다. 목자배기를 내려놓고 손등으로 이마를 훔쳤다. 저 아래로 손에 잡힐 듯 가깝게 보이는 장터는 쏟아져내리는 햇살 아래 고즈너기 엎드려 있었는데, 고요했다. 닷새마다 한 번씩 열리는 장날이면 연락부절로 다니던 장돌뱅이도, 저마다 돈살 곡식자루를 이고 진 삼동네 이웃사람들도, 늙은이들을 태운 소달구지도, 나무꾼 총각도 보이지 않았다. 사립문을 나와 신작로를 걸어 고개에 이를 때까지 개미새끼 한 마리 보지 못했다는 생각을 떠올리고 아낙은 새삼스럽게 주위를 둘러보았다. 고요했다.

이따금 높이 떠서 지저귀는 새 울음소리로 해서 주위가 더욱 고요한 느낌이었다.

극력으로 만류하는 식구들을 뿌리치고 그 여자가 집을 나온 것은 오직 떡을 팔기 위해서였다. 총소리가 들려왔던 장터까지 가는 것이 위험하다면 물퍼니고개까지만이라도 가서 오가는 장꾼들을 상대로 송편을 팔아 어떻게 노잣돈을 장만해 오겠다고 식구들을 안심시키고 집을 나섰던 것인데, 장꾼은 고사하고 하다못해 그 흔한 동냥아치 하나 보이지 않는 것이었다. 해반 전에 예비검속으로 끌려간 뒤로 난리가 터지는 바람에 도무지 생사를 알 길이 없는 남편을 생각하면 보리죽이나마 입에 넣기가 송구스러웠고 계엄령이 내렸고 노잣돈이 없다지만 그것도 핑계인 것만 같아서 시아버지가 원망스러웠다. 해방되기 전전해에 혼인을 한 그 여자는 남편과 꼭 네 해를 살았는데, 주의자인 남편이 헌병대며 주재소며 경찰서며 감옥에 드나들기를 고자 처갓집 드나들 듯이 드나드는 바람에 남편과 한 이부자리 속에서 동품을 한 것이 삼세 번 세 번 곱해서 열 번이 채 못 되었다. 그러나 세 살 터울인 남매를 생산하였고, 남편은 돌아오지 않는 것이었다. 그리고는 달포 전에 난리가 터져버린 것이다.

아낙은 다시 한 번 허리춤을 만져 은장도를 확인하였다. 시집 오기 전날 밤 친정어머니가 단속곳 속에 달린 주머니에 넣어주며 '정절을 지킬 때 쓰도록' 했던 것이다. 아낙은 목자배기를 머리에 얹고 끙 소리와 함께 몸을 일으켰다. 할 수 없이 장터까지 내려가볼 작정을 하고 몸을 일으켰는데, 몸을 일으키다 말고 그 여자는 그만 '아이구머니나!' 하고 목안의 소리로 부르짖으며 털푸덕 주저앉고 말았다. 웬 사내가 굴참나무숲을 헤치고 나왔던 것이다. 사내는 황톳물 배인 핫바지에다가 칡덩굴로 감발을 친 지까다비를 신고 있었는데, 손에는 날카롭게 끝을 쳐낸 죽창을 들고 있었다. 사내가 걸음을 멈추었다.

"아줌니는 워디 살유?"

허리춤에 손을 찌르며 혀끝으로 입술만 핥던 아낙이

"구. 구렛굴유. 조 너머 구렛굴."

하고 간신히 말했는데, 사내가 고개를 갸웃했다.

"구렛굴이면 누구랴? 구렛굴 살면 알아볼 텐디……."

입 속으로 중얼거리며 사내가 한 발 더 다가왔다. 궁둥이를 뒤로 빼면서도 아낙은, 얼굴이 하얗고 눈은 파란 미군이 아닌 것에 우선 안심하며 똑바로 사내를 바라보았다. 사내는 새둥우리 같은 머리칼에 충혈된 눈을 하고 있었는데 어디서 본 듯한 얼굴이었다. 사내가 죽창 든 주먹으로 입을 가리며 하품을 했다.

"구렛굴 워느 댁이래유?"

죽창은 들었으나 사내의 태도에 악의가 없어 보여 아낙은 침착하게 말했다.

"진사댁유. 김 진사댁."

"진사댁유? 얼라, 그럼 일붱이 성님댁 아녀?"

"그류. 지가 그 집 메누리유. 영복이 에미."

사내가 아낙의 앞으로 좀더 다가오며 꾸벅 고개를 숙였다.

"아줌니 그간 별고 읎으셨유?"

"누, 누구시래유?"

궁둥이를 뒤로 빼내며 아낙이 되물었는데 사내가 씩 웃었다.

"저유. 화성 사넌 용근이유. 일붱이 성님 잽혀가시기 전이 둬 번 갔었잖남유. 거시기 즌농 일루."

아낙의 입이 벙긋 벌어졌다. 그 여자는 허리춤에서 손을 빼며 참았던 침을 삼켰다.

"그류 그류. 알구말구유. 화성 햅싸리서 소작 부친다넌 총각…

… 즌농 일루 한민당 사람덜허구 싸우던…….”

“그런디 얼굴이다가 숯검댕이를 발러노니 알 수가 있어야지유. 워디 가시넌 질이래유?”

“장이 가볼라구 나왔지먼 총각은 웬일이래유? 겁나게 죽창을 다 들구…….”

“장이는 뭇 가유.”

“왜 뭇 간대유?”

“하여간 뭇 가세유. 그런 중 알구 이라 보세유. 믄빛이래두 사람덜 눈이 띌지 물르니께.”

청년이 아까 나왔던 굴참나무숲으로 들어갔고, 잠깐 망설이던 아낙이 목자배기를 다시 이고 뒤를 따랐다. 청년이 목자배기를 받아 내려주고 나서 조금 떨어져 앉았다. 청년이 말했다.

“어젯밤 총소리 뭇 들으셨유?”

“왜 그랬대유? 워떤 사람덜이 그런규?”

“장터는 시방 난리 났유.”

“왜 그랬너냐니께유? 누가?”

청년은 장터 쪽을 한번 바라보고 나서 뽀드득 소리가 나게 이를 갈았다.

“양늠덜이쥬. 인민군헌티 쫓겨온 늠덜이 그 분풀이 허너라구 총질헌 거쥬. 오여손잽이 잡넌다는 핑계 대구. 가이색긔덜.”

“그, 그레서…… 워치게 됐대유?”

떨리는 목소리로 아낙이 물었는데 충혈된 눈으로 장터 쪽을 바라보던 청년의 눈에 핑그르르 물기가 돌았다. 청년이 손등으로 눈께를 문질렀다.

“무고헌 양민덜만…… 죄이 읎넌 백성사람덜만 죽었쥬…… 여남은 명이나. 저녁밥 짓다 말구 구경나왔던…… 아줌니덜허구……

애덜만⋯⋯."

아낙이 치맛귀를 들어올려 팽 소리가 나게 맑은 코를 풀었다.

"젊은 사람덜은 뭐헌규? 무고헌 양민덜이 죽넌디⋯⋯ 젊은 사람덜은 그래 뻔히 서서 구경만 헷단 말유?"

청년이 죽창으로 땅을 찍었다.

"그늠덜이 들온다넌 소문 듣구 핏종발이나 있넌 젊은이덜은 발써 산으로 뒀쥬. 남어 있던 무지렝이덜이 쇠시랑허구 낫 들구 쫓어 나갔지먼⋯⋯ 총 든 늠덜을 워치게 당허겄유. 가이백정 같은⋯⋯."

"그늠덜은 그럼 시방두 있대유?"

"아마 그럴뀨. 우덜이 그중 한 늠을 쇠시랑이루 찍어 넹겼넌디⋯⋯ 공포 때리면서 밤새 집뒤짐허구 난리였으니께."

침묵이 깔렸다. 고개를 사이에 두고 양쪽으로 이어진 신작로에는 여전히 사람의 그림자도 보이지 않는데 중천에 높이 솟은 해에서 퍼부어내리는 햇빛이 쏘는 것 같았다. 아낙이 저고리 소매끝으로 이마를 찍었다.

"총각은 시방 워디루 가넌규?"

목자배기에 던져져 있던 시선을 거두며 청년이 손등으로 뒷목의 땀을 훔쳤다.

"증찰 나왔유."

"증찰⋯⋯ 증찰이 뭐이래유?"

"동무덜허구 패를 짰유. 군정 때 즌농 일 보던 동무덜 멫이서."

청년이 뽐내는 어조로 말했다.

"우덜두 인저 무지렝이 뇡민이 아니란 말유. 저두 인저 야산대라니께유."

"⋯⋯⋯⋯."

108

"도라꾸 지나가나 볼라규. 엊저녁이 대천까지 들왔다니께……
아마 오늘중이룬 예까지 올규."

"……예까지 들오면 워치게 되넌 거래유?"

"해방이 되넌 거쥬."

"해방은…… 팔일오 때 됐넌디……."

"그건 가짜구…… 진짜루 되넌 거쥬. 진짜루 해방시상이."

"진짜루 해방이…… 거시기 진짜루 해방시상이 되먼 워치게 되
넌 거래유?"

"새 시상이 되넌 거쥬."

"새 시상…… 새 시상이 워떤 시상이래유?"

"나쁜 늠덜을 쫓어내넌 시상이쥬. 민족반역자덜을. 왜늠 양늠 밑
이서 고쓰까이질 허구 종질 허면서 착헌 백성덜을 홀태질허던 친일
파 악질반동 지주늠덜허구 관공리늠덜을 쫓어내넌."

"그런 거 말구 말유. 팔일오 해방 때 근준허구 인공허구 거시기
남로사람덜이 떠들던 그런 말 말구 말유."

"인민위원회를 맹글어야쥬. 군정서 읎애버린 인민위원회허구 치
안대를 다시 맹글어야쥬. 인공에서 맹글었던."

"그런 거 말구 말유?"

"에이 아줌니두. 그거야 아줌니가 더 잘 아실 테쥬 뭐. 일병이 성
님이 왜정 때버텀 밤낮 그 공부만 허셨으니께."

청년이 멋적게 웃으며 뒷목을 훔쳤고 한참 만에 아낙이 말했다.

"난리 전이 잽혀간 사람은 워치게 되너냔 말유? 예비금속으루다
잽혀간 사람은……."

대답이 궁해진 청년은 죽창으로 땅만 찍었고 아낙은 고개를 떨어
뜨렸다. 그 여자는 무릎에다 눈께를 문지르며 혼잣말로 중얼거
렸다.

"새 시상 맨들겄다구 죽창 들구 싸우다가 죽은 사람덜이야 팔자 소관이라구 치고…… 책만 읽다가 잽혀간 사람은 워치게 되너냔 말여. 부모형제 일가친척 처자식 놔두구 잽혀간 사람은……."

아낙이 몸을 일으켰다. 청년이 따라서 몸을 일으켰고 그 여자는 실성한 사람처럼 허공을 바라보며 혼잣말로 중얼거렸다.

"그나마 인저 떡장사두 뭇 허게 됐으니…… 이 노릇을 워척헌 댜. 이 노릇을 워척혀."

"아줌니."

청년이 불렀으나 아낙은 대꾸없이 걸음을 옮겼다. 아낙은 여전히 뭐라고 하는지 알아들을 수 없는 목소리로 중얼거렸는데, 목소리에는 어느덧 가락이 들어 있었다.

"대전 질이 몇 리냐 가막소가 워디냐."

"아줌니. 영복이 엄니."

"노자 읎인 뭇 가랴 걸어서는 뭇 가랴."

"자배기 가지구 가유. 떡 목판."

청년이 소리쳤는데 아낙은 여전히 들은 척도 하지 않고 고갯마루로 올라섰다. 아낙은 장터 쪽을 한 번 바라보고 나서 몸을 돌렸다. 그리고 그 젊은 여자는 울음의 소리로 흥얼거리며 뙤약볕이 퍼부어 내리는 신작롯길을 하염없이 걸어갔다.

"산이라면 넘어주마 물이라면 건너주마. 대전이루 가련다 가막소루 가련다. 내 낭군을 찾어서 애 아부질 찾어서. 왜늠두 가거라 양늠두 가거라. 청국늠두 가거라 로스께두 가거라. 제 나라루 가거라 내 땅 두구 가거라. 인민군두 보기 싫다 국방군두 나는 싫다. 긩찰사람 치떨린다 관공리덜 뭇 믿겄다. 방포소리 긔맥힌다 화약냄새 코 썩는다. 여보 여보 제가 가요 당신 각시 제가 가요. 우리 엄니 친정 엄니 당신 장모 혜준 이불. 삼세 번 세 번 곱해 열 번두 뭇 핀

이불. 햇솜 느서 꾀맨 이불 명주 이불 펼쳐 덮구. 유자생녀 만수다복 오래오래 향복허게. 어와둥둥 내 사랑아 관옥 같은 내 낭군아. 신언서판 구족헸다 모두 부뤄허던 신랑. 시집이라 와서 보니 주의자가 웬말이유. 무신 책을 잘못 읽어 밤낮 쫓겨댕기넌규. 그렇지만 나는 좋아 내 낭군이 나는 좋아. 여보 여보 제가 가요 당신 각시 제가 가요. 살어 기슈 죽어 기슈 입 있으면 말 좀 헤유. 살었으면 달려오구 죽었으면 혼이래두. 혼이래두 달려와서 당신 식구 지켜줘유."

잔월(殘月)

　　영마루 너머로부터 새벽 놀이 짙어오고 있었다. 어둠을 밀어내며 희끄무레하게 밝아오는 하늘 아래 산것들이 하나 둘 깨어나고 있었다. 허리띠처럼 좁고 긴 오솔길이 끝없이 이어져 있는 산길을 머리에 보퉁이를 이고 한 손으로 아이의 손을 잡은 아낙이 영마루 쪽을 향하여 걷고 있는 중이었다. 개울물 흐르는 소리가 고즈넉한데, 이따금 벌써부터 잠깬 새들이 깃을 치며 날아올랐고, 그때마다 나뭇가지에 매달려 있던 밤 잔 이슬이 빗방울처럼 쏟아져내렸다. 가쁜 숨을 몰아쉬며 잰걸음을 놀리던 아낙이 문득 진저리를 치며 자기의 어깨에다 얼굴을 비볐다.

　　"싸게싸게 걸어. 해 뜨기 전에 재를 넘어야 혀."

　　아낙의 손에 매달려 종종걸음을 치던 아이가 칭얼거렸다.

　　"발 아퍼어. 업구 가잔 말여."

　　"얼릉얼릉 가자니께. 조오기 가서 업구 가께."

112

"배두 고푸구…… 졸립단 말여."

아이는 잡힌 손을 내두르며 칭얼거리다 말고 갑자기 "엄니!" 하고 소리치며 아낙의 다리통을 끌어안았다. 저만큼 앞쪽에서 무엇인지 요란한 소리를 내며 날아올랐던 것이다.

"아이구머니나, 간 떨어지겠네."

아낙은 하마터면 떨어뜨릴 뻔했던 보퉁이를 바로 세우며 마른침을 삼켰다.

"아무것두 아니라니께. 봐라, 날짐승 아녀."

아이는 슬그머니 고개를 들고 앞을 바라보았다. 꿩이었다. 짙은 하늘색의 가는 목에 눈부시게 흰 목댕기를 두른 장끼 한 마리가 잔솔밭 사이로 천천히 걸어가고 있었는데, 철사처럼 빳빳하게 세운 꼬리가 이슬에 젖어 반짝 빛났다. 아이가 아낙의 손을 잡으며 코맹맹이 소리를 냈다.

"무서워, 엄니."

아낙은 보퉁이를 한 번 추스른 다음 다시 걸음을 재촉했다.

"무섭긴 뭐가 무섭다는겨, 무섭길."

스스로 다짐을 두는 듯 아낙은 목소리를 높였다.

"날짐승 길짐승은 무섭잖은겨. 사람이 즈이덜 해꼬지 안 허면 사람헌티 해꼬지 안 허니께."

"그럼 뭐가 무서."

아낙이 다시 진저리를 치며 어깨에다 얼굴을 문질렀다.

"인짐승."

"그게 뭔디."

아낙이 짧게 한숨을 뽑았다.

"나중에 크면 알게 돼."

아이가 입을 크게 벌리며 하품을 하다 말고 손등으로 눈께를 문질렀다.

"엄니, 오주움."

"아이구 삭신이야. 전신이 조깃대갈 저며논 거 같으네."

아낙은 보퉁이를 내리면서 주먹으로 등을 두드렸다. 그리고 아이의 앞에 쪼그리고 앉아 바지 단추를 끄르고 탱탱하게 약 오른 고추를 꺼냈다. 아낙의 입이 벙긋 벌어졌다.

"얼라. 승난 것 점 봐. 여적 참은겨."

아이의 고개가 외로 꼬였다.

"이잉……."

"싸게 눠."

작은 포물선을 그리며 흰 물줄기가 솟구쳐 올랐다. 더운 김이 뽀얗게 피어오르면서 땅바닥이 엷게 주름졌다. 아이의 입이 다시 활짝 벌어지면서 주먹이 눈께로 올라갔다.

"인저 업구 가는겨, 이."

"싸게싸게 누라니께. 벌써 해가 뜨겄구먼."

불을 지핀 듯 벌겋게 타들어오는 영마루 쪽에 눈길을 주면서 아낙은 다시 한숨을 내쉬었다. 아이가 다짐을 두었다.

"재만 넘으면 오이갓집인겨."

아낙이 고개를 끄덕였다.

"난 하나두 생각 안 난단 말여. 오이갓집이."

아이의 조그만 어깨가 부르르부르르 흔들렸다. 아낙은 잡고 있던 고추를 몇 번 털고 나서 단추를 채웠다. 그리고 아이를 돌려세운 다음 치마를 올리고 속곳을 내렸다. 손톱만큼 남아 있던 잔월(殘月)이 구름에 가리워지면서 속삭이듯 낮게 흘러가던 개울물 소리가 문득 멎었다.

아낙은 지나간 석 달이 지금까지 살아온 스물아홉 해 세월만큼이나 길게 느껴졌다. 적의에 찬 주민들의 따가운 눈길이 아니라도 마을에서 살 수는 없었다. 초여름에 어디론가 끌려간 남편은 만산홍엽이 우수수 우수수 쏟아져내리는 가을이 깊도록 돌아오지 않는데, 바람막이였던 시어머니마저 짚단처럼 힘없이 쓰러져버리고 난 시집에는 조석을 가리지 않고 찬바람이 불었고, 주민들은 흉갓집이라고 발길을 끊었으며, 손보는 이 없어 키를 넘는 마당의 잡초에서는 대낮에도 시잇시잇 하고 풀 먹인 옷자락 스치는 소리를 내며 능구렁이가 울었던 것이었다.

"꼭 붙잡어. 졸지 말구, 이."

치마를 내리면서 아낙은 아이에게로 등을 돌렸다. 아이는 아낙의 등에 배를 붙이면서 모가지를 단단히 붙잡았다. 아낙은 보퉁이를 머리에 인 다음 끙 하고 힘을 썼다. 구름이 걷히면서 잔월이 다시 얼굴을 내밀었다. 아낙이 걸음을 옮길 때마다 잔월은 뒤로 물러날 듯 물러날 듯 뒤처지고는 하였는데, 그러나 또 이내 따라와 그 여자의 머리 위에 머무르고 있었다.

"여적 먼겨?"

아이는 발장난을 치면서 아낙의 모가지를 흔들었다.

"흔들지 마러. 엄마 글력 팽기는구먼."

"오이갓집이 가면 누가 있는겨?"

"많지. 오이할아부지, 오이할머니, 오이삼춘……."

아이의 목에서 꼬르륵 하고 침 넘어가는 소리가 났다.

"거기 가면 먹을 것두 많겠지?"

"그러엄."

갸름하게 선이 고운 아낙의 옆얼굴이 월광(月光)을 받아 뽀얗게 빛났다.

"거기 가면 동무들두 많겠지?"

"그러엄."

"아부지이."

"뭐여?"

"아부지 말여. 아부지도 그럼 오이갓집으로 오는겨?"

아낙이 문득 걸음을 멈추더니 깊숙이 허리를 숙여 아이가 떨어지지 않게 하면서 팽 하고 맑은 코를 풀었다. 아이가 아낙의 목을 흔들었다.

"그런겨?"

아낙은 다시 허리를 펴고 걸음을 옮겼다.

"그러엄."

"엄니."

"응."

"음…… 할머니는 워디루 갔으까?"

"새꼽빠지게 뭔 소리랴."

"생여두 안 타구 갔으니께 말여."

"극락 가셨겄지."

"극락?"

"응."

"거기가 워딘디?"

"거기…… 거기가 워딘고 하면."

아낙은 긴 한숨을 내쉬었다.

"거기는 펭등헌 곳이래여. 할머니께서 밤낮 안 그러시담. 거기는 착헌 일 헌 사람이 죽어서 가넌 데라구. 부자두 가난뱅이두 잘난이두 못난쟁이두, 기룬 것두 서룬 것두 읎구, 오여손 바른손 패 갈러서 쌈박질 허지두 않구…… 콩 한 쪽두 서루 나눠 먹구, 존 일 있으면 하냥 웃구 서룬 일 있으면 하냥 울구…… 거기넌 증말 사람덜만 사넌 곳이래여. 진짜 사람덜만."

하다가 문득 눈앞이 침침해와서 아낙은 다시 팽 하고 맑은 코를 풀
었다. 가래 끓는 소리로 나약하게 울어대는 풀벌레 소리와 도란거
리며 흘러가는 개울물 소리로 해서 주위가 더욱 고요한 느낌이었는
데, 자기의 발자국 소리가 너무 크게 들린다고 생각하며 아낙은 등
을 흔들었다.

"자는겨? 시방."

아이는 입맛을 다시면서 손가락을 꼼지락거렸다. 아낙이 몸을 흔
들었다.

"간지럽다니께."

"이……잉."

"자지 말어. 엄마 혼자 심심혀."

"이……잉."

"옛날 얘기 해주까."

사람들은 잘난 신랑 얻어간다고 모두들 부러워했다. 인물 좋고
말 잘 하고 학식 많고 똑똑하고, 그야말로 신언서판(身言書判)을
두루 구족한 일등 신랑이라는 것이었다. 가난한 것 한 가지가 흠이
지만 인물 하나 출중했으면 그만이지 문제도 아니라는 것이었다.
사실이 그랬다. 그래서 처음 어른들의 어깨 너머로 그 남자의 얼굴
을 훔쳐본 그 여자는 온몸이 쥐가 오른 듯 저려오고 터질 듯 가슴이
두근거려 내내 얼굴을 못 들었던 것이었다. 옥으로 깎은 듯 준수한
얼굴이었는데 무엇보다도 슬픈 듯한 눈매가 좋았고 꽉 다문 입은
깊은 신뢰를 일으켰다. 남편은 언제나 사랑방에서 책상다리를 틀고
앉아 두꺼운 책만 읽었다. 그 슬픈 듯한 눈매에 이따금 짙은 그늘이
어리는 것으로 봐서 남편은 어떤 깊은 고민에 잠겨 있는 듯하였는
데, 그 고민의 정체가 무엇인지는 꼬부랑글자로 된 남편의 책을 그

여자가 읽을 수 없는 만큼 알 도리가 없었다. 살뜰하게 잔정을 쏟아주지는 않았지만 남편의 사랑은 점잖으면서도 깊었다. 볏백이나 하는 집안에서 손끝에 물 한 방울 안 묻히고 자란 그 여자였지만 옹색한 살림을 스스로의 손으로 꾸려간다는 즐거움이 있었다. 손이 귀한 집에서 아들을 낳았고, 시어머니의 사랑 또한 도타워서 그 여자는 행복하였다. 그런데 언제부터인가 갑자기 남편의 출입이 잦아지기 시작하였다. 평소에는 읍내 나들이도 드문 편이었는데 도청이 있는 대전이며 먼 서울까지도 오르내리는 눈치였다. 이따금 낯선 손님들이 찾아와 며칠씩 묵고 가기도 하였다. 그런 밤이면 사랑방에는 이슥토록 불이 꺼지지 않았고, 그 여자는 까닭 모를 불안감으로 잠을 이루지 못하는 것이었다.

"자는겨? 시방."

"………."

등이 점점 무거워오고 있었다. 아낙은 끙 하고 힘을 쓰며 등을 추슬렀다.

"자지 말어. 엄마 혼자 심심혀."

"………."

"옛날 얘기 혜주까."

난리가 터졌다는 소문이 돌았다. 한 우물 나눠 먹고 사는 구렛굴 사람들은 그러나 포소리 한 방 못 들었고, 군인의 그림자도 못 보았다.

삼팔선이 터졌댜. 북선 병대가 거시기 땅끄라나 뭐라나루 디립다 밀구 내려오며 철포를 놓넌디, 아 국방군은 일패도지라넌겨. 시방.

남선 백성은 죄 죽인다던디, 우리게넌 워치게 되넌겨.

앗다, 이 사람덜 보소. 우리네 무지렝이 넝사꾼덜이야 저저금 땅 파먹구 산 조이밖이 읎는디, 왜 쥑인다나. 쥑이길.

118

아, 즌쟁이 터졌넌디, 조이구 거시기구 따져가며 쥑이겄어.

그거야 식자 들구 거시기 사상 가진 이덜 소관이겄지, 우리네 넝사꾼덜이야……

놀란 토끼처럼 쪼그리고 앉아 손가락이 노래질 때까지 봉지담배를 말아 피우면서도 사람들은 날이 밝으면 어제처럼 논의 물꼬를 살피고 밭에서 호미질을 했으며, 지게를 지고 뒷산으로 올라갔다. 그 여자는 마당에서 절구질을 하고 있었다. 텃밭에서 캔 햇감자였는데 남편이 좋아하는 감자떡을 만들 참이었다. 그 감자떡이 익기 전에 남편은 집을 나갔다. 눈썰미가 사나운 남자를 따라간 남편은 그리고 밤이 깊도록 돌아오지 않았다. 바람 소리만 들려와도 그 여자는 벌떡벌떡 일어나 사립 쪽으로 내달았고, 시어머니는 새벽같이 쌀자루를 이고 오서산으로 달려갔다. 하늘을 찢어발길 듯 매미가 울어쌓던 칠월 초순 어느 날, 머리에 도리우찌를 눌러 쓴 사내들이 마을에 들어왔다. 구렛굴 사람들은 서로 눈치를 살피면서 목이 찢어지라고 만세를 불렀다. 인미인꽁화국 만서이. 새 시상 만서이. 사내들은 그 여자의 팔뚝에 붉은 완장을 채워주며 말했다.

위대한 혁명투사의 자랑스러운 유가족을 충심으로 위로하오. 동무의 남편은 압박받는 인민의 해방을 위하여 영웅적으로 투쟁하다 일신의 피를 민족의 제단 위에 뿌렸던 것이오. 자, 이제부터 동무의 원수를 갚으시오.

그 여자는 그러나 알 수가 없었다. 해방이니 투쟁이니 민족의 제단이니 하는 어려운 말들을 이해할 수 없었을 뿐더러 도대체 허구헌날을 그늘진 얼굴로 두꺼운 책만 읽던 남편이 무엇을 위하여 구체적으로 어떤 일을 한 것이며 왜 죽어야 했는가를. 그 여자는 더욱 알 수가 없는 것이었다. 어째서 자기들은 갑자기 '애국자의 유가족'이 되어야 하며 갚아야 할 '원수'는 누구인가를. 가장 뚜렷한 실감은 남편이 돌아오지 않는다는 것이었고, 긴 밤을 홀로 새워야 된다는 것일 뿐이었다. 시신도 보지 못한 남편의 죽음을 그 여자는 그리고 믿을 수가 없었는데, 그들은 부드럽게, 그러나 거부할 수 없는 위력으로 등을 밀었다.

자 나가시오. 나가서 원수를 갚고 애국자의 유족답게 열렬히 혁명과업 수행에 매진해주시오. 이 마을은 여맹위원장 동무만 믿소.

그 여자가 남편의 '원수'를 갚고 '애국자의 유족'답게 '혁명과업 수행'에 매진했던 것은, 수류탄을 움켜쥔 소년 병사가 탱크 위에서 절규하고 있는 포스터며, 처음 보는 사람의 얼굴이 박힌 사진, 그리고 '모여라 여성들아 붉은 깃발 아래로!' 따위가 적힌 백로지를 공회당의 담벽에 붙이고, 부녀자들에게 그들이 일러준 노래를 가르치고, 마을을 돌며 곡식이며 가축 같은 것들을 공출해오는 일이 고작이었다. 그들은 공출해온 것에서 얼마쯤 떼어 이따금 그 여자의 집에 디밀어주고는 했는데, 그 여자의 시어머니는 펄쩍 뛰었다.

남이 눈에 눈물 한 방울이먼 내 눈에 피 한 사발인디, 우리가 무슨 골리루 이걸 먹겄수. 애븨를 비명에 저승 보내구 우리가 무신 심사루 쌀밥에 괴깃국을 먹넌단 말유. 그것두 남이 것을. 관세어엄 보살.

"자는겨? 시방."

아이는 대답이 없는데, 아낙은 등짝이 천 근이나 되는 듯 무거워서 발걸음이 자꾸 느려지고 있었다. 영마루 쪽의 놀은 이제 진한 핏빛으로 가까워오고, 벌레 소리 개울물 소리 높이 떠서 지저귀는 새 울음 소리 아득한데, 지는 달빛 아래 만산의 단풍은 놀빛으로 쓰러지고 있었다. 아낙은 이따금 생각난 듯이 진저리를 치며 하염없이 걷고 있었다.

"자지 말어. 엄마 혼자 심심혀."

송편 한쪽 변변히 못 빚고 추석을 넘긴 며칠 후, 갑자기 도리우찌를 쓴 사내들이 보이지 않았다. 다시 세상이 뒤집혀졌다고 했다. 한 우물 나눠 먹고 사는 구렛굴 사람들은 이번에도 역시 포소리 한 방 못 들었고 군인의 그림자도 못 보았다.

즌쟁이 끝났다. 서양 병대가 거시기 호줏기라나 뭐라나를 디립다 몰구 올라오며 폭탄을 던지넌디, 아 북선 병대는 일패도지라넌겨. 시방.

만서이 부른 사람은 죄 쥑인다넌디, 우리게넌 워치게 되넌겨.

앗다 이 사람들 보소. 우리네 무지렝이 뇡사꾼덜이야 저저금 지목심 살자구 부른 만서인디, 무슨 조이가 있다나. 조이가 있길.

그레두 앞대가리 나섰던 사람은 온전허지 뭇헐 거라넌디, 끙.

사람들은 힐끔힐끔 그 여자를 바라보았는데, 어느덧 싸늘한 눈초리로 변해 있었다. 만세를 부르지 않았거나 도리우찌를 쓴 사내들이 시키는 일을 한 가지라도 안 했던 사람은 구렛굴에서 한 명도 없었는데, 사람들은 모든 잘못을 그 여자에게로 몰아붙이려는 눈치였다. 마침내 총멘 순사들이 들이닥쳤다. 구렛굴 사람들은 서로 눈치를 살피면서 목이 찢어지라고 만세를 불렀다. 대하인밍국 만서이. 새 시상 만서이. 그 여자는 포승줄에 묶여서 개처럼 끌려갔다. 대낮인데도 알전등을 밝힌 취조실에는 자지러지는 비명이 낭자하였고, 그 여자는 벌써 반정신은 나간 상태였다.

아줌니, 우리 글력 팽기지 않게 헙시다요.

사내는 물 먹인 쇠좆몽둥이를 슬슬 쓰다듬으며 노랗게 웃었다. 고문을 시작할 것도 없이 그 여자는 만세를 부르고 포스터를 붙이고 노래를 가르치고 또 공출에 앞장섰다는 것을 모두 자백했는데, 사내는 그 이상의 것을 듣고 싶어하였다.

그리구우—

쇠좆몽둥이가 허공을 찢었다. 적삼이며 치마가 갈갈이 찢어졌다.

그리고 또 무엇을 자백할 것인가, 그리구우 — 하고 길게 늘여빼는 사내의 충청도 사투리가 그 여자는 배암처럼 몸서리쳐졌다.

허참, 팔자에 옰는 이발쟁이 노릇까지 헤야 허니.

사내는 쇠좆몽둥이를 집어던지며 츳츳 혀를 찼다. 그리고 뻰치를 들고 그 여자의 발치에 쭈그리고 앉으며 허옇게 웃었다.

기밀셍이헌티 충성을 맹세헸지?

아녀유.

헸을 텐디 —

으으…… 헤, 헸유.

그 여자의 하체는 바람 부는 밤의 문풍지처럼 파르르파르르 경련했다. 그 다음부터는 모든 질문에 네, 였다. 상피를 붙었다고 몰아도 네, 할 판이었다.

늬 서방은 왜정 때버텀 골수 좌익이지?

네.

늬 서방은 예비검속으루 처형됬구, 그레서 네년은 민국정부에 앙심을 품었지?

네.

붉은 세상이 평생 갈 줄 알었지?

네.

갸덜헌티 군경 가족을 찔러박었지?

네.

서방 웬수 갚는다구 날쳤다며? 그레서, 그레서 몇 명이나 쥑인겨?

아, 아녀유. 웬수 갚은 일 읎유. 사람 쥑인 일두 읎구.

허, 이 아줌니 독종일세.

사내가 허옇게 웃으며 뻰치를 잡은 손에 힘을 주었다.

그쪽 믄서 이쪽 사람이 다섯이나 당했단 말여, 다섯이나. 이 뻴 겡이년아.

으으…… 그렛유. 다, 다 헷유.

온몸이 항아리에 담궈놓은 곤쟁이젓이 되어 가지고 돌아온 그 여자는 시어머니가 걸러다 준 황금탕을 일곱 사발이나 마시고 나서야 굴신을 할 수가 있었다. 황금탕이란 뒷간에서 퍼올린 곰삭은 똥물이었는데 대통을 박고 빨 것도 없이 그대로 들고 오뉴월에 냉수 마시듯 들이켰던 것이었다. 그러면서도 그 여자는 뻰치 자루로 '자백'을 강요하던 사내가 원수라는 생각이 들지 않았다.

원망스러운 것은 오직 남편일 뿐이었다. 어째서 그 잘난 인물 똑똑한 머리를 가지고 나라에서 금하는 책을 읽고 나라에서 금하는 사상인가 뭔가를 가졌던 것인지 야속할 뿐이었다. 그 여자는 그러나 젊은 삭신이라 회복이 빨랐는데 정작 힘없이 쓰러져버린 것은 시어머니였다. 마을 사람들이 집으로 몰려왔던 것이다. 부역자의 재산은 집어가는 사람이 임자이며, 따라서 죄가 되지 않는다는 것이었다. 눈에 벌건 핏발을 세운 사람들은 느려터진 말소리와는 달리 날렵하게 몸을 움직여 자기들끼리 아귀다툼을 벌이면서 반반한 것이라면 하다못해 살강에 얹어둔 간장종지까지 죄 훑어가버렸다. 그 여자는 이상하게 변해버린 마을 사람들을 멍하니 바라보고만 있었는데, 쌀독을 안고 뒹굴던 시어머니는 어느 발길에 채였는지 가르릉가르릉 가래를 끓이다가 짚단처럼 쓰러져버렸던 것이었다.

난리가 터지기 전의 구렛굴 사람들은 제 땅에 제 씨 뿌려 제 식구들 입치레하는 재주밖에 몰랐고, 여름에는 보리 곱삶아 먹고 겨울에는 시래기국 먹으며 어느 집에서 보리감자만 쪄도 집집이 돌리며 웃음으로 나눠 먹었으며, 기껏해야 국방군이 들어오면 대하인밍국 만서이를 인민군이 들어오면 인미인꽁화국 만서이를 눈치껏 부를 줄밖에 몰랐던 것이었다.

"자는겨? 시방."

아이는 깊이 잠들었는지 대답이 없고, 벌써 날은 밝아오는데, 지척으로 보이는 영마루가 아득하여서 아낙은 다시 코를 풀어야 했다. 팔을 바꿔 등을 추스르고 난 아낙이 간신히 걸음을 재촉하는데, 여태도 남아 있는 잔월이 그 여자의 뒤를 끈질기게 따라가고, 꿈속에서 무엇을 먹는지 아이는 자꾸 입맛을 다시면서 몸을 뒤채이고 있었다.

꿈결인가. 아이는 언뜻 새를 본 듯하였다. 백설처럼 몸통이 희고 머리에 빨간 점이 박힌 황새였다. 그 새는 이따금 논바닥을 날아다니며 우렁이며 미꾸라지를 잡는 일 말고는 언제나 동구 앞 늙은 홰나무 꼭대기에 앉아서 긴 목을 늘여 하늘을 바라보고는 하였다. 그런데 난리가 터졌다는 소문이 나돌고, 어디론가 끌려간 아버지가 돌아오지 않고, 엄마의 땅이 꺼지는 한숨소리와 금방이라도 숨이 넘어갈 듯 자지러지게 불러대는 할머니의 관세음보살 소리가 귀를 멍멍하게 하면서부터 그 새는 보이지 않았던 것이었다. 아아. 아이는 반가워서 힘껏 소리치며 그 새에게로 달려갔는데, 그 새는 힘차게 나래를 펄럭이며 하늘 높이 솟구쳐 오르더니, 너울너울 구만리 장천을 날아가는 게 아닌가. 아니 그것은 할머니였다. 할머니는 새 각시처럼 곱게 머리 빗어 쪽을 찌고 잠자리 날개 같은 나들이 모시 옷을 떨쳐 입고 있었다.

가자.

머리에 쌀자루를 인 할머니가 치맛자락을 모아잡으며 소리쳤다.

워디, 워디루 가는겨?

아이는 눈곱을 쥐어뜯으며 종종걸음을 쳤다.

124

가자. 오탁악세 내 싫다. 서방정토루 가자. 극락정토루 가자.

뭔 소리여, 이?

가자.

할머니의 목소리에는 어느덧 가락이 묻어 있었다.

불상하다 이내일신

인간하직 망극하다

명사십리 해당화야

꽃진다고 서러마라

명년삼월 봄이되면

너는다시 피려니와

인생한번 돌아가면

다시오기 어려워라

어찌갈꼬 심산험로

정처없는 길이로다

할머니는 후유 하고 긴 한숨을 내쉬며 털푸덕 바위에 주저앉아버렸다.

아이구, 서방정토가 왜 이리 머냐. 사바탁세 떠나기가 왜 이다지 힘이 드느냐.

할머니, 절이 가는겨?

애비를 만나러 가는겨. 애비를.

아부지는 저쪽으루 갔넌디.

아이는 저 아래로 보이는 신작로를 가리키며 할머니의 치맛자락을 흔들었다. 아버지는 낯선 아저씨와 함께 신작로를 따라 곧바로 걸어갔던 것이었다. 아버지는 걷다가는 뒤돌아보고 다시 걷다가는 또 뒤를 돌아보느라고 산자락 너머로 사라질 때까지 어쩌면 한나절이나 걸렸는지도 모를 일이었다.

가자.

할머니는 그러나 마음만 바빴지 걸음이 느려서 새벽에 떠난 길이 오서산 중턱에 있는 만불사에 도착했을 때는 한낮이었다. 절에는 아무도 없었다. 법당 문짝에는 주먹 같은 쇠통이 채워져 있고 뜰에는 잡풀이 수북하였다. 할머니는 법당 뒤켠으로 난 오솔길로 접어들었다. 한참을 올라가자 문득 땅이 편편해지면서 사람처럼 생긴 바위가 나타났다. 그것은 돌부처였는데 오랜 세월을 두고 비바람에 깎여 자세히 보지 않으면 여느 바위로 보일 지경이었다. 할머니는 떡갈나무 잎사귀를 몇 닢 뜯어다가 그 앞에 깔고 쌀을 부었다. 그리고 두 손을 모아 턱 밑에 댄 다음 자꾸 허리를 꺾었다.

비나이다 비나이다
부처님전 비나이다
어리석은 사바중생
일자소원 축수하니
굽어살펴 주옵소서
사바세계차사천하남섬부주해동조선국충청도땅김가성대주정사
생……
활등같이 굽은길을
살대같이 달려와서
처자식의 손을잡고
만단설화 나누면서
………

할머니는 끝없이 허리를 꺾으며 가래 끓는 소리로 연신 중얼거리는 것이었는데, 아이는 자꾸 졸음이 와서 견딜 수가 없었다. 그래서 슬그머니 할머니의 치맛자락을 잡아 흔들면, 그때마다 할머니는 머리통을 찍어누르는 것이었다.

절혀. 그레야 애븨가 돌아오넌겨.

아이의 눈이 반짝 빛났다.

증말? 절허면 증말 아부지가 오넌겨?

관세어엄보살. 할미가 은제 그짓부렁 허드냐.

아이는 할머니처럼 두 손을 턱에 대고 허리를 꺾었는데, 그러다가는 그 자리에 엎드려 슬그머니 잠이 드는 것이었다. 얼마나 시간이 흘렀을까. 이상하게도 아이는 으스스 몸이 떨려와서 눈을 떴는데, 으으 징그러워라. 돌부처 밑의 벌어진 틈바구니에 시커멓고 길다란 끈 같은 게 똬리를 틀고 있는 게 아닌가. 배암이었다. 그 배암은 대가리를 빳빳이 쳐들고 불 같은 혀를 떨고 있었다.

"뱌, 뱌, 뱜."

아이는 갑자기 경기 난 듯 몸을 떨며 외마디 소리를 질렀다. 아낙이 걷던 자리에 주저앉으며 아이를 끌어안았다.

"왜 그려, 이. 아가, 왜 그러는겨?"

눈앞에 있는 것은 엄마임이 분명해서 아이는 비로소 주먹으로 눈을 비비며 코먹은 소리를 냈다.

"할머니를 만났넌디…….."

아이는 아낙의 가슴에 얼굴을 묻었다.

"뱌, 뱜…….."

"숭업게 무슨 소리랴. 꿈꿨넌가베."

아낙은 아이의 궁둥이를 토닥이며 보퉁이를 뒤져 개떡을 꺼냈다.

"츤츤히 먹어. 목 멕히지 않게."

멀리서 개 짖는 소리가 들려오고 있었다. 오솔길은 벌써 벗어났고, 밋밋하게 펼쳐진 등성이가 저만큼 앞쪽에 높다랗게 솟아 있는 영마루까지 곧장 이어져 있었고, 영마루 밑 양 옆으로는 마을이 아득하게 자리잡고 있었다. 날은 이제 완전히 밝아서 높이 떠서 지저귀는 새울음 소리가 아득하였다. 아낙이 힘없이 중얼거렸다.

"워치건댜. 날이 밝었넌디……."

아낙은 밝은 날에 길을 가다가 사람을 만나는 게 무엇보다도 겁이 났고, 그래서 밤을 타서 재를 넘을 작정이었던 것이다. 할 수 없이 아낙은 아이의 손을 잡았다.

"츤츤히 먹으라니께. 목 멕히잖케."

어른 손바닥만한 개떡은 벌써 반 넘어 줄어 있었다. 아이는 급하게 입 안의 것을 삼키면서 아낙의 팔을 흔들었다.

"엄니."

"왜."

"인저 으이원장 동무 안 허넌겨?"

얼어붙듯 아낙의 발길이 멎으면서 얼굴에 핏기가 가셨다.

"뭐여, 시방 뭐라구 헌겨?"

"왜, 왜 그런댜."

입이 미어지게 개떡을 베어물던 아이의 눈이 크게 벌어졌다. 아낙의 목소리가 가늘게 떨렸다.

"다시 한 번 그 소리 헤봐라. 여기다 떼놓구 갈 테니께."

아이는 엄마가 화를 내는 까닭을 알 수가 없었다. 엄마가 위원장 동무를 할 때는 얼마나 신이 났는지 몰랐다. 동네 사람들 모두 엄마 앞에서 굽신거렸고 아이들은 부러운 눈길로 바라보았으며 도리우찌를 쓴 아저씨들은 눈깔사탕을 주며 '소년 영웅'이라고 칭찬해주었던 것이었다. 엄마의 말끝마다 사람들은 짝짝짝 박수를 쳤고 그때마다 수줍은 듯 얼굴을 붉히던 엄마의 얼굴은 또 얼마나 고와 보이던지 몰랐다. 그런데 엄마가 위원장 동무를 안 하게 되면서부터 신나는 일은 하나도 없었던 것이다. 엄마는 순사에게 끌려갔고, 걸레처럼 늘어진 엄마가 지게에 실려 돌아왔을 때 마을 사람들은 두

억시니처럼 사납게 집안을 뒤져 살림살이를 가져갔으며, 할머니는
거적에 말려 뒷산에 묻혔고, 배가 고팠고, 그리고 무엇보다도 아이
들은 '빨갱이 자식'이라고 놀리며 함께 놀아주지 않았던 것이었다.
아아 엄마가 다시 위원장 동무를 하게 된다면, 동네 사람들은 다시
엄마의 말끝마다 짝짝짝 박수를 치며 굽신거릴 것이고, 아이들은
부러운 눈길로 자기를 바라볼 것이며, 그리고 무엇보다도 배가 고
프지 않고 이렇게 밤길을 걷지 않아도 될 것이었다. 아이는 개떡과
함께 뜨거운 침을 삼켰다.

"싸게싸게 걸어. 사람들 눈이 안 띄구 마을을 지나야 혀."

아낙이 아이의 손을 다잡으며 잰걸음을 놀리는데,

"거기 스쇼!"

어디선가 느닷없이 날카로운 목소리가 들려왔다. 아낙은 소스라
치게 놀라 아이의 어깨를 끌어안았고, 아이는 코딱지만큼 남아 있
던 개떡을 떨어뜨렸다. 다시 한번 날카롭게 외치는 소리가 바람을
갈랐다.

"거기 스쇼!"

아낙이 벌렁거리는 가슴을 가까스로 진정시키며 앞을 바라보니,
풀색 작업복 차림의 사내가 행길 앞의 나뭇가지 사이에서 뛰어나오
고 있었다. 사내는 예리하게 끝을 쳐낸 죽창을 들고 있었는데 팔뚝
에 흰 완장을 두르고 있었다.

"어디 가는 거요?"

사내가 아낙의 아래위를 빠르게 훑었다. 아낙은 아이의 어깨를
더욱 힘주어 끌어안으며 떨리는 목소리로 더듬거렸다.

"치, 친정이 가넌디유. 친정이 점……."

사내는 다시 찬찬히 아낙의 아래위를 훑어보고 나서 등을 돌렸
다.

"따라오쇼."

아낙이 끌려간 곳은 왜정 때 파놓은 방공호였다. 방공호는 행길 옆의 잡목숲 뒤쪽에 언덕 밑을 파고 들어앉아 있었다. 그곳은 어둡고 습했으며 비릿한 물냄새가 났다. 불빛이 밖으로 새어나가지 않도록 양철로 갓을 씌운 남포불이 입구의 벽 쪽에 걸려 있고 그 아래 조그만 책상과 의자가 놓여 있었다. 안쪽으로는 짚단이 깔려 있었는데 역시 풀색 작업복 차림의 사내가 잠들어 있었다. 사내의 코고는 소리가 요란했다.

"이봐 보쇼."

사내가 의자에 앉으며 턱 끝으로 불렀다. 아낙은 보퉁이를 땅바닥에 내려놓고 아이의 손을 꼭 잡았다.

"어디서 오는 거요?"

"구렛굴유."

"어디로 갑니까?"

"개울유. 거기가 친정여유."

사내가 하품을 하면서 손으로 얼굴을 문질렀다.

"구렛굴이면 청라 쪽인데, 밤새 산길을 걸었단 말요?"

"그, 급헌 일이 생겨서유."

사내가 궐련에 불을 붙이면서 다시 하품을 했다.

"이 아줌니 간뗑이 한번 크네 그려. 시방이 어느 때라고 밤길을 다녀, 밤길을 다니길."

"양식이 떨어져서……."

"그래요?"

사내는 입이 깔깔한지 두어 모금 빤 담배를 책상다리에 눌러 껐다.

"통행증 좀 봅시다."

아낙이 마른침을 삼켰다.

"퇴, 툉행증유?"

"그쪽 치안대장이 발행한 통행증이 있을 거 아뇨."

아낙이 대답을 못하고 머뭇거리는데, 갑자기 아이가 뽐내는 어조로 말했다.

"우럼니는 으이원장 동문디."

아낙의 얼굴에 핏기가 가셨다. 사내가 주먹으로 책상을 찍으면서 벌떡 몸을 일으켰다.

"욧시, 당신 빨갱이구먼!"

아낙이 급하게 한 발 뒤로 물러서며 목안의 소리를 냈다.

"아녀유. 나넌 뽉겡이가 아녀유."

"어이, 일어나라구. 반가운 손님이 오셨어."

사내가 안쪽으로 걸어가며 소리쳤다.

"아녀유. 나넌 뽉겡이가 아니란 말여유."

아낙이 구르듯 쫓아가며 사내의 옷자락을 움켜잡았다. 사내가 거칠게 뿌리쳤다.

"기구 아니구는 조사해보면 알아."

"뭐여!"

자고 있던 사내가 벌떡 일어서며 짜증스럽게 소리쳤다. 잠이 부족한 듯 그의 눈은 붉게 충혈되어 있었는데 이제 막 코 밑에 수염발이 잡히기 시작하는 애송이 청년이었다. 사내가 코웃음을 쳤다.

"이 아줌나가 위원장 동무라네."

"뭐시, 뽉겡이!"

청년의 눈썹이 꿈틀하면서 이마에 굵은 골이 패였다. 사내가 하품을 하면서 짚단 위에 주저앉았다.

"그려. 짯짯이 점 조사헤봐."

청년이 침을 뱉었다.

"앗다 병덕이 성님두. 뻘겡이 잡구 무슨 얘기래유. 뻘겡이덜은 그저 작신 조겨놔야 되넌겨. 조사구 자시구 헐 것 옰이."

사내가 말했다.

"보따리 점 끌러봐."

청년이 보퉁이를 끌렀는데, 옷가지 몇 점과 사진 한 장 그리고 개떡 한 개가 전부였다. 누렇게 색 바랜 사진 속에는 이마가 넓고 콧날이 반듯한 신랑과 수줍은 듯 아미를 숙이고 있는 복스런 얼굴의 각시가 나란히 상반신을 맞대고 있었는데, 한켠에 '영원히 그대와 함께'라고 씌어 있었다.

사내가 말했다.

"뭐가 있나?"

청년이 보퉁이를 팽개치며 씹어뱉듯 말했다.

"지기미, 뻘겡이가 워디 광고하구 다니겠어."

사내가 아이에게로 다가왔다.

"늬 엄마가 위원장 동무 했냐?"

아이는 아낙의 다리통을 끌어안으며 입술을 삐죽였다. 아낙이 입술을 깨물며 간신히 말했다.

"그렇지만, 다 처벌받구 나왔유."

청년이 거칠게 아낙의 어깨를 움켜잡았다.

"뻘겡이년 죄 쥑여야 혀. 죄."

아낙의 입술이 퍼렇게 변색되면서 어깨가 심하게 흔들렸다. 청년이 뽀드득 소리가 나게 이를 갈았다.

"뻘겡이라면 갈아마셔두 션찮어. 우라버지두 뻘겡이한티 돌아가셨단 말여. 우라버지두."

사내가 두 팔을 활짝 벌려 기지개를 켜면서 의자에 앉았다.

"어이, 대강 족쳐서 지서루 넘겨."

청년이 왈칵 아낙의 어깨를 잡아당겼다. 아낙의 몸이 앞쪽으로 쏠리면서 아이가 아낙의 치맛자락에 걸려 옆으로 넘어졌다.

"엄니이."

"아가, 영복아."

아낙이 쇳된 소리로 부르짖으며 아이에게로 몸을 돌리는데, 청년이 양 손으로 아낙의 어깨를 잡아돌리며 안쪽을 향해 힘껏 밀어붙였다. 아낙이 샛된 비명을 지르며 짚단 위로 나가 자빠졌다.

"엄니, 엄니이⋯⋯."

아이가 자지러지는 울음을 터뜨리며 아낙을 향해 달려갔다.

"시끄러, 새꺄."

청년이 아이의 목덜미를 잡아젖혔다. 아이가 뚝 울음을 그치고 벽 쪽으로 바짝 붙어섰는데, 목에 걸린 울음소리가 딸꾹질로 이어져 계속되었다. 아낙이 간신히 몸을 일으키며 부르짖었다.

"이런 벱이 워딨대유. 사람을 이렇게 허는 벱이 워딨대유."

"벱. 붉겡이헌티 벱은 무슨 얼어죽을 벱여."

청년이 아낙의 양 어깨를 거머잡으며 이를 갈았다.

"웬수여. 우라부지 쥑인 웬수란 말여. 우라버지 쥑인."

우두둑 소리와 함께 적삼깃이 틀어지면서 언뜻 흰 속살이 드러났다. 아낙이 그곳을 손바닥으로 가리며 목안의 소리를 냈다.

"나는 웨, 웬수 같은 일 읎유."

"우라버지는 누가 쥑인겨, 누가."

청년의 핏발 선 눈에 문득 핑그르 물기가 돌면서, 잡고 있던 아낙의 어깨를 뿌리치듯 밀쳤다. 아낙은 다시 힘없이 짚단 위로 나자빠졌다. 걷혀올라간 치마 밑으로 허연 속살이 드러났다. 청년의 고개가 밑으로 꺾어지면서 심하게 어깨가 흔들렸다. 청년이 부르짖었다.

"누가, 누가아 —."

사내가 피우고 있던 담배를 발로 밟고 나서 청년에게로 다가갔다. 사내가 청년의 어깨를 두드렸다.

"그만해둬. 집에 가서 조반이나 들고 오지. 자, 어서."

청년의 어깨를 밀어내는 사내의 눈이 가늘게 좁혀지고 있었다.

아낙이 방공호를 나왔을 때, 마을의 지붕들 위로는 연기가 오르고 있었다. 중천에 걸린 해를 이고 재를 넘자 이내 놀이 졌다. 개여울 친정 마을에 도착했을 때는 깊은 밤이었다. 집들마다에는 불빛이 보이지 않았고, 낯선 발자국 소리에도 개들이 짖지 않았으며, 만공에 가득한 달빛 아래 마을은 그저 죽은 듯이 엎드려 있었다. 아낙은 태어나서 처녀시절까지를 보낸 낯익은 고샅길을 더듬어 대문이 실한 기와집 앞에 섰다. 아이가 아낙의 손을 흔들었다.

"다 온겨, 인저."

"이."

"여기가 오이갓집인겨."

"이."

"야, 굉장히 부잣집인디. 인저 여기서 사넌겨?"

아낙은 잠시 마음을 진정시키고 나서 대문을 흔들었다.

"엄니, 엄니."

한참 만에 신발 끄는 소리가 나고, 조심스러운 노파의 목소리가 들려왔다.

"밖에 누가 왔소?"

아낙의 얼굴이 술취한 듯 붉게 상기되었다.

"누구여, 누가 왔는감?"

아낙의 입술이 심하게 씰룩였다.

"어, 엄니. 저예유. 점순이……."

"뉘, 뉘기라구. 점순이……."

급하게 빗장이 열리면서 구르듯 노파가 뛰쳐나왔다.

"엄니!"

아낙의 머리에서 보퉁이가 떨어졌다. 노파의 두 팔이 앞으로 무너지는 아낙의 몸을 받았다. 하나로 합쳐진 두 여자의 어깨가 오랫동안 크게 흔들리고 있었다. 아이는 멀뚱히 눈을 뜨고 두 사람을 올려다보았다.

이윽고 두 사람의 몸이 떨어지면서 노파가 아이를 안아올렸다.

"어이구 내 새끼야……."

노파가 서둘러 지어온 밥을 먹고 나서 아이는 이내 잠이 들었다. 두 여자는 밥상을 미뤄놓은 채 밤이 새도록 이야기를 나눴는데, 말하다가는 소리 죽여 흐느끼고 말하다가는 다시 소리 죽여 흐느끼느라고 제대로 말을 잇지 못하였다.

짓무른 눈께를 치맛자락으로 찍어내며 노파가 말을 이었다.

"……그렇게 늬 오래비년 학살당허구, 늬 아버지는 홧병으루 돌아가셨다. 땅마지기나 있다넌 게 죽을 조이가 된다먼 이 강산에 목심 부지힐 백성이 몇이나 되겄냐. 책권이나 읽은 게 죽을 조이가 된다먼 이 강산에 책 읽을 백성이 몇이나 되겄냐. 시상에 이런 기맥힐 일두 있넌겨, 시상에 이런 기맥힐 일두……."

아낙은 울음을 삼키느라 말을 못했는데 노파가 잠든 아이의 궁둥이를 토닥이며 중얼거렸다.

"어이구 내 새끼야. 씨종자 새끼야. 너넌 그저 무지렝이루 살거라. 책 읽을 생각두 말구 제 땅 가질 생각두 말구…… 오여손 바른손 읎는 새 시상 올 때까지넌……."

오막살이 집 한 채

어서 오라 그리운 얼굴
산 넘고 물 건너 발 디디러 간 사람아
댓잎만 살랑여도 너 기다리는 얼굴들
봉창 열고 슬픈 눈동자 태우는데
이 밤이 새기 전에 땅을 울리며 오라
　　　　　　　──이시영의 〈서시〉 중에서

1. 행기(行碁)

문풍지가 펄럭였다.

창문을 할퀴며 지나가는 메마른 겨울 북풍이 끊임없이 휘파람새 소리를 내고 있었다. 휘파람새 소리가 날 때마다 금방이라도 찢어질 것처럼 문풍지가 펄럭였고, 문풍지가 펄럭일 때마다 심지를 올린 등잔불이 가냘프게 흔들렸는데, 그때마다 천장이 낮은 흙벽에 어려 있는 길고 짧은 두 그림자가 시나브로 함께 흔들리고는 하는 것이었다.

따악, 하는 경쾌한 마찰음과 함께 중년사내의 오른손 검지와 중지 사이에 끼워져 있던 흰 돌 한 개가 판 위에 떨어졌다. 치수 높은 비자목 바둑판을 사이에 두고 마주앉은 소년이 기다렸다는 듯이 궁둥이를 들어올리며 검은 돌 한 개를 판 위에 올려놓았고, 잠시 판을 둘러보던 중년이 착점을 했다. 두어 번 고개를 끄덕이고 난 소년이 손에 들고 있던 돌을 놋주발로 된 바둑통 속에 넣고 한쪽 무릎을 세웠다. 그리고 세운 무릎 위에 팔꿈치를 올려놓고 손바닥으로 턱을 받쳤다. 바둑은 포석을 지나 중반전으로 접어들고 있었다.

소년의 착점을 기다리던 중년이 등잔불에 담배를 붙였다. 불빛에 어린 중년의 양볼은 까칠했고, 일렁이는 불빛 때문인가. 담배를 끼우고 있는 손가락이 미세하게 경련했다. 그는 등잔불 빛에 팔목시계를 비춰보고 나서 안경 밑으로 손가락을 넣어 눈께를 눌렀다. 그의 무릎 앞에는 끈이 긴 비닐가방이 놓여 있었고, 오버 위에 목도리까지 두른 나들이 차림이었다. 그는 다시 한 번 등잔불 빛에 팔목시계를 비춰보고 나서 힘껏 연기를 빨아들였다. 빠른 속도로 궐련이 타들어가면서 빨간 불기둥의 길이가 늘어났고, 창백한 이마에는 굵은 이랑이 패여지고 있었다. 그는 길게 연기를 내뿜으면서 창문께로 눈길을 던졌다. 아직도 서천에 걸려 있는 잔월(殘月)과 밤새도록 내린 눈빛으로 해서 군데군데 기워진 채로 누렇게 변색된 문창호지가 우윳빛으로 부유스름했다.

"뒀유."

턱을 받치고 있던 손을 떼면서 소년이 훌쩍 소리나게 코를 들여마셨다.

"뒀다니께유."

소년이 허리를 곧게 펴면서 늙은이처럼 주먹으로 등을 두드렸다. 그러자 무엇인가 골똘하게 생각에 잠겨 있던 중년이 주발 뚜껑에 담배를 눌러 끄면서 판 위로 시선을 옮겼다. 먼 골짜기로부터 갓난

아이의 울음소리 같은 산짐승의 부르짖음이 들려왔다. 창문이 덜컹거리면서 꺼질 듯 등잔불이 낮게 잦아들었다가는 다시 살아나고는 하는 것이었다.

"증말루 가실꺄?"

저고리 소매로 코밑을 훔치면서 소년이 말했다. 턱없이 큰 어른의 신사복 상의를 입고 있어 마치 오버를 걸친 것 같았는데, 접어올린 소맷자락이 빤닥종이처럼 윤이 났다. 판 위에 고개를 숙인 자세로 중년이 두어 번 고개를 끄덕였고 소년이 다시 물었다.

"증말유, 증말루 이 신새벽에 가시년규?"

착점을 끝낸 중년이 허리를 펴면서 입가에 미소를 머금었다.

"정말이지 않구."

소년의 얼굴에 언뜻 안타까운 그늘이 스치고 지나갔다. 소년이 마른침을 삼켰다.

"아저씨."

"응."

소년은 무슨 말인가를 할 듯 할 듯 입술만 쫑긋거렸고, 중년이 소년을 바라보았다. 주름이 많은 이마가 넓었고 두드러진 광대뼈 아래의 양볼이 까칠해서 언뜻 강인해 보이는 얼굴이었는데, 안경 속의 눈빛이 따스했다. 소년이 힘겹게 입을 뗐다.

"저 거시기…… 하냥 살면 안 되나유. 여기서 하냥……."

중년이 꺼두었던 꽁초를 펴서 입에 물었다. 그는 등잔불에 불을 당기고 나서 천장을 향하여 길게 연기를 내뿜었다.

"영복아."

"예."

그는 무슨 말인가를 할 듯하다가 한 번 더 힘껏 연기를 빨아들이고 나서 필터만 남은 궐련을 주발 뚜껑에 대고 눌렀다. 솔가지 꺾어

지는 소리와 함께 아낙네의 잔기침 소리가 부엌 쪽으로부터 들려왔
고, 중년이 시계를 들여다보았다. 그는 누구인가를 기다리는 듯 자
주 창문 쪽에 시선을 던지면서 밖을 향하여 귀를 기울였다. 빛바랜
창호지 빛깔이 보일 만큼 창문이 밝았고 바람에 꺾여서 떨어지는
고드름 소리가 긴 여운을 남기며 잦아들고 있었다. 중년은 등잔불
의 심지를 낮추고 판 위로 고개를 숙였다.

"내가 둘 차롄가…… 아무래도 계가바둑이지?"

중년이 착점을 했고 곧바로 소년이 응수했다. 두 사람은 묵묵히
돌을 놓아갔는데, 팽팽하게 어울린 국면이어서 백이 한 점 놓으면
백이 좋아 보이고 흑이 한 점 놓으면 흑이 좋아 보였다.

"아저씨."

빠른 손길로 돌을 놓아가던 소년이 바둑통 속으로 가져가던 손길
을 멈추었다. 중년이 눈으로 대답했고 소년이 물었다.

"가시면…… 워디루 가신대유?"

중년의 입가에 잔물결 같은 미소가 어렸다. 그는 줄이 맞지 않는
돌들을 가지런하게 다독거렸다.

"왔던 곳으로…… 가야지."

소년의 목에서 꿀꺽 하고 침 넘어가는 소리가 났다. 탁탁, 타다
닥탁, 하고 솔가지 타는 소리가 들려왔고, 밥이 익는 구수한 내음이
풍겨왔다. 소년은 다시 한 번 꿀꺽 하고 생침을 삼켰다.

"그럼 거시기…… 다시 산을 넘어서 가신단 말유, 높은 산을."

여전히 미소를 머금은 채로 중년이 고개를 끄덕였고, 소년이 소
맷자락으로 코밑을 훔쳤다. 소년은 이해할 수 없다는 얼굴로 중년
을 바라보았다.

"증말루 이상허시네유, 아저씨는. 워째 너른 신작로를 놔두구 높
은 산을 넘어가신대유."

"왔던 곳이니까…… 왔던 곳으로 다시 돌아가야지."

"아저씨는 워디서 오셨는데유?"

"산 너머."

"산 너머……."

하고 되받아 중얼거리며 소년은 문득 꿈꾸듯 아련한 눈길로 중년을 바라보았다.

"산 너머에는 뭐이가 있는데유?"

"뭐가 있느냐구? ……그렇지. 뭐가…… 있지."

소년의 눈이 반짝 빛났다.

"그게 뭔데유?"

"애기해줘도…… 너는 아직 모른다."

"애기해줘유."

"영복아."

"예."

"사람은 말이다. 사람은…… 누구나 어디론가 떠나가고자 하는 욕망을 갖고 있는 거란다. 그곳이 어디라는 뚜렷한 이름도 모르면서…… 늘 어디론가 떠나고 싶다는 마음으로 한평생을 살게 되는 거란다. 그게 사람의 숙명이라는 거야."

"으른덜은 누구나 다 그렇대유? 으른덜은 누구나 다 높은 산을 넘어 워디룬지 자꾸 떠날라구 허넌 거래유?"

"어른이라고 해서 누구나 다 똑같은 것은 아니지. 누가 편한 신작롯길로 가려고 하지 험한 산길을 가려고 하겠니? 스스로 산길을 택하는 사람은 그렇게 많지 않아."

"그럼 산길을 가넌 사람은, 거시기…… 훌륭헌 사람인가유?"

중년은 머뭇거렸고 따지듯 소년이 물었다.

"그런디 워째서 집을 놔두구 대이구 떠날라구 헌대유, 으른덜은."

2. 높은 산, 먼 길

길이 끝나는 곳에 산이 있었다.

언제부터인가 사람들은 그 산을 가리켜 높은 산이라고 불렀다. 아무도 그 산의 높이와 골의 깊이를 모른다고 했다. 그 산의 꼭대기에는 한여름에도 흰 눈이 덮여 있었는데 햇빛이 비칠 때면 꼭 무슨 보석처럼 눈부시게 번쩍이는 것이었다. 산의 초입에는 상수리나무며 떡갈나무 같은 활엽수들이 빽빽하게 숲을 이루고 있었고, 대낮에도 하늘이 보이지 않는 숲을 지나면 몇백 년씩 묵은 고사목들이 뒹굴고 있는 가파른 능선이었는데, 거기서부터는 변성암으로 이루어진 거대한 암벽이 피라미드의 형태로 점점 아득해지는 것이었다. 능선과 능선 사이의 골짜기에서는 대낮에도 승냥이며 개호지 같은 맹수들이 울부짖었고, 숲에서는 사나운 날짐승들이 깃을 치는 소리가 소낙비처럼 쏟아지는 것이어서, 사람들은 단지 먼빛으로 그 산을 바라보기만 할 뿐, 누구도 그 산을 올라가볼 마음을 내지 못하는 것이었다.

산 밑에는 집이 있었다.

우물 정자 모양으로 굵은 통나무를 맞추어 층층이 얹고 그 틈을 흙으로 메운 삼간 귀틀집이었다. 억새풀이며 갈대로 이엉을 올린 지붕은 눈의 무게를 이기지 못하여 군데군데 주저앉았고, 시커멓게 썩은 물은 고드름이 되어 땅에 스칠 듯 낮게 드리워져 있었다. 집 둘레로는 수수깡으로 울타리를 둘렀는데 몇 해를 두고 손을 보지 않았는지 여기저기 쓰러지거나 구멍이 나 있어서 언뜻 폐가처럼 보였다. 밋밋하게 이어져 내려온 산자락을 등지고 앉아 있는 오막살이 정면으로는 시늉만의 사립문이 달렸고, 사립문을 나서면 저 아래로 아득하게 마을이 보였는데, 마을 너머로 보이는 허리띠처럼 가느다란 줄은 읍내로 가는 신작로였다.

　오막살이 부엌에 잇대어져 뒤란 쪽으로 붙어 있는 골방 앞 토방 위에는 어른 손으로 한 뼘이 채 못 되는 검정 고무신 한 켤레가 놓여 있다. 바람이 지나갈 때마다 백로지처럼 밑창이 얇은 고무신 속에 고여 있던 햇살 한줌이 엷은 주름을 접으며 출렁인다. 볕 바른 골방 앞 수수울 너머에는 잎새가 하나도 없는 늙은 감나무 한 그루가 서 있고, 나뭇가지 꼭대기에는 홍시 한 개가 달랑 앉아 있다. 문 열리는 소리를 들었는가, 홍시에 부리를 박고 있던 까치 한 마리가 화들짝 깃을 치며 날아오른다. 소년은 눈이 부신 듯 한 손으로 이마를 가리우고 날아오르는 까치를 올려다보다가, 울 밑에 놓인 오지 항아리 앞에서 바지 단추를 끄른다. 하얀 물줄기가 더운 김을 뿜으면 작은 포물선을 그리는데, 소년의 눈길은 높은 산 쪽으로 쏠려 있다. 온통 산을 덮고 있는 흰 눈이 눈부신 듯 소년은 자꾸 손등으로 눈께를 부빈다. 알밤처럼 야물어 보이는 머리통의 정수리에는 허연 도장밥이 찍혀 있고 계집아이처럼 갸름하니 선이 고운 얼굴에는 비늘처럼 마른버짐이 돋아 있는데, 부르르 진저리를 치면서 질끈 감았다 뜨는 눈동자가 물빛으로 해맑다. 단추를 여미고 나서도 오랫동안 높은 산 쪽으로 던지고 있던 눈길을 거둘 줄 모르던 소년은 짧은 한숨을 쉬고 나서 다시 골방으로 들어가고 그때까지 감나무 위를 배회하던 까치가 기다렸다는 듯 홍시에 부리를 박는다.
　잘 익은 옥수수 빛깔의 햇살이 물감처럼 번져드는 골방에는 대물림으로 보이는 묵직한 바둑판이 놓여 있고, 바둑판 앞에는 필사본으로 된 고기보(古碁譜) 한 권이 놓여 있다. 바둑판 위 한쪽 귀퉁이에는 회고 검은 돌들이 묘수풀이 사활문제의 형태를 이루고 있는데, 얌전하게 무릎을 꿇고 바둑판 앞에 앉아 있는 소년의 오른손에는 검은 돌 한 개가 들려 있다. 흰 돌에 둘러싸인 검은 돌의 무리가 두 집을 못 내고 있어 곧 잡힐 형국이다. 뚫어져라 바둑판을 노려보고 있던 소년이 고기보 쪽으로 가져가던 손길을 얼른 거두더니, 무릎 위에 놓고 꽉 주먹을 쥔다. 단정한 이마에 파란 힘줄이 돋으면서 조그만 입이 해거름녘의 나팔꽃처럼 오므라드는데, 영복아, 영복아, 하고 부르는 엄마의 목소리가 들려온다. 응, 응, 하고 건성으로 대꾸하면서 소년은 여전히 바둑판으로부터 눈길을 떼지 않는다. 엄마 밭이루 해서 우물이 댕겨올 테니께, 할머니 점 봐디려, 이. 소년은 여전히 응, 하고 건성으로 대꾸하면서 바둑판만 들여다보는데, 솥뚜껑 닫히는 둔중한 소리가 나면서 발자국 소리가 멀어진다. 할머니 진지 찾으시걸랑 솥 속이 감자 쪄논 거 갖다디려, 짐치국물허구. 목 맥히시잖케, 이.

옥수수빛으로 창문을 물들이던 햇살은 아까보다 한 뼘쯤 더 밑으로 내려와 있다. 바둑판 위의 돌들은 아까와 똑같은 형태로 놓여져 있는데 바둑판의 반 넘어가 그늘로 덮여 있다. 쥐고 있던 돌을 통 속에 던지면서 소년이 문득 몸을 일으킨다. 소년은 허리를 굽히고 주먹으로 두 무릎을 두드린다. 소년이 허리를 폈을 때, 아랫배에서 꼬로록 하고 물 빠지는 소리가 나면서 픽 하고 힘도 내음도 없는 방귀가 나온다. 고요하다. 이따금 들려오는 낙숫물 소리로 해서 주위가 더욱 고요한 느낌이다. 다시 낙숫물 소리에 귀를 기울이던 소년은 방을 나온다. 감나무 가지에는 아무것도 달려 있지 않고, 밭고랑에 떨어져 있는 푸성귀 가닥이며 헝겊 쪼가리가 바람에 나부끼며 이따금씩 번쩍이는 빛을 내고 있는데, 밭둑 너머로 보이는 산자락에는 벌써 옅은 그늘이 깔리기 시작한다. 소년은 버릇처럼 높은 산 꼭대기를 한번 바라보고 나서, 잠깐 망설이다가 부엌으로 들어간다.

귀 떨어진 흑철솥 한 개가 달랑 걸려 있는 흙부뚜막, 솥전 뒤에 숨어 있던 생쥐 한 마리가 쪼르르 솥가지 틈으로 숨는다. 따스한 온기가 남아 있는 솥뚜껑을 벗기자 찐감자 서너 알이 담겨 있는 양재기, 소년은 그 중 한 개를 집어 얼른 한 입 베어물며 부엌을 나온다. 할머니가 누워 계신 안방에서는 아무런 소리도 들리지 않는다. 소년은 문틈에 귀를 대어본다. 아주 가녀린 풀벌레의 울음소리가 들린다. 할머니, 하고 불러본다. 대답이 없다. 할머니이, 하고 소년은 이번에는 조금 크게 불러보지만 여전히 가냘프게 떨리는 것 같은 풀벌레소리만 들려온다. 가만히 문을 잡아당긴다. 그러자 사개가 맞지 않는 문짝이 왈칵 열리면서 요란한 소리가 난다. 소년은 가슴이 철렁 내려앉아서 얼른 문을 닫지만 냉큼 닫혀지지가 않는다.

할머니가 누워 계신 안방에는 점심때만 지나면 햇볕이 뒤란으로 돌아가는 것이어서 언제나 컴컴하다. 컴컴한 방 안에는 늘상 이부자리가 펼쳐져 있다. 누더기지만 호청이 깨끗한 이불이 꿈틀거린다. 깨벌레처럼 잔뜩 사지를 오그리고 벽쪽으로 누워 있던 노파가 끙 소리와 함께 몸을 돌리며 애븨냐, 하고 소리친다. 애븨가 온겨. 그렇게 소리칠 때 노파의 목소리에는 싱싱한 생기가 넘친다. 애븨여, 애븨가 온겨. 깻잎처럼 조그맣게 오그라진 주름투성이의 얼굴, 빨갛게 짓무른 눈께를 부비며 노파는 자꾸 두 팔로 허공을 끌어당긴다. 간신히 아귀가 맞게 문을 닫고 소년은 문짝에 등을 기댄다. 가르릉 가르릉 목 안에서 끓는 가래소리에 섞여 노파의 쉰 목소리가 들려온다. 이년, 이 천하에 쥑일 년. 즈이 색긔허구만 만난 것처먹구, 시에미헌티는 밥두 굶기는 년. 내가 안 이를 줄 알구. 애븨 오먼 내가 안 이를 줄 알어…….

꿀꺽, 하고 목안의 것을 삼키고 난 소년은 땅에 스칠 듯 낮게 늘

144

어져 있는 추녀 끝의 고드름을 꺾어 쥐고 뾰족한 아래쪽을 조금 베어문다. 눈깔사탕 깨무는 소리가 나는데 입 안에 고이는 물은 웬일인지 찝질하고 써서 퉤퉤, 자꾸만 침을 뱉으며 소년은 쥐고 있던 고드름 작대기를 팽개치고, 바짓가랑이에 손바닥을 문지른다. 갑자기 눈앞이 뿌옇게 흐려옴을 느끼며 소년은 사립문 밖을 향하여 마구 내닫는다.

"할머니 진지 안 찾으시담. 시장허시다구 안 허셔."
노파의 똥빨래를 막 끝내고 저녁거리 죽에 넣을 시래기다발을 헹구던 아낙이, 달음박질쳐오고 있는 소년을 향하여 소리쳤다. 가쁜 숨길을 잡으며 아낙의 앞에 쪼그리고 앉은 소년은 고개를 내젓는데, 달려오면서 자꾸 소매 끝으로 문질렀는지 눈께가 빨갛다.
"뭣 줏어먹으러 나온댜, 할머니 혼저 낙성허시먼 워척헐라구우."
입으로는 꾸짖으면서도 그 여자의 얼굴에는 어쩔 수 없이 웃음이 어렸다. 소년은 살 틈 깊숙이 손을 찔렀다.
"엄니."
"이."
"할머니는 왜 대이구 날더러…… 아부지냐구 물어쌓넌댜."
아낙은 오른손으로 목자배기의 한쪽 귀를 잡고 왼쪽 손바닥을 자배기 속에 넣어 시래기 가닥이 쏟아지지 않게 하면서 물을 기울였다. 흙검불이 섞인 탁한 물이 소년의 검정 고무신 콧등을 적시며 흘러갔다.
"저만치 점 떨어져 앉어. 양말 젖겄구먼."
소년은 궁둥이걸음으로 조금 비켜앉으며 재우쳐 물었다.
"왜 그러너냐니께."

아낙은 새 물을 퍼담으며 하얗게 눈을 흘겼다.

"그런 소리 묻넌 게 아니라니께. 아 싸게싸게 집이 가봐. 할머니 뜰팡이루 떨어지시면 워쩔라구 그려. 저번이두 한번 난리쳤었잖어."

"갈쳐. 간다니께."

소년은 여전히 일어날 생각을 하지 않았고, 아낙이 다시 소리쳤다.

"얼르응. 얼릉 뭇 가넌겨."

"엄니."

"왜 대이구 불러쌓넌댜, 불러쌓길. 에미 숨 안 떨어졌구먼."

소년은 얼른 고개를 숙였다. 눈물 한 방울이 고무신 코 위에 떨어졌고, 소년은 손가락 끝으로 그것을 찍어 동그라미를 그렸다. 아낙이 말했다.

"빌꼴. 워째서 불러놓구 말을 안 헌댜."

"엄니."

"에미 숨 안 넘어간다니께 그레쌓네. 왜 대이구 불르기만 헤쌓는겨, 불르기만 헤쌓길."

"이담이 크면…… 난 뭐이가 될라나."

아낙이 픽 하고 웃었다.

"바둑쟁이 되겠지. 밤낮 바둑으루 일종허넌 사람이 뭐이가 된다니, 되기를."

아낙은 팽 소리가 나게 코를 풀었다. 그 여자는 치맛자락에 손가락을 문지르면서 가볍게 진저리를 쳤다.

"생사람 목심 끊기를 산냇긔 끊듯 끊구, 몽뎅이루 후려서 발질루 죄여서 비응신 맨들구, 잡어가구 끌어가구…… 쓸 만헌 살림살이라면 하다못헤 숟가락몽뎅이까지 압순지 몰순지 헤가던 인사덜이,

146

새꼽빠지게 만불사 부처님 맴이루 그느믜 바둑판인지 장기판인지 넌 안 압수헤갔넌지 물러. 급살."

소년은 여전히 고개를 숙인 채로 고무신 코에 동그라미를 그렸다. 고무신 코에서는 뽀드득 뽀드득 하고 꽈리 터지는 소리가 났다. 그 아이의 눈앞에 문득 혼자서 바둑을 두지 않아도 놀 일도 많고 함께 놀아줄 동무들도 많던 날들이 빗살처럼 스치고 지나갔다. 땅뺏기, 딱지치기, 구슬치기, 자치기, 팽이치기, 제기차기, 연날리기, 쥐불놀이…… 사랑채에서 들려오던 할아버지의 기침소리, 천자문을 배우다가 서산대로 종아리를 맞던 일, 넓고 따뜻하던 할머니의 등, 언제나 골방에서 혼자 바둑만 두던 아버지, 까만 양복에 각진 모자를 쓰고 예쁜 아줌마와 함께 왔던 큰삼촌, 읍내 여학교에 다니던 고모……

"바둑쟁이 되면…… 우리나라서 젤루 가넌 바둑쟁이가 되면…… 아부질 만날 수 있을라나."
하고 들릴 듯 말 듯 혼잣소리를 하던 소년은 힘껏 도리질을 했다.

"안 둘쳐. 인저버텀 바둑 안 둘쳐."

"빌꼴."

"안 둔다니께. 아무리 잘 둬봐야 무신 소용이난 말여. 하냥 둘 사람두 읎넌디."

"혼자 두면 되잖여. 원래 혼자 두는 게 늬 집안 내력이니께. 급살. 무신 느믜 팔랑개비 재줄 가졌다구 높은 산 속으루래두 숨지 않구 골방에서 혼자 바둑만 두다가 끌려가넌겨, 끌려가길."

소년이 벌떡 몸을 일으켰다.

"인저 아부지허구 맞둬두 이길 수 있단 말여. 그런디…… 아부지가 오셔야 둬볼 수 있을 거 아녀, 아부지가 오셔야."

아낙이 고개를 돌렸다. 그 여자는 짐짓 물을 퍼올리는 시늉을 하

면서 어깨에다 얼굴을 문질렀다. 아낙이 험한 얼굴로 소년을 노려
보았다.

"증말루 집이 안 갈껴."

"갈쳐. 간단 말여."

하고 말하면서 소년은 뒷걸음질을 치다 말고 산쪽을 향하여 몸을
돌렸다. 어느덧 벌써 날은 저물어서 눈 덮인 산자락에는 땅거미가
짙게 깔려 있었고, 타는 듯 붉은 놀이 점점 낮아지고 있었는데,

"갈쳐. 산 넘어 갈쳐. 아부지 찾으러 산 너머루 간단 말여."

소리치며 소년은 마구 달려갔고, 아낙이 허둥지둥 몸을 일으키며
두 손으로 허공을 긁어내렸다.

"영뵉아, 영뵉아아…… 얼릉 못 돌어오넌겨, 얼르응."

그때였다. 산자락을 달려 올라가던 소년의 발길과 허공을 긁어
내리던 아낙의 손길이 동시에 멎은 것은. 소년의 눈에는 좀더 가까
이, 아낙의 눈에는 저만큼 멀리 웬 사람이 자욱하게 깔려 있는 붉은
놀을 헤치며 산기슭을 돌아오고 있는 게 보였던 것이다. 한쪽 어깨
에 여행용 비닐가방을 메고 한 손에는 지팡이를 짚고 있는 그 사람
은 지축지축 한쪽 발을 절면서 천천히 산길을 내려오고 있었다. 어
느 틈에 소년은 엄마의 곁으로 뛰어왔고, 두 모자는 손을 꼭 잡고
서서 점점 가까이 다가오고 있는 그 사람을 두려움과 호기심에 찬
시선으로 바라보았다. 그 사람은 감회 어린 눈길로 자신이 걸어 내
려온 산길을 한 번 돌아보고 나서, 아낙을 향하여 깊숙이 고개를 숙
여 보였다.

"안녕하십니까."

"누, 누구세유?"

떨리는 목소리로 물으면서 아낙은 앞에 서 있는 남자를 의혹에
찬 시선으로 바라보았다. 안경을 끼고 턱수염이 꺼칠한 중년의 사

내렸는데 몹시 지치고 피곤한 모습이었다. 산중에서 호신용으로 꺾어 짚은 듯 다듬어지지 않은 물푸레나무 지팡이에 몸을 의지하고 그 사내는 서 있었는데, 금방이라도 땅바닥에 주저앉고 싶은 기색이었다. 중년이 다시 고개를 숙여 보였다.

"예, 지나가던 과객이올시다. 그저 정처없이 떠돌아다니는 나그네지요. 그런데 이렇게 외딴 곳에서 사시다니…… 바깥어른은 안 계십니까?"

아낙은 좀더 바짝 소년을 끌어당기면서 팔목을 잡은 손에 힘을 주었다.

"우덜이야 전버텀 살던 데지면…… 이 엄동이 저 흠헌 산을 무신 연유루……."

"과객이라구 말씀드렸지요. 산이 하도 좋다기에 그저 구경삼아 넘어보았습니다. 정말 대단한 산이올시다."

중년은 다시 한 번 감회 어린 시선으로 높은 산을 돌아보았고, 아낙이 츳츳 혀를 찼다.

"신수두 부실허신 것 같은디…… 이 설중이…….."

"산이 하도 험해서, 넘어오다 그만 발목을 삐엇,"
하다가 중년의 사내는 괴로운 듯 얼굴을 찌푸리며 무너지듯 섰던 자리에 주저앉았다. 얼라, 얼라, 하면서 아낙은 어쩔 줄을 몰라하는데 소년이 중년의 팔을 잡았다.

"아저씨, 아저씨이."

"미안하다. 나 좀…… 일으켜주련."

소년이 두 손으로 힘껏 중년의 팔을 끌어당겼고, 아, 아, 하고 입을 딱딱 벌리면서 중년은 간신히 몸을 일으켰다.

"죄송합니다, 아주머니. 보시다시피 몸이 이 지경이니, 하룻밤만 유하게 해주시면 백골난망이겠습니다."

"워척헌댜, 이 일을 워척혀."

하고 중얼거리며 난처해 하던 아낙이 마침내 중년의 비닐가방을 받았고, 소년의 부축을 받으며 그 사내는 오막살이를 향하여 비틀거리며 걸어갔다.

3. 흰 돌 하나

"두 집인가, 세 집."

하고 중얼거리며 중년은 마지막 공배 자리에 흰 돌을 메웠다.

"한 집일 텐디유. 아저씨가 한 집을 이기셨을규."

소년의 얼굴에 언뜻 혼자만 아는 미소가 스치고 지나갔다. 소년의 계가는 정확했다. 집을 헤어보니 백이 꼭 한 집을 남기고 있었다. 중년이 놀란 얼굴로 소년을 바라보았다.

"너…… 대단한 실력이구나. 혹시 아저씨를 봐준 건 아니겠지? 먼 길 떠나는 사람이라고."

소년이 빙글거렸다.

"에이 아저씨두. 바둑 두면서 봐주넌 게 워딨대유. 깜냥대루 두는 거지."

부엌 쪽에서 그릇 부딪치는 소리가 들려왔다. 창문이 부옇게 밝아 있었다. 중년은 시계를 한번 들여다보고 나서 서둘러 흰 돌을 걷어냈고, 소년도 묵묵히 검은 돌을 통 속에 담았다. 그 아이는 무슨 말인가를 할 듯 입술을 쫑긋거리다가 가만히 아랫입술을 깨물었다. ……실토정으루 말씀헤주세유, 선상님. 엄마의 목소리는 가느다랗게 떨리고 있었다. 무엇을 말씀인지? ……다 알어유. 선상님이 아무 말씀 안 허셔두 즈인 다 알어유. 애 아부지 소식을 선상님이 알구 기시다는 걸. 침묵이 흘렀고 다시 엄마의 소리 죽인 목소리가 떨

150

려나왔다. 생사나 점 일러주세유, 생사나 점. 한참 만에 아저씨가 말했다. 훌륭한 뜻을 품은 사람은…… 그렇게 쉽게 죽는 법이 아닙니다. ……지금까지도 훌륭하게 기다리시지 않았습니까.

마지막으로 한 개 남아 있던 판 위의 흰 돌을 집던 중년의 손이 못 박힌 듯 그 자리에 멎었다. 아낙의 첫된 소리가 들려왔던 것이다.

"누, 누구세유. 누구……."

두 사람의 눈길이 동시에 마주쳤고, 거칠게 달려오는 구둣발 소리와 함께 벌컥 방문이 열렸다. 소년은 갑자기 눈을 뜰 수가 없어서 벽 쪽으로 배를 붙였다. 한 사내가 중년의 얼굴에 날카로운 전짓불을 들이댔고, 다른 사내가 재빨리 수갑을 채웠다. 중년은 잠깐 놀란 얼굴이었는데, 이내 착 가라앉은 목소리로 소년을 불렀다.

"영복아."

멈칫거리며 소년이 고개를 돌렸고, 중년이 수갑 찬 손으로 소년의 손을 꼭 잡았다. 그는 아무런 말도 하지 않았다. 사내 둘이 중년의 겨드랑이를 양쪽으로부터 껴안고 방을 나갔다. 마당 쪽으로부터 아낙의 비명소리가 들려왔다. 비명소리는 점점 멀어지고 있었다.

"내가 무슨 조이를 졌다구 잡어가넌겨, 내가 무슨 조이를 졌다구 …… 불쌍헌 과객 하나 밥 멕여주구 잠 재워준 조이밖이 읎넌디. 아이구 영복아, 영복아아……."

"엄니이!"

소리치며 달려가던 소년은 무엇엔가 걸려 앞으로 푹 고꾸라졌다. 자벌레처럼 몸을 접으며 배밀이로 마당을 기어가던 노파가 꿈틀 하고 허리를 뒤틀었다. 그 늙은 여자는 필사적으로 두 손을 뻗쳐 소년의 몸뚱이를 끌어안았다.

"애븨냐, 애븨가 온겨."

소년은 숨이 막혀서 캑캑거렸고, 노파가 조막만한 얼굴을 흔들며 가래 끓는 소리로 중얼거렸다.

"이년, 이 천하에 쥑일 년. 즈이 색긔허구만 만난 것 처먹구 늙은 시에미헌티는 밥두 긂기는 년. 내 안 이를 줄 알구, 애븨 오면 내가 안 이를 줄 알어……."

자식의 이름을 부르는 아낙의 울부짖음이 점점 작아져 마침내 허공을 베며 지나가는 바람 소리가 되었을 때, 소년은 꼭 움켜쥐고 있던 주먹을 폈다. 막 구름 속으로 들어가던 잔월 아래 무엇인지 반짝하고 빛났다.

흰 바둑돌이었다.

눈 오는 밤

어디에도 머물 곳 없이 쫓기는 이여
오늘 밤에는 눈이 내린다
새벽이 올 때까지 불을 밝혀 기다리마
밤새워 달려오너라, 눈이 멈추기 전에
　　　　　—송기원의 시 중에서

　바람 소린가, 하고 귀를 기울였는데, 바람 소리는 아니었다.
　두루마기 동정에 인두질을 하던 아낙의 손길과 나뭇가지로 화로 속의 재를 쑤석이던 아이의 손길이 동시에 멎었다. 두 사람의 눈길이 마주치면서 아이가 아낙의 무릎을 잡았고 아낙의 목에서 꼴깍 하고 침 넘어가는 소리가 났다. 아이는 아낙의 무릎을 잡은 손에 더욱 힘을 주었고 아낙은 고개를 가웃하여 좀더 귀를 기울였는데, 개 짖는 소리였다. 목 안으로 삼키면서 길게 끄는 개 짖는 소리는 사립 쪽으로부터 일정한 간격을 두고 계속해서 들려오고 있었다. 화로에 인두를 꽂는 아낙의 손길이 가볍게 흔들렸고 아이는 무너지듯 윗몸을 기울여 아낙의 치맛자락을 움켜잡았다. 아낙은 다시 한 번 침을 삼켰다.

"누, 누구세유?"

개 짖는 소리만이 들려왔고 아낙은 아이의 손을 더듬어 꼭 잡았다.

"누가…… 오신규?"

여전히 개 짖는 소리만이 들려왔고 아낙은 무릎걸음으로 다가가 봉창에 귀를 대었다.

"밖이…… 누가 오신규?"

풀벌레의 울음소리를 내며 문풍지가 떨고 있을 뿐 밖에서는 아무런 소리도 들려오지 않았다. 잠시 숨을 삼키며 귀를 기울이던 아낙은 아이의 손을 잡은 손에 힘을 주면서 가만히 봉창을 밀었다. 사개가 맞지 않는 문짝이 요란한 소리를 내며 열렸고 왈칵 찬바람이 밀려들어오면서 꺼질 듯 등잔불이 낮게 잦아들었다. 아낙은 저도 모르게 얼른 눈을 감았다가는 떴다. 정월 대보름날 밤의 달빛처럼 환한 빛이 울컥 넘쳐 들어오면서 견딜 수 없게 눈이 부셨던 것이다. 눈이었다. 잘 말려 부풀린 햇솜처럼 희고 탐스러운 함박눈이 펑펑 쏟아져내리고 있었다. 주위는 온통 깨끗하게 빨아 넌 옥양목 호청 색깔이었는데 워리란 놈이 허공중을 향하여 뛰어오르며 대중없이 짖어대고 있는 중이었다.

"빌꼴. 내둥 갱기찮더니만 원제버텀 눈이 오신다. 저녁 먹구 뒷간이 갈 때까지만 헤두 뽀송뽀송허니 바람 한점 읎더니먼…… 눈 오시는 것 보구 짖었던개벼."

아낙은 짧은 한숨을 내쉬었고 아낙의 등짝에 얼굴을 묻고 있던 아이가

"눈 오신단 말여? 눈?"

하고 소리치며 아낙의 겨드랑이 사이로 머리를 디밀었다.

"워디루 나올라구 그런댜, 나올라구 그러길. 석류두 읎구 탱자두

154

읎구 새양두 읎넌디 고뿔 들면 워척헐라구."

아낙이 아이의 머리통을 찍어누르며 힘없이 개를 불렀다.

"워리. 워어리."

워리란 놈이 토방 앞으로 달려와 봉창에 앞발을 걸치며 꼬리를 흔들었고 아낙이 소리쳤다.

"얼릉 뭇 들어가는겨, 뷕이루 얼릉. 대중읎이 짖어대서 사람 간 떨어지게 점 허지 말구 싸게싸게 들어가서 뭇 자는겨, 시방."

주인에게 꾸중을 들은 워리가 샅 사이에 꼬리를 말아넣으며 거적 문을 후벼 부엌으로 들어갔고 아낙은 저 아래로 아스라이 꼬물거리는 마을의 불빛을 바라보다가 짧은 한숨을 삼키며 문을 닫았다. 그여자는 등잔의 심지를 올리고 나서 다시 인두를 잡았는데, 벌써 오래전에 다림질이 끝난 두루마기 동정에서는 인두가 지나갈 때마다 뽀드득 뽀드득 하고 꽈리 터지는 소리가 났다.

"증말루 오실라나?"

붙여세워 가슴에 받친 무릎 위에 턱을 올려놓은 채로 아이는 봉창을 바라보았다. 그 아이는 때에 전 봉창에 어리는 제 그림자를 아련한 눈길로 바라보며 혼잣말처럼 중얼거렸다.

"증말루 오실라나?"

아낙은 힘주어 인두를 눌렀다.

"너두 들었잖여. 식전버텀 뒤란 감나무 꼭대기서 까치 울던 소리를."

그 아이는 다시 한 번 중얼거렸다.

"증말루 오늘 밤이…… 오늘 밤이 새기 전이 아부지가 오실라나?"

아낙의 목소리가 높아졌다.

"까치가 울었다니께. 식전 아침버텀 까막까치가."

아이의 턱이 조금 들려졌다.

"까치만 울면 뭐헌댜."

"까치가 울면 반간 손님이 오신다잖어, 반간 손님이. 우덜 모재 단 두 식구헌티 반간 손님이라면 누가 있겠냐, 반간 손님이라면 누가 있겄어."

하고 아낙이 낮은 목소리로 중얼거리는데, 아이가 나뭇가지로 화로 속의 재를 꾹 눌렀다.

"까치만 울면 뭔 소용이냔 말여, 까치만 울면."

아낙은 말없이 인두를 밀었고 아이는 자꾸 재를 쑤셨다.

"까치넌 작년이두 울었잖어. 작년이두 울구 그러께두 울었잖어. 그러께두 울구 그그러께두 울었잖어. 그런디두 아부지는 안 오시잖난 말여, 아부지넌."

벌써부터 식어버린 인두를 화로에 꽂으며 아낙은 엄한 얼굴로 아이를 바라보았다.

"불장난 허지 말라니께. 불장난 허면 오줌 싼다니께. 오줌싸개 된단 말여. 오줌싸개 되서 치 쓰구 집집마다 소금 받으러 댕기면 꼴 좋겄다."

"걱정 말어. 걱정 말란 말여. 오줌싸개 안 될 테니께. 오줌싸개 되더래두 소금 줄 집이 읎다는 건 나두 안단 말여. 아무 집이서두 우덜은 상대 안 혀준단 건 나두 안단 말여. 누가 물를 줄 알구."

아이의 뒷말에는 물기가 묻어 있었고 아낙은 자꾸 터져나오려는 한숨을 꼭 깨물었다.

"그러니께 자란 말여. 청승맞게 쪼글띠리구 앉어서 마위 읊넌 소리만 허지 말구 졸리면 자란 말여."

"자지 말라메. 슫달 그믐날 밤이 자면 눈썹 센다메. 하얀 할아배

마냥 눈썹이 하얗게 센다메."

"그러니께 그런 소리 허지 말란 말여. 마위 옳넌 소리."

아이는 화롯재를 쑤시던 막대기를 놓고 두 손으로 다시 무릎을 끌어안으며 끌어안은 무릎 위에 턱을 올려놓았고, 아낙은 버릇처럼 또 귀를 기울였다. 고요했다. 워리개도 이제는 잠이 들었는지 봉창 밖에서는 아무런 소리도 들려오지 않는데 밖에는 아직도 눈이 내리는가. 여름밤 풀벌레의 울음처럼 가냘프게 문풍지가 떨리면서 귀를 기울이면 등잔불의 심지 졸아드는 소리 명치끝을 태우고, 좀더 귀를 기울이면 두루마기자락 스란치맛자락 스치는 소리만이 시나브로 들려오는 것이었다. 그 여자는 포옥 하고 다시 한숨을 뽑았다.

"왜 그러구 앉아 있댜? 워째 그렇게 청승맞게 쪼글띠리구 앉아서 건밤을 새넌겨?"

"심심헤서 그려. 심심허구 배두 고프구."

"개떡 준 거 발써 다 먹었댜?"

"코딱지만침 냉겼어. 날 아침이 먹을라구."

"날 아침이는 밥 먹을 텐디, 개떡은 뒀다 뭐헌댜?"

"밥이라구 헤야 감자 늫구 얼버무린 스슥밥일 텐디…… 보리개 떡이래두 냉겨둬얄 거 아녀."

"아, 아부지 오시면 헤준다니께. 아부지 오시면 밥두 헤주구 떡두 헤주구 슬빔두 헤주구…… 다 헤준다니께."

"증말?"

"증말이잖구. 두구 봐라. 인저 오늘 밤 안이루 늬 아부지가 하얀 쌀 한 섬 지구 오실 테니께. 내 늬 집이루 시집와서 슬 한번 제대루 뭇 쉔 건 고사허구 쌀밥 한 그릇 제대루 뭇 읃어먹어봤다만."

그 여자는 꿀꺽 소리가 나게 생침을 삼켰다.

"슬날 아침이 차례를 지낼 때는 술 빚구 떡 찌구 누런 황소를 잡

어서 삼간 대청이다 진설을 허넌디, 주과포라구 우선 술허구 삼색
실과허구 건명태·북어포·탕·적·지지미며 온갖 나물에다 찹쌀
멥쌀루 빚은 떡을 올리넌디 떡이면 가래떡 한 가지간디, 인절미·
시루떡·개피떡·셍편·절편이며 슬븜은 또 워떻구. 내 늬 집이루
시집온 후 흔 광목 적삼 한닢 못 은어입어 봤다만, 친정집이선 해마
다 철철이 비단이며 공단이며 모본단이루 연두색이나 노랑색 저고
리에 빨강 치마에 금실 는 갑사댕기 매구 은실 는 옷고름 나풀대며
늘 뛰던 생각을 허면…….”

“엄닌 맨날 오이갓집 잘 살았다넌 얘기여.”

“늘만 뙀간디. 대보름날이면 다섯 가지 곡식이루 오곡밥을 헤서
아홉 번을 먹구, 입춘대길 근양다경 한식 삼짇날이면 뒷산 모이마
당이 진달래꽃 뜯어다가 쌀가루에 반죽헤서 챙지름 발러 지저먹구,
초파일이 만등불사 단옷날 그네 뛰구 유월 유둣날 창포 삶은 물이
머리 감구 칠월 칠석 백중날 백중장 구경 팔월 추석 햇곡식이루 셍
편 빚어 시월 상달 고사지내구 동짓달 동짓날 팥죽 쒀서 찹쌀루 공
굴린 새알심 느가지구…….”

“오이갓집두 인저 홀딱 망헸잖어. 오이삼춘 돌어가시구 홀딱 망
헸잖어.”

아낙이 지그시 눈을 감고 유족하게 살던 친정에서의 처녀시절을
회상하는데 아이가 오금을 박았고, 그 여자는 어깨에다 눈을 문질
렀다.

“그려. 시집두 망허구 친정두 망허구 난리통거리 홀딱 망헤버렸
으니…… 이 노릇을 워척헌다네. 이 노릇을 워척혀.”

막막한 침묵이 흘렀다. 한참 만에 아이가 물었다.

“워디쯤 오실라나?”

인두를 미는 아낙의 손길이 잔물결처럼 가늘게 흔들렸고 아이는

부은 목소리로 다시 물었다.

"워디쯤 오시겄너냐니께?"

아낙은 소리나지 않게 코를 들이마셨다.

"시방 한참 오실겨. 우리 영복이 보구 싶으셔서 시방 한참 줄달음질쳐 오실겨."

아이의 턱이 다시 무릎 위로 떨어졌다.

"워디쯤?"

"조오기 신작로쯤."

"신작로쯤?"

하고 되받아 묻던 아이가 턱을 들어 똑바로 아낙을 바라보았다.

"뭔 소리랴? 새꼽빠지게."

"뭐가 새꼽빠진다구 그런댜? 새꼽빠지길."

"신작로쯤 오실 거라메?"

"그려?"

"산 넘어 오신다구 그랬잖어? 아부지는 원제구 높은 산 넘어 오신다구 엄니가 장 그랬잖어?"

아낙은 말없이 인두질만 했고 아이가 따지듯이 되물었다.

"아부지는 높은 산을 넘어가셨다구 그랬잖어? 높은 산을 넘어가구 높은 산을 넘어오넌 사람은 거시기 훌륭헌 사람이라구 그랬잖어? 그레서 아부지는 훌륭헌 사람이라메? 아부지는 거시기 새 시상을 맨들기 위해서 높은 산을 넘어갔구 그레서 원젠가넌 다시 높은 산을 넘어오실 거라구 그랬잖냔 말여? 그런디 워째서 신작롯질루 오신다넌겨? 왜늠덜이 말 타구 달려오구 양늠덜이 도라꾸 타고 달려오구 거시기 북선 병대허구 남선 병대가 몰려오구 몰려가먼서 서루 총질헌 디루?"

아이는 쏜살같이 물어붙이며 똑바로 아낙을 노려보았고 아낙은 힘주어 인두를 밀었다.

"높은 산 높은 산, 그느믜 높은 산 소린 입이 올리지두 말어. 높은 산이구 얕은 산이구 산 소리만 들으면 꿈속이서두 숨이 맥히니께."

"빌꼴. 내둥 높은 산 높은 산 허구 산 창갈 불러쌓더니 느닷없이 왜 그런댜?"

인두를 미는 아낙의 손등에 시퍼런 힘줄이 돋으면서 그 여자는 부르르 진저리를 쳤다.

"찢어 육포를 뜰 늠덜. 급살 옘병이나 맞다 거우러나질 늠덜. 설중이 높은 산 넘어온 과객 하나 잠 재워주구 보리곱살미 스승밥이다 감자두 갱신히 삶아먹넌 집이서 애 아부지 돌아오면 헤줄라구 보꾹이 매달어놓구 사자 어금니 애끼덧 애끼던 쌀봉지 터쳐서 밥 헤준 조이밖이 읇넌 지집사람을 잡아다가 주먹이루 져지르구 발질루 죅이구 대침이루 쑤시고 몽뎅이루 후려서 짐장 때 괌천 독배서 받어온 조긔대갈 저믜듯 온 삭신을 짓늬여놔서 갱신을 못 허게 헤노니, 이느믜 시상이 무신 느믜 시상여. 이느믜 시상이 무신 느믜 해방시상이구 무신 느믜 민쥐지여."

아낙은 뽀드득 소리가 나게 이를 갈며 표가 나게 어깨를 떨었고, 아이가 조심스럽게 물었다.

"시방두 쑤신댜? 시방두 갱신을 못 허겄남?"

"갱신이 다 뭐여? 아까두 뒷간이 갔다오다 핑지 낙성헐 뻔헸구면."

아이가 픽 하고 웃었다.

"갱신을 못 헌다메 무신 글력이루 인두질은 헌댜?"

아낙이 하얗게 눈을 흘겼다.

"인두질 헐 글력두 읍으면 땅속이루 들어가란 말이네? 이럴수록

이를 옹송그려 물구 새 동정을 잇어놔야지. 그레야 아부지가 오시
면 입으실 거 아녀. 그레야 아부지가 슬날 아침이 입으시고 차례두
지내시구 으른덜헌티 시배두 댕기시구 승묘두 댕기실 거 아녀."

　아련한 눈길로 봉창을 바라보던 아이가 한참 만에 다시 입을 열
었다.

　"긔는 워치게 됐댜?"

　"그라니?"

　"아 그날 새벽이 엄니랑 하냥 붙잽혀간 아저씨 말여. 나랑 바둑
두다 잽혀간 과객사람."

　"왜 대이구 그 얘기넌 물어쌓넌댜, 물어쌓길. 아 굉찰서버덤 더
높은 디루 끌려갔다니께."

하고 쏘아붙이며 그 여자는 부르르 진저리를 쳤다. 엄마가 핀잔을
주는 바람에 무추룸하게 고개를 떨어뜨리고 있던 아이가

　"워디쯤 오실라나?"

하고 다시 물었고, 아낙은 지그시 입술을 깨물었다.

　"신작로쯤 오실 거라니께."

　"애개. 상기두 신작로쯤."

　"신작로만 지나면 금방이잖어. 신작로만 지나면 생엿집, 생엿집
만 지나면 물방앗간, 물방앗간만 지나면 둥구나무, 둥구나무 밑이
만 들어서면 동넨디."

　"동네서두 예까정은 까마득허잖어. 동네서 여기 산 밑 막집까지
올라먼 산모랭이 지나서 서낭당을 지나서……."

　"동네가 멀먼 월마나 멀다네. 동네가 아무리 멀대두 장정 걸음이
루 줄달음질쳐 오먼 담배 한 대 전 거리두 안 될 텐디."

　"깜깜헤서 워치게 오신댜? 달두 읎이 깜깜헌 그믐밤인디."

　"눈이 오시잖남. 밤눈이 하얗게 오셔서 대낮같이 질이 밝잖남.

대낮같이 질이 밝어서 츠녀 총각 미아이래두 허게 좋은 밤이잖남.
츠녀 총각 미아이."
하고 되뇌다 말고 아낙은 얼른 어깨에다 얼굴을 문질렀다. 꺼질 듯
낮게 잦아들던 등잔불이 되살아오르면서 불빛에 드러난 아낙의 볼
에 언뜻 홍조가 어렸고, 그 여자는 다시 한 번 어깨에다 얼굴을 문
질렀다. 아이가 물었다.

"워치게 찾어오신댜?"

"왜 뭇 찾넌댜? 자긔 처자식이 사넌 자긔 집을."

"여긴 우덜 집이 아니잖어. 아부지랑 할아부지랑 할머니랑 삼춘
이랑 고모랑, 그러구 누렝이랑 퇴깽이랑 빙아리랑, 그러구 또 잠자
리랑 풍뎅이랑 나븨랑 개미랑 하냥 살던 우덜 본집이 아니잖넌 말
여."

"조석간이두 시상이 몇 번씩 뒤집어지넌 이 숭악헌 난리통거리
에 고향집 지키구 사넌 사람이 몇이나 된다네. 광천 쪽다리 밑이 사
넌 그지 안 된 게 그나마 천만다행이지."

"그지버덤 날 게 뭐 있댜. 그러구 벌써 몇 번씩이나 욍겨댕겼잖
어. 구렛굴서 밤도망 떠나서 개울 오이갓집이루 갔다가 민국정부서
시켜준 핀장질 허던 오이삼춘이 오여손잽이덜헌티 맞어죽구 그 바
람이 오이할아부지 속 끓이다 돌아가셨다넌 말 듣구 숙뱅이 고모네
루 갔다가 고모네 시집 식구덜이 찔러박넌다넌 바람이 큰이모네 사
넌 자라내루 갔다가 즉은이모네 사넌 한나루루 갔다가 유구 진오이
가루 갔다가 새재고개 넘어 밤중이 구렛굴루 갔다가 할아부지가 인
공 때 토지분배 으이원장질 허구 삼춘이 청년동맹 으이원장질 했다
구 할아부지허구 삼춘이 바른손잽이덜헌티 맞어죽었다넌 말 듣구
여기루 왔잖어. 청년대늠덜 무서서 꼭두새벽이 도망질쳐서 여기 높
은 산 밑이루 왔잖어."

아이는 숨도 쉬지 않고 칠대를 물려 살던 고향 마을로부터 쫓겨나 강근지친을 찾아 떠돌아다녔던 이야기를 주워섬겼고, 아낙은 잠깐 인두를 놓고 주먹을 들어 어깨를 두드렸다.

"찢어 육포를 뜰 늠덜. 급살 옘병이나 맞다 거우러나질 늠덜이 조이 읎넌 지집사람을 짐장 때 광천 독배서 받어온 조깃대갈 저미듯 짓늭여놔서 온 삭신이 안 쑤시넌 디가 읎다니께. 아 무신 조이가 있너냔 말여, 조이가 있기를. 또 조이가 있다구 헤두 당자헌티 있구 사내꼭대기덜헌티 있지 부모형제 일가친척 처자식헌티야 무신 조이가 있너냔 말여. 한 사람이 역적이루 몰리면 삼족이 절딴나던 고릿적 임금시절두 아니겠구. 그러구 아버님허구 되렌님이루 말헤두 스사로 그렜간듸. 인공 사람덜이 대이구 시켜대니께 힐 수 읎이 나스긴 헸지먼 아 긔덜이 아듯님허구 언니 웬수 갚으라구 웬수 갚으라구 헤쌓넌 것두 인명은 재천이라며 손톱 하나 까딱 안 헸넌듸. 그러구 또 기왕 말이 나왔으니께 말이지먼 당자루 말허드래두 그렇지. 아 그 사람이야 골방이서 혼자 책만 읽구 오여손 바른손 왱겨가며 혼자서 바둑만 두구 달 밝은 밤이면 뒷산이서 혼자 퉁소만 불던 선븨루 온 시상 인민대중덜이 똑같이 펭등허게 사넌 새 시상을 맨들겄다구 밤을 낮 삼어 뇌심초사허기를 왜정 때버텀 뇌심초사허너라구 뷕이서 밥이 끓넌지 죽이 끓넌지 오불관원이던 사람인듸, 아 왜정 때버텀 주재소며 굉찰서며 혼병대며 가막소 드나들기를 고자 처갓집 드나들덧기 드나들던 사람인듸, 왜정 때야 날강도 같은 왜늠덜 시상이니께 그렜다구 허더래두 시방은 조선사람 시상이 아니냔 말여. 급살 옘병이나 맞다 거우러나질 덴노헤이까 반자인지 만서인지 안 불러두 되구 사내사람덜 보국대 안 끌려가두 되구 지집사람덜 데이신따이 안 끌려가두 되구 나락 공출 눗주발 공출 안 헤두 되던 해방시상 아니냔 말여. 대 물려가며 왜늠덜헌티 문서이 읎넌 종노릇 허며 압제받구 스름받던 조선사람이 조선땅이서 인제버텀이래두 팔다리 쭉 뻗구 살게 헤보겄다구 밤을 낮 삼어서 뇌심초사허던 사람을 무신 잘못을 저질렀다구…….”

아낙은 연신 주먹으로 어깨며 허리를 두드리며 푸념을 늘어놓았는데, 아이는 종주먹을 대었다.

“워치게 찾어오시너냐니께?”

아낙은 홍 하고 한번 코웃음을 친 다음 자신에 찬 목소리로 말했다.

“림려두 많네, 림려두 많어. 그런 림렬랑은 호랑이다 느봐. 골백번을 읭겨댕겼어두 틀림읎이 찾어올 테니께. 아 고향집이 가봐서 읎으면 우선 처갓집이루 가볼 테구 처갓집이 가봐서 읎으면 자긔 뉘 시집간 디루 가볼 테구 자긔 뉘 시집이 읎으면 여펜네 엄니 떨거지덜 찾어서 자라내루 한나루루 유구루 가볼 테구, 그렇게 눈물자죽 핏자죽 따라 절국 예까정 뒤밟어오쟎구 배기겄남. 항차 여긔가 워딘디? 여긔가 워디냔 말여?”

아낙의 뒷말에 물기가 어리면서 그 여자는 스스르 눈을 감았다.

“여긔는 자긔가 처갓집이 가서 새각씩 데리고 올 때 쉬가던 디 아니냔 말여. 다리덜 아플 텐디 쉬가자구 허면서 후행 오시던 오라버니가 저쪽이서 짐꾼덜하구 약주 자시넌 틈이, 빌꼴. 남부끄럽게 워느 틈이 진달래꽃 한 솽이를 꺾어들구 있다가 자긔 각시 귀밑이다 꽂어주던 바루 그 자리가 아니냔 말여. 귀밑이다 무신 금노리개 은노리개라두 되넌 것마냥 진달래꽃 꽂어주머 이응원히 빈치 말구 장구허니 향복허게 살자구 허던 바루 그 자리가 아니냔 말여. 급살. 허기야 시방 생각허면 이 고상을 시킬려구 그때버텀 다짐헸던 줄 알어챘렸어야 허넌 건디. 거시기 뭐라더라 응, 그렇지. 이제 새날이 밝어왔구 광영된 새 조선 새 시상이 왔으니께, 새 조선 자유 조선

새 시상이 올 거라던가, 하여간에 심들구 글력 팽기더래두 쬐끔만 참구 전디자구 꾀송꾀송헤쌓던 걸 그때가 마침 왜늠덜이 쫓겨가구 해방이 된 다음해 봄이었으니께 이 미련허기가 똥이 멱까지 찬 지집이 해방된 나라 얘길 허넌 줄만 알었지 아 나라이서 국뷉이루다 금허넌 오여손�잽이 허자넌 소린 중 워치게 알었을꾸. 허기야 그때는 국뷉이루다 금허지두 않구 오여손�잽이 바른손�잽이 쌍노라니 하냥 쳐줄 때였지먼, 하여간에 그저 신언서판이 구족허구 얼굴이 관옥 같은 새신랑이 꽃 꽂어주넌 것만이 남부끄러먼서두 고맙구 황송헤서 그저 고개만 팍 쉭이구 있었으니께."

"증말루 찾어오실 수 있을라나?"

"끙. 왜 뭇 찾어오겄냐. 각시허구 첫 맹서이 헌 디루 안 오구 자긔가 워디로 가겄어. 게다가 자긔 엄니 자긔 아부지 자긔 큰동상까정 자긔 때메 당신덜 뭥이 뭇 돌아갔넌디.아 자긔 엄니는 자긔 때메 실성까지 헤서 꿈속이서두 애븨냐 애븨가 온 겨 바람 소리만 들려두 애븨냐 애븨가 온 겨 허구 부르짖으며 심설 손자새끼보구두 애븨냐구 헤쌓다가 돌아가셨넌디, 하얗게 눈을 뜨구 돌아가셨던디, 자긔가 인두겁을 쓴 사람이라면 와야지. 반다시 와서 자긔 엄니 자긔 아부지 자긔 큰동상 원 풀어주구 살어야지."

"살어기셔야 올 거 아녀?"

"왜 안 살어 있어?"

"죽었을지두 물른다메? 거시기 북선이루 넘어갔을지두 물른다메? 아부지가 선상님이라구 불르머 왜정 때버텀 쫓어댕기던 이가 북선이루 내뺐다메? 그러니께 아버지두 긔 쫓어서 북선이루 갔넌지 물르잖어?"

"긔야 유명짜허게 두목 노릇 허던 이니께 두목찌리 글력 저루다가 글력 팽겨서 쫓겨간 거겄지먼 늬 아부지야 긔 곤마�잽이 허던 인디 뭣 줏어먹으러 쫓어간다네? 자긔 집 자긔 식구덜 놔두구 뭣 줏어먹으러 북선이루 가? 흥. 옛날버텀 남남북녀라구 북선 땅이는 여수 같은 지집년덜이 많다니께 새각씨 읃을라구 북선이루 가남? 항차 죽기는 왜 죽넌다네? 처자식은 워치게 허라구 자긔만 죽어? 죽어두 하냥 죽구 살어두 하냥 살어야지 무신 철천지 억하심쁘루 자긔만 죽어?"

"그런디 그렇게 엄니 말대루 집은 찾어오신다구 헤두…… 아부지가 날 물러보면 워쩍헌다?"

"별 옴뚝가지 같은 소리 다 허네."

아낙이 하얗게 눈을 흘겼고 아이는 손등으로 눈을 문질렀다.

"난 한나두 생각 안 난단 말여. 아부지 생각이 한나두 안 난다니께."

"니 살이나 먹었었넌디 왜 생각이 안 난다. 망지막이루 아부지 본 게 시 살 때였넌디 왜 생각이 안 나."

"니 살이래두 두 살 맞침이라구 그랬잖어. 스른 살 먹어서 두 살 맞침이라구. 두 살 때 생각이 워치게 난다."

"바둑은 그렇게 잘 두구 말은 그렇게 소진장이루 잘 허넌 애가 워째 그렇게 총긔가 읎다. 할아부지헌티 진서두 많이 배구 즤 아부지 닮어서 다긔차기가 마른 건천이 돌팍 같은 애가 왜 그렇게 총긔가 읎어."

아낙이 오금을 박았고 아이는 세 살 때의 기억을 더듬는 듯 고개를 외로 꼬며 눈을 깜박이다 말고 동그랗게 눈을 떴다.

"얼라, 참. 니 살두 아니잖어? 난리 터지기 해 반 전이 거시기 예비금속이루 잽혀갔다메? 그때는 그럼 한 살 때 아녀? 한 살 때 생각이 워치게 난다?"

"아 그때 믠회 갔었잖어? 난리 터지던 해 봄이 가막소로 망지막

민회 갔었잖어? 그때 쇠창살 틈이루 똑똑히 본 애가 왜 생각이 안 난다넌겨?"

"빌꼴. 엄니는 왜 대이구 인두질만 헤쌓넌댜, 인두질만. 벌써 초저녁이 다 대려졌을 텐디."

"졸리먼 자라니께. 건하품만 헤쌓지 말구 졸리먼 자란 말여."

"안 졸리다니께. 한나두 안 졸립단 말여. 그런디 엄니."

"왜 대이구 불러쌓넌댜, 불러쌓기를. 에미 숨 안 넘어가너먼."

"아부지가 뭐 사가지구 오신다고 그랬지?"

"또 잊어먹응겨. 아침버텀 골백 번두 더 얘기헤줬을 텐디."

"한 번만 더 헤달라니께. 한 번마안."

"까그매 괴기를 먹었나베. 금방 잊어먹구 금방 잊어먹구 허넌 걸 보먼."

입으로는 핀잔을 하면서도 아낙의 입은 어쩔 수 없이 벙긋 벌어졌다.

"새옷두 사오시구, 신발두 사오시구, 또 먹을 것두 잔뜩 사오시구……."

"옷은 뭘라나?"

"난닝구허구 낙가산 기지루 된 사루마다허구 털 돋힌 오바허구 털실루 짠 모자허구……."

"그거 말구우."

"응, 세라복?"

"그려."

"넓직헌 에리 달리구 에리에 백테 쳐진 세라복이라구 헸잖어. 내년이 핵교 들어가면 입을 세라복이라니께. 방울 달린 니꾸사꾸랑."

하는데 아이가

"핵굘 들어갈 수 있을라나? 핵교서 날 받어줄라나?"

하고 걱정스럽게 되물었고, 아낙의 목소리가 가늘게 떨려나왔다.

"아 왜 안 받어준다네? 핵교 갈 나이가 찼넌디 왜 안 받어줘? 이 느믜 나라 국뵙은 그런 뵙이라네? 그렇게 허라구 대즌뎡편이 써 있다네? 대뭥률이 써 있어? 사상뷤 보관찰령이 써 있구 양늠 포고령이 써 있어?"

"새꼽빠지게 무신느믜 대즌뎡편이구 대뭥률이랴. 무신느믜 보관찰령이구 포고령이여. 아 시방은 야끄기며 삐시꾸며 호줏기 같은 서양 뱡기가 날러다니며 폭탄을 던지구 인민이 나라이 쥐이라넌 공산쥐가 되다가 민쥐지가 됬다가 하루아침이두 멫 번씩 뒤집어지넌 시상인디, 대뭥츤지 밝은 시상인디, 엄니는 으른이먼서 그런 것두 물른댜."

"아 대뭥츤지 밝은 시상이구 개뭥된 시상이라 애븨가 조인이라구 자식까정 츠벌헌다네?"

"아부지가 워치게 조인이랴? 조인이먼 도대처 무신 조이를 진겨? 접때 아저씨들 말룬 헥멩가구 애국자라던디."

"아 헥멩가구 애국자먼 왜 자긔 집이루 뭇 들어오구 싸다니넌겨. 이 설중이 워디루 싸다니너라구 슫달 그믐날 밤이두 올 생각을 안 허넌겨. 올 생각을 안 헤서 처자식 뭥줄을 말리넌겨."

"관두구 뒈나 대봐."

"뒐 대라니?"

"신발 말여."

"운동화라니께."

"아, 운동화."

하고 되받아 다짐하며 아이는 스르르 눈을 감았고, 아낙이 말했다.

"그렇다니께. 찰고무루 바닥 대구 알록달록헌 홍겁이루 뚜껑 씬 운동화라니께."

"증말여? 증말루 찰고무루 바닥 대구 알록달록헌 홍겁이루 뚜껑 씬 진짜 운동화란 말여? 왜늠덜 신던 지까다븨가 아니구?"

"마워읎게 무신 지까다븨랴? 서양애덜 신넌다넌 운동화라니께."

"그럼 인저버텀은 돼지불알이다 바람 느서 공마냥 거시기허구 놀어두 되구 아무 디루나 달음박질쳐 댕겨두 된단 말이지? 홍겁신 이나 거먹고무신마냥 잘 벳겨지지두 않넌단 말이지?"

"그렇다니께."

"……난 말여."

"그려."

"난……."

"왜 그려?"

아낙이 무심히 재촉했고, 이윽고 아이가 말했다.

"산이루 갈쳐."

"산이루 가다니. 내력읎이 깎은 머리 중 된단 말여?"

아이는 힘껏 도리질을 했다.

"야산대 나갈쳐."

"뭐시?"

인두를 밀던 아낙의 손길이 못박힌 듯 그 자리에 멎었고, 아이는 아랫입술을 꼭 깨물었다.

"야산대 나간다니께."

아낙의 손이 눈에 띄게 흔들리면서 아이를 바라보는 낯빛이 창 백하게 바래졌는데, 아이는 꼿꼿하게 허리를 펴면서 분명하게 말 했다.

"산이루 가서 야산대 헐쳐. 아부지가 사오넌 운동화 신구 방울 달린 니꾸사꾸 메구 산이루 가서 야산대 헐쳐."

"영복아."

침묵 끝에 아낙이 아이를 불렀고 아이는 말없이 아낙을 바라보았다. 아낙이 말했다.

　"너…… 야산대가 뭔 중 아네? 뭔 중이나 알구 허넌 얘기여? 시방."

　"누가 물를 줄 알구."

　"뭐냐니께?"

　"압제받구 스름받구 굶주리구 홀벗넌 거시기 뇌동자 뇡민덜 위혜서 거시기헌 사람덜허구 싸우넌 사람이지. 인민 유격대."

　"그런 소리 누구헌티 들었네? 그 급살맞일 과객이 그러담?"

　"아 엄니가 그랬잖어."

　"뭐시?"

　"빌꼴. 자긔가 그레놓구선 딴소리 허넌 것 점 봐. 자긔가 그레놓구선 조이 읎넌 과객 사람 욕허넌 것 점 봐. 아 자긔가 인공 때 여으맹으원장."

하는데 아낙이 급하게 손바닥으로 아이의 입을 틀어막았다. 인두가 질화롯가에 부딪쳐 얼음장 갈라지는 소리를 내며 방바닥에 떨어졌고 아이는 숨이 막혀 캑캑거렸다. 그 여자는 봉창께를 한 번 바라보고 나서 소리죽여 말했다.

　"이느믜 지슥, 또 그런 소리 헐쳐? 또 그런 숭악헌 소리 헐쳐?"

　아이는 몸부림을 쳐 아낙의 손을 잡아떼며 다시 말했다.

　"자긔가 그랬잖어. 동네 사람덜 앞이서 자긔가 그렇게 륀설 헸잖어. 아부지두 밤낮 그랬다메. 밤낮 그런 공부만 헸기 때메 왜정 때버텀 가막소만 댕겼다메."

　"이느믜 지슥이 그레두."

하고 낮게 소리치며 아낙은 아이의 모가지를 끌어당겨 물 부어 샐 틈 없이 입을 틀어막았다.

"또 그런 소릴 헐래? 또 그런 소릴 헐쳐? 접때두 오이갓집이 갈 때 청년대 앞서서 그런 소리 헤가지구 그 몸서리나넌 졸경 치뤄놓구선 또 그런 소리 헐쳐?"

"으 으 으……."

아이가 숨넘어가는 소리로 캑캑거리며 낯빛이 사색이 되어서야 아낙은 손을 떼었고, 그 여자는 다시 한 번 봉창께를 바라보며 진저리를 쳤다. 한참 만에 아이가 조심스럽게 물었다.

"야산대 사람덜은 그럼 거시기헌 사람이랴?"

"………."

"나쁜 사람이난 말여? 왜늠덜이랑 양늠덜마냥?"

"왜늠덜이야 멩토 박어 나쁜 늠덜이구 양늠덜은……."

하다가 아낙은 불안한 눈빛으로 봉창께를 바라보았다.

"아 할아부지가 장 안 그러시담. 미국늠 믿지 말구 쏘련늠 쪽지 마라 일번늠 일어난다 조선사람 조심혀라."

"존 사람여 나쁜 사람여?"

"……나쁜 사람여."

"존 사람이라구 그렜잖어? 글력 읎구 골력 읎구 돈 읎넌 불쌍헌 인민대중덜 위해서 싸우넌 존 사람이라구 뢴설 때 그렜잖어?"

"또 그런 소리 헌다, 또 그런 소리 혀."

"물르니께 물어보넌 거잖여."

"아 살살 말혀. 남 들으면 워척헐라구."

아낙은 다시 한 번 불안한 눈빛으로 봉창을 바라보았고 아이가 목소리를 낮추었다.

"살살 헐께. 살살 헐 테니께 대답혀봐. 왜 뢴설 때 그렜다?"

"그거야 그 사람덜이 시키넌 대루 헌 소리지 내 소리간듸. 그 사람덜이 헥멩동지라메 그렇게 뢴설허라구 혀서 그런 거지."

"엄니가 무신 헥멩가라?"

"나보구 헌 소리간듸. 늬 아부지보구 헌 소리지."

"자긔 소리두 아닌듸 왜 그런 륀설을 헌댜?"

"너두 점 생각혜봐라. 늬 아부지 닮어서 너두 다긔차구 공굴차구가 마른 건천이 돌팍 같은 애니께 너두 점 생각혜봐. 아무리 이치가 그렇다구 혜두 그렇지…… 그런 새 시상이 원제 온다넌겨? 어느 하세월이 그런 부자두 가난뱅이두 읇구 지주두 소작인두 읇구 거시기 자본가두 뇌동자두 읇구 그렇게 똑같이 땅 노놔갖구 똑같이 일혜서 똑같이 나눠먹넌 그런 펭등헌 시상이 온다넌겨? 그런 펭등헌 시상이 와서 콩 한쪽두 서루 노놔먹으먼서 오순도순 장구허니 향복허게 산다넌겨? 그런 꿈 같은 소리는 다 책 속이만 써 있넌 소린겨. 지렝이 겨가넌 것 같은 꼬부랑 글자루 된 책 속이만. 그레서 그나마 주먼 주는 대루 먹구 쌔리먼 쌔리넌 대루 맞어주먼서 쥐죽은 듯기 엎어져 살먼서 씨보전이나 허넌 무지렝이 백성덜 제 멩이 뭇 죽게 맨드넌 소린겨."

"즌향혔남? 깅찰서 갔다오더니 바른손잽이루 즌향헌겨?"

"내가 무신 사상가구 주이자냐? 즌향허게. 다 몸뗑이루 젺은 남저지 애기지."

"내둥 안 허던 소릴 허니께 말여. 내둥 오여손잽이가 옳다구 허던 사람이 갑자기 미국 사람덜 같은 소리만 허니께 말여."

"그런 소릴랑 허덜 말라니께. 그런 소릴랑 아이여 입 밖이두 내지 말란 말여. 그러구 너두 점 생각혜봐라. 너두 점 생각혜봐. 우덜은 뭐냔 말여. 아 뇌동자 닝민이 쥔 노릇 허넌 새 시상 맨들었다구 밤을 낮 삼어 뗘다니다가 총맞어 죽었넌지 북선이루 넘어갔넌지 다서 해가 다 되두룩 코빼기두 안 븨치니, 그래 그 처자식은 뭐냔 말여. 워치게 살란 말여. 그러구 또 우덜이 뇌동자냐 닝민이냐. 양반

172

인지 두반인지 찌끄레기 잔반이라지먼 반상이 읎어진 개뭉 시상에 송곳 박을 땅 한뼘 읎으니 넝민이 뭇 되구 생일 헐 글력이 읎으니 뇌동자가 뭇 되넌 우덜은 그래 뭐냔 말여. 너르나 너른 조선팔도 사방천지 몸 뉠 데 읎이 이리 쫓기구 저리 쫓겨서 산고랑탱이루만 산고랑탱이루만 숨어다니넌 우덜은 그래 뭐냔 말여. 워치게 살란 말여. 또 갱신히 워치게 숨이 붙어 살어남넌다구 헤두 펭생을 두구 뿕겡이 지집 뿕겡이 새끼란 소리가 붙어다닐 우덜은 그래 뭐냔 말여. 워치게 살란 말여."

아낙은 치맛귀를 들어 팽 소리가 나게 맑은 코를 풀었고, 한참만에 아이가 또 물었다.

"그럼 토벌대 되까?"

아낙이 주먹을 들어 아이의 머리통을 쥐어박았다.

"으이구 이늠아, 이 철 읎넌 늠아. 야산대구 토벌대구 민쥐지구 공산쥐구 그느믜 댓자 들구 쥣자 붙은 말만 들으면 사지가 벌벌 떨린다. 만서이 부르는 소리 듣구 총창 늠 그림자만 봐두 오뉴월이 당학들린 늠처럼 사지가 벌벌 떨려."

"그럼 아까 얘기나 더 헤봐."

"뭘 말여?"

"아부지가 사오신다넌 거."

"얘기했잖어. 새옷두 사오시구. 신발두 사오신다구. 방울 달린 니꾸사꾸랑."

아이의 목에서 꼴깍 하고 침 넘어가는 소리가 났다.

"먹을 거는?"

"글강 웨듯 또 웨보라넌겨."

"얼르응."

"눈깔사탕, 요꼬시, 셈베이, 미루꾸, 카라메루, 끔……."

아낙이 주전부리의 이름을 주워섬길 때마다 아이는 졸린 눈을 깜박이며 머리를 주억거리는데, 아낙은 문득 숨을 삼켰다. 개 짖는 소리가 들려왔던 것이다. 그러나 잠결에 짖었던 것인지 개 짖는 소리는 두어 번 공허하게 들려오다가 이내 잠잠해졌고, 그 여자는 포옥 하고 다시 한숨을 삼켰다.

아낙은 앉은 자리에서 고개를 외로 꼰 채로 잠들어 있는 아이를 끌어당겨 무릎에 눕혔다. 아이는 꿈속에서도 무엇이 불안한지 자꾸 엄마의 손을 끌어당겨 샅 사이에 넣고 꼭 눌렀다.

……맘 다져먹으라니께. 아 향방불명된 지 다서 해먼 인내장이 콩 팔러간 사람인디, 원제꺼정 지달린다넌겨? 애 아부지는 와유. 꼭 온다니께유. 앗따 홍성댁두 답답허기는. 아 아니힐 말루 왜정 때버텀 오여손잽이 허다가 향방불명된 사람이 다시 온단들 무사헐까. 그렇게 뜨건 정을 다시구두 아즉 정신을 못 채려? 온다니께유. 꼭 다시 온다구 약조했단 말유. 원젠가는 반다시 꼭 다시 온다구. 그러지 말구 한 나이래두 즉을 때 팔자 고치라니께. 홍성댁두 내년이면 서른 아녀. 아 지집 나이 서른 고개만 넘으면 머슴방이서두 괄세받넌단넌 옛말이 있넌디. 인물이 아까서 허넌 소리여, 인물이. 항차 여늬 자리여. 아 깅찰 사람이먼 골력 있겠다 이 난중이 더 볼 거 뭐 있넌겨. 아 담배 점 그만 펴유. 애 숨맥혀 죽겄네. 웬 독헌 수연을 대이구 펴댄댜. 독헌 담배래두 펴야 살지. 이 흠헌 난셀 살라먼 독헌 담배래두 대이구 펴야 산다구. 어려서버텀 독헌 냄샐 쉐구 크먼 양중이 커서두 엥간헌 비바람 앞이선 끄떡두 안 힐 테니께. 온다니께유. 원젠가는 반다시 꼭 오겠다구 약조했단 말유. 맘 다져먹으라니께. 재취자리라지먼 아 깅찰 사람헌티루 가면 우선 신분보장두 되겠다, 좀 좋아. 아무리 그렇다지먼 애 아부지가 바루 깅찰 사람헌티 끌려갔넌디. 아 그러니께 더 좋지. 더 완구이 신분보장이 될 거

아녀. 긔는 더구나 왜정 때 흔병 보조원 댕기다가 해방되구 순사루 올러섰다넌 사람인디. 그런 무색 욻넌 소린 허덜 말어. 긔 계급이 시방 뭔 중 알어. 그리구 흔병 보조원은 그만두구 주재소 고쓰가이 댕기던 이덜두 죄 관공리루 올러서서 흰목 잦히구 사넌 시상 아녀. 아 이런 촌간이는 그만두구 대처 한양이서 정치허넌 이덜두 거즈반 다 왜늠 양늠 밑이서 고쓰가이질허던 이덜인디. 온다니께유. 반다시 꼭.

아낙은 힘껏 도머리를 흔들면서 잠든 아이를 꼭 끌어안았다. 밖에는 아직도 눈이 내리는지 먼 골짜기에서 설해목 넘어지는 소리가 짐승의 울부짖음처럼 들려오는데, 시나브로 일렁이던 등잔불이 금방이라도 꺼질 듯 낮게 잦아들었다. 그 여자는 서둘러 등잔의 심지를 올렸고, 아이는 꿈속에서도 무엇을 먹는지 자꾸 마른 입맛을 다시며 잠꼬대를 하였다.

"아부지 오시면 깨줘야 뎌. 새벽이라두 아부지 오시면 꼭 깨줘야 뎌, 이."

비 내리는 아침

"잘 오시넌디⋯⋯."

아낙은 입 안의 소리로 중얼거렸다.

"증말루 잘 오셔서 올 농사 잘 되겄넌디⋯⋯."

아낙은 한쪽 무릎을 바꿔 세우며 손바닥으로 턱을 받쳤다.

"그런디이?"

아낙의 곁에 쪼그리고 앉아 봉창 밖으로 떨어지고 있는 빗줄기를 바라보고 있던 아이가 퉁명스럽게 되물었다. 아낙이 포옥 하고 한숨을 내쉬었다.

"이 노릇을 워척헌다네, 이 노릇을 워척혀."

"워척허긴 뭘 워척헌다구 대이구 그렀쌓넌겨, 그렀쌓기를."

아낙은 다시 한 번 포옥 하고 한숨을 내쉬었다.

"장사를 나갈 수가 옰잖여, 장사를. 오시기는 때맞춰 잘 오시는 비지면 이렇게 아침버텀 비가 오시니 워치게 허너냔 말여, 워치게."

"왜 못 나간댜, 가랑빈디. 갓난쟁이 오줌발버덤 더 즉게 내리넌 가랑빈디 왜 못 나간다넌겨, 못 나가기를."

아낙이 아이를 향하여 하얗게 눈을 흘겼다.

"아 아무리 갓난쟁이 오줌발 같은 가랑비구 사변통이 생이루 서방 잃구 혼자 된 청상과부 한숨마냥 시나부루 내리넌 가랑비라지먼 옷보따리 이구 워치게 나가. 새 찍어먹을 물 한 방울만 떨어져두 얼룩이 져서 본전두 밋까는 간땅꾸며 한소데 같은 옷보따리를 이구 워치게 나가. 너두 점 생각헤봐라, 너두 점 생각헤봐. 아무리 어린 애라지먼 너두 점 생각헤봐. 워째 그렇게 인정머리가 읎다네. 즤 아부지 닮어서 다긔차구 공굴차기가 마른 건천이 돌팍 같은 애가 워째 그렇게 인정머리가 읎어. 바둑은 그렇게 잘 두구 말은 그렇게 소진장이루 잘 허넌 애가 워째 그렇게 인정머리가 읎어. 맹자까지 읽었다넌 애가."

아이가 픽 하고 웃었다.

"또 시작헌다, 또 시작혀."

"에미 말이 틀리남. 에미 말이 틀려."

"장사는 나가서 뭐혀. 밤낮 옷보따리 이구 장사는 나가서 뭐혀. 운동화 한 켤레두 못 사다주면서 밤낮 소부랄만헌 옷보따리 이구 장사는 나가서 뭐허너냔 말여."

"장사래두 안 나가면 워치게 산다네. 식전 아침버텀 이슬 헤치구 백릿길 걸어서 장사래두 안 나가면 워치게 산다넌겨. 이 숭악헌 산고랑탱이서 뭘 먹구 산다넌겨. 그레두 오가구 짖투디려가며 백릿길 걸어서 간땅꾸 하나래두 팔구 한소데 하나래두 팔어서 보릿되래두 팔어와야 살 거 아녀. 그레야 모재 목심 부지헐 거 아녀."

"아 아부지가 오신다메. 아부지가 쌀 한 섬 지구 오신다메. 밤 자구 나서 새복이 되면 아부지가 하얀 입쌀 한 섬 지구 오신다메. 아 아부지가 널 새복이 눈셍이마냥 하얀 입쌀 한 섬 지구 베락같이 오 시먼 그걸루 거시기 밥두 헤먹구 떡두 헤먹구 그러구 거시기 송화 가루 늫구 다식두 헤먹을 텐디, 뭣허러 장사는 댕겨. 심들구 글력 팽기게."

아이가 오금을 박았고, 아낙은 포옥 하고 한숨을 깨물었다. 그 여자는 어깨에다 얼굴을 문질렀다.

"오실 때까지는 살어얄 거 아녀. 아부지 오실 때까지는 튼튼허구 꿋꿋허게 살어얄 거 아니냔 말여."

아이는 힘껏 도리질을 했다.

"안 오시잖여. 열 밤 지나구 백 밤 지나두 안 오시잖여. 슬날이 되두 안 오시구 우수가 되두 안 오시구 경칩이 되두 안 오시구 칡뿌 리 알백이는 양춘가절 새봄이 되두 안 오시잖난 말여."

탱탱하게 부은 목소리로 쏘아붙이며 아이는 옷소매에다 코를 문 질렀다. 그 아이는 턱없이 큰 어른의 신사복 상의를 입고 있어서 마 치 오버를 걸친 것 같았는데, 반으로 접어서 걷어올린 소맷자락이 빤닥종이처럼 윤이 났다.

"새복이 오늘만 있다네. 낼두 있구 모레두 있구 글피두 있구 그 글피두 있구 그그글피두 있넌디……."

아낙이 나약하게 중얼거렸고 아이는 붙여 세워 가슴에 받친 무릎 사이에 얼굴을 묻었다. 코맹맹이 소리로 아이가 말했다.

"난두 인저 안 속는단 말여. 누가 속을 줄 알구. 난두 인저 어린 애가 아니란 말여."

아낙이 짐짓 명랑하게 말했다.

"아부지 오셔두 그럼 안 깨줘두 뎌? 낼 새복이라두 아부지 오셔 두 안 깨줘두 된단 말여? 찰고무루 바닥 대구 알록달록헌 홍겁이루

178

뚜껑 썬 운동화 사오실 텐디두?"

"증말여?"

하고 소리치며 아이가 고개를 들었다.

"증말루 아부지가 운동화 사오시넌겨?"

"증말이잖구. 아 하나밖이 읎넌 당신 자식인디 그까짓 운동화뿐이겄남."

아낙은 스스로 다짐을 두는 듯 목소리를 높였다.

"운동화뿐이겄어. 아 아부지 오시면 그까짓 운동화짝뿐이겄낸 말여. 옛말 이르구 살어야지. 대처루 나가서 유리창 달린 양옥집 짓구 살어야지. 향복허게 살어야지. 장구허니 향복허게……."

아이는 짐짓 관심없다는 표정으로 봉창 밖을 바라보았다. 머리카락 같고 파뿌리 같은 가랑비가 내리고 있었다. 뒤란 쪽에서 맷꿩이 깃을 치는 소리가 들려왔다. 키 작은 댑싸리를 얼기설기 엮어 둘러세운 사립문 위로 활짝 벌어진 호박꽃이 잔물결처럼 가늘게 흔들리고 있을 뿐, 워리개도 어디로 갔는지 사방은 고즈넉했다. 저 아래로 아득하게 엎드려 있는 마을을 바라보던 아이가 혼잣말처럼 중얼거렸다.

"구만 점 오셨으면 좋겄네. 구만 점 비가 오셔서 우럼니 장사 나가게 혜줬으먼 좋겄네."

아낙이 픽 하고 웃었다.

"빌꼴. 날 아침이는 해가 서쪽이서 뜨겄네. 우리 영복이가 에미 걱정을 다 혜주넌 걸 보면."

아이는 참지 못하고 아낙 쪽으로 돌아앉았다. 그 아이는 꼴깍 소리가 나게 생침을 삼켰다.

"엄니."

"왜 그려."

"엄니이."

"왜 그러너냐니께."

"엄니이."

"븰꼴. 왜 대이구 불러쌓넌댜. 에미 숨 안 넘어가너먼. 급살 옘병이나 맞다 거우러나질 늠덜이 갈 짐장 때 광천 독배서 받어온 추젓마냥 온 삭신을 짓뇌여서 안 쑤시넌 디가 읇지먼 그래두 아직 숨 안 끊어지구 살어 있구먼, 악착같이 살어 있구먼, 왜 대이구 불러쌓넌댜. 불러쌓기를."

아이가 무릎걸음으로 한 발 다가앉았다.

"운동화 사다주넌 거지? 요번 장이는 꼭 운동화 사다주넌 거지, 이?"

벌어졌던 입이 꽉 다물어지면서 아낙의 눈매에 짙은 그늘이 어렸다.

"또 그느믜 소리 헐라구? 그 슝헌 소리."

아이는 혀끝으로 입술을 핥았다.

"사다줄쳐 안 사다줄쳐?"

"그느믜 소리만 안 허먼 사다줄쳐. 그느믜 슝악한 소리만 안 허먼 과부 쟁변을 내서래두 사다줄 테니께. 과부 쟁변."

하고 되뇌다 말고 아낙은 부르르 진저리를 쳤다.

"찢어 육포를 뜰 늠덜. 급살 옘병이나 맞다 거우러나질 늠덜. 조이라구는 이 시상 모든 인민대중덜이 한 식구마냥 살 수 있는 펭등헌 시상을 만들어보겠다구 밤을 낮 삼어서 뙤댕긴 조이밖이 읎는 사람을 잡어가서 멀쩡한 애를 애비 읎넌 자식 맨들구 멀쩡한 지집사람을 생과부 만들어노니, 워치게 살라넌겨. 철 읎넌 어린것허구 지집사람 혼자서 워치게 살라넌겨. 산고랑탱이루만 산고랑탱이루만 쫓겨댕기머 워치게 뭘 먹구 살라넌겨. 정치가 도대처 뭐구 사상"

180

이 도대처 뭐 말라 비틀어진 무꼬시래기라넌겨. 공산쥐가 뭐구 자본쥐가 도대처 뭐라넌겨. 오여손잽이가 뭐구 바른손잽이가 뭐라넌겨. 해방이 뭐구 즌장이 뭐라넌겨."

아낙은 연신 진저리를 치며 표독하게 되뇌었고, 아이가 아낙의 무릎을 흔들었다.

"안 그러께. 다시는 운동화 신구 야산대 나간다넌 소리 안 헌다니께. 그런 소리 안 헐 테니께 그만두란 말여."

아낙은 어깨에다 얼굴을 문질렀다. 그 여자는 충혈된 눈으로 봉창 밖을 바라보았다.

"볏백이나 허넌 집안의 막내딸루 태어나서 손끝이 물 한 방울 안 문히구 살던 지집이 양반인지 두반인지 급살맞일 개다리 소반인지 허넌 찌끄레기 잔반 집안이루 시집와서 비로도 치마 숙고사 저고리 항라 적삼 비단 속치마는 그만두구 물 빠진 소창 치마 광목 사루마다 하나 뭇 얻어 입어보구 징글징글헌 시집살이만 허너라구, 시아버지 시어머니 쉬뉘 다섯이나 되넌 시동상에다가 시할머니 시이종할머니까지 뫼시구 징글징글헌 시집살이만 허너라구, 봄이면 밭 매구 여름이면 멩 잣구 갈이면 베 짷구 겨울이면 가마니 짜구 아침저녁이루 보리방아 찧구 쑥 뜯구 자운영 뜯구 송긔 벳기구 상수리 줏구 도토리 줍너라구 뒷간이 갈 틈두 웂이 살었넌디, 잠 한번 실컨 자보넌 것이 평생 소원여서 뒷간이서 졸면서 살었넌디, 그레두 서방 하나 잘났다구 서방 하나 믿구 살었넌디, 잘난 서방 얻어 간다구 우럼니 울아부지 그렇게두 좋아허시더니, 말 잘허구 글 잘허구 신언서판이 구족허구 똑똑헤서 한 자리를 헤두 큰 자리를 헐 거라구 그렇게두 좋아허시더니, 삼동네 가근방은 물론이구 읍이며 도청 있넌 대전이서까지두 짐 아무개라먼 물르넌 사람이 웂구 동무덜두 많구 따르던 사람덜두 그렇게 많더니, 왜정 때버텀 흔병대며 주재소며 깅찰서며 가막소 댕기기를 고자 처갓집 드나들덧기 드나들구 풀방구리 쥐 드나들덧기 드나드너라구 얼굴 맞대구 동품한 게 삼세 번 세 번 곱해서 열 번두 안 되지먼 그레두 잘났다넌 서방 하나 믿구 살았넌디, 서방인지 남방인지 급살맞일 깅찰 사람헌티 두 손목이 한 손목 되서 끌려간 지 일고 해가 늠두룩 돌아올 생각을 안 허니, 핏덩어리 한번 만져보구 끌려간 지 일고 해가 넘어 그 핏덩어리가 여덟 살이 되두룩 돌아올 생각을 안 허니, 도대처가 죽었넌겨 살었넌겨. 살었다먼 자긔 처자식 있는 자긔 집이루 돌려보내주구 쥑였다먼 시신이래두 돌려보내줘얄 거 아니난 말여. 아이구 이년의 팔자는 무신 느믜 팔자여. 무신 느믜 조이를 진겨. 전생이 무신 느믜 조이를 져서 이 과보를 받넌겨. 삼신할매가 무신 억하심정이루 이년을 시상에 내보내서 이 고통을 받게 허넌겨."

아낙은 소리죽인 울음의 사이사이로 메마른 딸꾹질을 하며 끝없는 신세한탄을 늘어놓았고, 아이가 두 손으로 아낙의 무릎을 흔들었다.

"그만 점 헤둬. 인저 그만 점 헤두라니께. 운동화 사다줘두 그거 신구 야산대 안 나갈 테니께. 야산대 안 나가구 핵교 가서 핵교서 거시기허게 공부혀서 훌륭헌 사람 되서 새 시상 맨들 테니께. 운동화 신구 아니 맨발루래두 달음박질쳐 핵교 가서 공부혀서 거시기헌 사람 될 테니께 릠려를 말란 말여. 릠려를."

아이는 아낙의 무릎을 흔들던 손을 오므려 주먹을 꼭 움켜쥐었는데 아낙이 한쪽 무릎을 세웠다. 그 여자는 물빠진 소창 치맛자락을 들어 팽 소리가 나게 맑은 코를 풀었다.

"핵교…… 핵교서 받어줘야 가지. 핵교서 받어줘야 공부를 할 거 아녀. 공부를 혀야 훌륭헌 사람이 될 거 아녀. 훌륭헌 사람이 되야 새 시상을 맨들 거 아녀. 새 시상."

하다 말고 아낙은 힘껏 도머리를 쳤다. 그 여자는 다시 치맛자락을
들어 코를 풀었다.

"새 시상을 맨들다니…… 그런 소리는 허덜 말어. 아이여 그런
끔찍헌 소리는 입에 올리지두 말라니께."

"그게 왜 끔찍헌 소리랴? 아부지두 밤낮 그렜다메? 밤낮 새 시상
맨든다구 뛰다녔다메?"

"그러니께 말여. 그러니께 못이 백혀서 허넌 소리 아녀. 흔 시상
을 둘러엎구 새 시상 맨든다구 밤을 낮 삼어가지구 뛰다니다가 종
내에는 향방불명이 되버렸으니께 허넌 소리 아녀. 총 맞어 죽었넌
지 북선이루 넘어갔넌지 일고 해가 늠더룩 도대처 나타나덜 않으니
께 허넌 소리 아녀. 그런 느믜 공부를 뭣허러 헌다네. 생목심 끊어
지넌 공부를 뭣허러 허너냔 말여."

"그레두 나는 헐쳐. 그레두 나는 악착같이 공부혜서 악착같이 훌
륭헌 사람 될쳐. 악착같이 새 시상 맨들쳐."

아이는 두 주먹을 꽉 움켜쥐고 단호하게 말했고, 아낙은 할 수
없이 한숨을 내쉬었다.

"봉생봉이구 용생용이라넌디 워척허겄네. 내력이 그렇구 씨가
그렇다먼 워척허겄어. 말린다구 될 일이며 잡넌다구 될 일이겄네.
너두 늬 아부지 닮어서 다괴차구 공굴차기가 마른 건천이 돌팍 같
은 애니께. 호부에 근자 날리 옳을 테니."

아이는 붙여 세워 가슴에 댄 무릎을 두 손으로 끌어안으며 봉창
밖에 내리는 빗줄기를 바라보았고, 아낙이 한쪽 무릎을 바꿔 세웠
다.

"그런디 받어줘야 가지. 급살맞일 화상덜이 받어줘야 핵교를 댕
길 거 아녀."

"륌려 말어. 증 핵교서 안 받어주먼 혼자서 힐 테니께. 혼자서 독

공부 헤서라두 훌륭한 사람 될 테니께. 아부지두 그렜다메. 아부지
두 혼자서 강의록 가지구 독공부헤서 다 깨쳤다메. 진서두 깨치구
유성긔판 틀어놓구 영어두 깨치구 산수두 깨치구 거시기 혼자서 그
림두 그리구 바둑두 두구 퉁소두 불어서 대학 선상까지 헸다메. 서
울 있는 대학서 선상노릇까지 헸다메. 나두 그렇게 헐 테니께 '튐려
를 말란 말여. 나두 그렇게 헐 테니께."

"그느믜 공부 소린 허덜 마라. 생사람 목심 끊넌 그느믜 공부 소
린 허덜 말어. 그느믜 공분지 구멍분지넌 뭇 헤두 좋구 훌륭헌 사람
은 안 되두 좋으니께 지발 덕분 사상인지 오상인지 그느믜 서루 쥑
이구 쥑이넌 주의자 공부는 허덜 말어. 그느믜 양늠 글짠지 꼬부랑
글짠지는 아이여 배울 생각을 말란 말여."

입으로는 타박을 놓으면서도 그 여자의 입은 어쩔 수 없이 벙긋
벌어졌는데, 아이가 무릎걸음으로 다가앉으며 아낙의 무릎을 잡았
다. 아이는 놀란 눈빛으로 사립께를 가리켰다.

"누구랴? 저게 뉘기여?"

아낙이 아이의 어깨를 끌어안으며 낮게 속삭였다.

"가만 있어. 아뭇 소리 말구 쥑죽은 듯기 가만 있어."

웬 여자가 사립을 밀치며 마당으로 들어서고 있었다. 아낙 또래
로 보이는 젊은 여자였는데 그 여자는 남빛 끝동이 달린 노랑 저고
리와 분홍색 치마를 입고 있었다. 저고리가 터무니없이 작아서 젖
가슴이며 허리가 드러났고 치마 또한 터무니없이 짧아서 무릎이 보
였다. 마당으로 들어선 여자는 자꾸만 사립 밖을 뒤돌아보며 천천
히 걸어왔는데, 아랫배가 바가지를 엎어놓은 것처럼 불룩해서 한눈
에도 임산부로 보였다. 아낙이 벌떡 일어나 열어놓은 봉창문의 고
리를 잡았고 아이가 삿자리 밑을 더듬어 짤막한 물푸레나무 막대기
를 잡았다. 문고리가 딸그락 소리를 내면서 아낙의 목소리가 떨려

나왔다.

"누, 누구세유?"

여자는 말없이 뜰팡으로 올라섰고, 아이는 막대기를 잡은 손에
힘을 주었다.

"누구유? 아줌니는 누구냔 말유?"

여자는 뜰팡에 쭈그리고 앉으며 부르르 진저리를 쳤다. 머리칼에
묻어 있던 빗방울이 잔비듬처럼 얼굴이며 어깨에 떨어졌고, 그 여
자는 두 손바닥으로 얼굴을 훑어내렸다. 비를 맞으며 산길을 걸어
왔는지 양볼이며 팔뚝에 좁쌀 같은 소름이 돋아 있었고 파랗게 변
색된 입술이 미세하게 경련했다. 자줏빛 저고리 고름 같은 것으로
이마를 둘러 머리를 질끈 묶었는데 나뭇가지에 긁혔는지 이마며 뺨
에 생채기가 나 있었다. 아낙이 아이의 손을 더듬어 잡으며 엄하게
말했다.

"봐허니 실성헌 아낙 같은디, 말루 내려가시게. 여기는 자네 같
은 사람이 올 데가 아녀. 정상은 가긍허나 적선헐 입성두 읎구 요긔
시킬 대궁밥두 읎네."

여자는 초점 풀린 눈으로 두 모자를 바라보았고, 아이가 아낙의
옆구리를 찔벅했다.

"개떡 있잖여. 솥 속이 쑥개떡 냉겨논 거 있잖여. 아까 먹다 냉긴
시래기죽두 있구."

아낙이 한쪽 눈을 찔끔해 보이며 낮게 말했다.

"가만 있으라니께. 너는 아뭇 소리 말구 있으란 말여."

무추룸해진 아이가 입 안의 소리로 중얼거렸다.

"가엾잖여. 가엾구 불쌍허잖여."

아낙이 다시 엄하게 소리쳤다.

"말이 말 같잖은가. 싸게싸게 말루 내려가라니께. 예서 암만 쭈

글띠리구 앉었어두 소용읎단 말여. 얼른 내려가라니께. 모재 단 두 식구 산다구 깐보구 뎀볐다간 큰코 다칠 테니께. 우리덜두 이 흠헌 날리통거리서 산전수전 다 젂었단 말여."

여자가 무너지듯 쭈그리고 앉았던 자리에 무릎을 꿇으며 두 손바닥을 맞부벼댔다. 그 여자는 흰창이 많은 눈을 크게 뜨며 울먹였다.

"용서해주셔요. 잘못했어요. 다시는 안 그럴께요."

아낙과 아이가 놀란 얼굴로 서로를 바라보았고, 여자가 말했다.

"자수할께요. 자백할께요. 전부 다 말씀드릴 테니까 제발 때리지 마셔요. 저는 일천구백사십팔년 유월경, 혼인을 약조한 박모의 권유로 민주여성동맹에 가입하고 동년 십이월 이십오일경까지 수차에 걸쳐 무허가 집회 및 불온삐라 활동을 감행하여 민국 정부를 전복시키고 공화국 정부를 수립코자 암약하던 자이나 일천구백사십구년 팔월 일일 법령 제 십호 사조 나항 위반으로 영등포경찰서 주재 치안관으로부터 구류 이십오 일 벌금 오천 원의 처벌을 받고 동년 구월에 국민보도연맹에 가입했어요. 보련에 가입하여 전비를 뉘우치고 있었어요."

"아니, 뭔 소리랴? 도대처 시방 댁이서 뭔 소리를 허구 있넌겨?"

아낙의 목소리가 떨려나오며 불안한 눈빛으로 사립께를 바라보았는데, 여자가 두 팔을 번쩍 치켜올렸다.

"리승만 박사 만세!"

"얼라……."

여자가 다시 두 팔을 번쩍 치켜올리며 소리쳤다.

"위대한 민족의 영도자 리승만 대통령 만세!"

"얼라, 얼라……."

"한민당 만세! 대한청년단 만세!"

"얼라, 얼라, 얼라……."

아낙은 벌어진 입을 다물지 못하는데, 여자가 한쪽 주먹을 움켜쥐고 허공을 내질렀다.

"미합중국은 조선 인민의 은인이다."

"빌꼴."

아낙이 입술을 비쭉였고 여자는 다시 두 팔을 번쩍 치켜올리며 목쉰 소리로 부르짖었다.

"맥아더 원수 만세!"

"허."

"트루먼 대통령 만세!"

"시상에……."

아낙이 츳츳 혀를 차며 방바닥에 주저앉았고, 아이가 아낙의 귀에 대고 속삭였다.

"민국정부 사람인 모양이지. 바른손잽이."

아낙이 가라앉은 목소리로 말했다.

"봐허니 그만허면 믄두 반반허구 식자깨나 들었던 것 같은디…… 워쩌다가 이 지경이 됐수? 워쩌다가 상성을 했너냔 말유?"

여자가 다시 두 손바닥을 맞부비며 울먹였다.

"자백할께요. 다 말씀드릴 테니까 때리지 말아요. 고문하지 마셔요."

아낙이 여자의 부푼 배를 힐끗 바라보며 안타깝게 소리쳤다.

"떨지 마유. 우덜은 깅찰 사람이 아니께. 댁이를 고문헐 깅찰 사람두 아니구 거시기헐 사람두 아니께. 떨지 마유. 빌지두 말구."

아낙이 젖은 목소리로 말했지만 여자는 여전히 두 손을 맞부비며 빠르게 말했다.

"저는 이십 세시 서울 소재 모여자전문학교를 가정 사정으로 중

퇴하고 연애에 실패하여 방황하다가 일천구백사십칠년 칠월경부터 여급으로 근무하던 자인바, 일천구백사십칠년 시월 중순 오후 다섯 시경 서울시 중구 충무로 일가 번지 불상 소재 아파트 제이호실 내에서 애인관계인 남로당 서울시 제삼지구 오르그인 상 진술 박모의 권유로 남로당 입당원서에 서명하여 남로당에 입당한 사실이 유하고, 동년 십이월 중순 오후 네시부터 동일 오후 다섯시까지 한 시간에 걸쳐 상기 진술 박모 서울시 중구 충무로 일가 세포책인 이모 동 세포원인 김모 등과 무허가 집회하여 국내 정세에 관한 토론과 조선여성과 소련여성에 대한 토론 등에 대한 사항을 모의한 사실이 유하고, 동년 팔월 십오일 해방기념일 남산공원에서 개최한 인민대회에 참가한 사실이 유합니다.”

아낙은 숫제 외면을 하였고 아이는 눈을 반짝이며 귀를 기울였는데, 여자가 말했다.

“저는 자본주의적 특권계급을 초월하여 근로인민을 토대로 한 공산주의적 소위 진보적 민주주의 사상을 포지하고 현 대한민국 정부를 전복파괴할 목적으로 불법결사인 남로당에 가입한 자로서 상 진술 박모의 아지트에서 일박하고 동인의 지령으로 일천구백오십년 일월 중순경 남로당 충청남도당 제일지구 문건 레포로 임명되어 동년 일월 이십구일 충청남도 공주군 거주 전문학교 동창 정모의 가에서 일박한 후 현금 일만칠천 원을 인수하여 익일 오후 다섯시경 대전 시내 번지 불상 시장에서 갱지 열 권, 연초 열 봉, 묵지 일백 매, 색연필 다섯 개, 만년필 두 본, 골필 다섯 본 등 열한 점을 부정 사용임을 지실하고도 차를 구입하여 야산대원 최모에게 부정 전달하고 동년 삼월 이십삼일 백미 육 승과 지하족대 열 족을 제공하고, 동년 유월 이십오일 북조선인민군의 불법 남침 이후 그들의 수족이 되어 움직이다가 국방군과 유엔군의 반격으로 그들이 패주

한 후 패잔 빨치산 유격대에 가담하여 포스터 슬로건 작성과 음악 투쟁 등에 종사하여 맹렬히 지하공작을 감행하던 자로서, 위대한 민족의 영도자이신 대통령 리승만 박사께서 지도하시는 불요불굴의 영용한 군대인 국방군과 경찰토벌대에 일망타진되어 갈 바를 잃고 충청남도 일원의 산악지대를 배회하던 자입니다."

경찰관이 신문 조서를 낭독하는 것처럼 낮고 건조한 목소리로 빠르게 말하던 여자가 꽉 움켜쥔 바른쪽 주먹을 머리 위로 치켜올렸다.

"남로당을 타도하자!"

조금 굵어진 빗방울이 사립문 위로 뻗쳐올라간 호박잎을 두드리는 소리뿐, 사방은 고요했다. 아이는 불안한 눈빛으로 사립께를 바라보았다.

"아줌니."

"인민유격대를 박멸하자!"

"목청이 커유. 유격대 사람덜이 오먼 워척헐라구 그런다?"

"민애청을 타도하자."

"살살 허라니께……."

"민주청년동맹을 타도하자!"

"살살……."

"여성동맹을 타도하자!"

"살……."

"스따린과 모택동은 조선인민의 원수다!"

아이는 자꾸 마른침을 삼키며 불안한 눈빛으로 사립께를 바라보았는데, 여자는 부르쥔 주먹으로 허공을 내지르며 목쉰 소리로 부르짖었다.

"리승만 대통령 만세!"

여자가 주먹을 내지르고 두 팔을 머리 위로 치켜올릴 때마다 서낭당에서 걷어 입은 듯 터무니없이 작은 저고리깃이 위로 말려 올라가면서 알젖이 드러났고, 물오른 애호박처럼 탱탱한 젖가슴이 크게 출렁였다. 빗물에 젖고 여기저기 시커멓게 멍이 든 젖가슴에는 좁쌀 같은 소름이 돋아 있었다. 여자는 진저리를 치며 샅 사이에 두 손을 찔러넣었는데 좁고 얇은 두 어깨가 바람 부는 날의 문풍지처럼 심하게 떨리고 있었다.

"엄니."

하고 부르며 아이가 아낙을 돌아보았고 끙 하고 두 손으로 무릎을 짚으며 아낙이 몸을 일으켰다. 아낙은 뭐라고 하는지 알아들을 수 없는 소리를 혼잣말로 중얼거리며 시렁 위를 더듬어 낡은 고리짝을 내렸다.

무명베를 걷어내자 얌전하게 다림질이 된 남자의 두루마기가 나왔고 그 여자는 포옥 하고 한숨을 삼켰다. 두루마기 밑에는 깨끗하게 빨아 접은 내의가 있었고 그 여자는 다시 한 번 한숨을 삼켰다. 지그시 눈을 감고 몇 번 내의를 쓰다듬어보던 아낙은 내의 밑에서 오버를 꺼냈다. 낡고 색바랜 남자용 겨울 오버였는데 그 여자는 잠깐 망설이다가 오버만 꺼내고 네 귀퉁이를 꼭꼭 눌러 베보자기를 덮은 다음 고리짝을 다시 시렁 위에 얹었다. 그리고 문지방을 넘어 고무신을 발에 꿰었다.

여자가 숙이고 있던 고개를 들고 아낙을 올려다보았는데 잔뜩 겁을 먹은 얼굴이었다. 여자가 두 손바닥을 맞대고 싹싹 부볐다.

"용서해주셔요. 다 자백할께요."

그 여자는 울음 섞인 목소리로 빠르게 주워섬겼다.

"김일성 장군 노래와 인민항쟁가를 소년소녀들에게 가르쳐줬어요. 의용군을 지원하고 인민군 원호금을 갹출하고 인민군에게 위문

편지를 발송케 했어요. 연합군의 군사행동에 관한 정보를 제공하고 우익 인사의 죄상을 밀고하여 인민군에게 협력했어요."

아낙이 어깨에다 얼굴을 문질렀다.

"갱긔찮유, 갱긔찮다니께유. 여기는 댁네를 잡어갈 사람두 읎구 또 긩찰에다 찔러박을 사람두 읎유. 항차 찔러박넌단들 대수것남 유, 다 끝난 일인디…… 아 인저 즌장두 끝나구 휴전이 됐넌디…… 츠벌받을 만침 츠벌받구 졸경치를 만침 졸경치렀넌디……."

아낙은 떨고 있는 여자의 어깨에다 오버를 씌워주며 부르르 진저 리를 쳤다.

"급살 옘병이나 맞다 거우러나질 늠덜. 찢어 육포를 뜰 늠덜. 마 른 하늘이 베락이나 맞구 뒈질 늠덜. 이 지집사람이 무신 조이를 월 마침이나 졌넌지는 물르지먼 월매나 주리를 틀었으먼 실성까지 혯 을꾸…… 들어보니 실성까지 허두룩 닦달질을 당헐 만침 몹쓸 조 이를 진 것두 아니구먼…… 아 온 시상 인민대중덜이 한 식구마냥 펭등허게 살자넌 것이 무신 죽을 조이란 말여. 무신 죽을 조이를 졌 다구 이 지경을 맨드너냔 말여. 워떤 급살맞을 늠이 실성헌 아낙헌 티……."

여자는 두 손으로 오버깃을 당겨 불룩한 아랫배를 꼭 오므렸다.

"유언비어를 유포했어요. 인민군은 점령지 통행을 용이하고 친 절하게 해준다. 인민군은 낮에 민가에서 취침하고 밤에 침입한다. 중공군은 미군의 공습 같은 것은 문제시하지 않는다. 친일도배 민 족반역자를 숙청하는 데 무시무시하다. 머지않은 장래에 행복이 온 다. 새조선 자유조선 통일조선이 이루어진다."

여자가 울먹이며 빠르게 주워섬겼고, 아낙은 잠깐 실한 면발처럼 굵어진 빗줄기가 내려꽂히는 마당을 바라보다가 뜰팡 옆에 쳐진 거 적을 들추고 부엌으로 들어갔다. 아이는 그때까지 쥐고 있던 물푸레나무 지팡이를 슬그머니 삿자리 틈에 넣고 문지방을 짚었다.

"아줌니. 아줌니는 서울서 핵교 댕겼다면서 왜 산속이루만 댕긴 대유?"

여자가 가슴에 모아쥐고 있던 오버깃 사이로 주먹을 내밀었다. 그 여자는 주먹으로 허공을 내지르며 건조하게 소리쳤다.

"밀가루는 싫다. 쌀을 달라!"

여자는 계속해서 소리쳤는데 갈라진 쇳소리가 났다.

"토지는 농민에게 무상분배하라! 무상몰수하여 무상분배하라!"

"증말루 실성했나베."

"남조선 단독정부 결사반대!"

"새꼽빠진 소리 다허네."

"인민은 봉기하라! 여덟 시간 노동제를 실시하라! 친일 민족반역자를 처단하라! 역산을 몰수하라!"

아이가 윗몸을 기울였다.

"거시기 오루구가 뭐이래유?"

"농민 노동자는 한데 뭉쳐라!"

"오루구가 뭐냐니께유?"

"자본가에게 반항하고 인민을 위하여 투쟁하자!"

"물러유?"

"노동자에게 쌀을 달라!"

"뜻두 물르넌규?"

"여남평등 이룩하자!"

"빌꼴."

"박헌영 선생 만세!"

여자가 두 팔을 치켜올렸고, 아이의 눈이 반짝 빛났다.

"박헌영 선상은 나두 알어유."

192

"막부 삼상회의를 절대 지지한다!"

"나두 안다니께유."

"미군정 결사반대!"

"우라부지가 긔보구 선상님이라구 그랬대유."

"단정수립 결사반대!"

"선상님이라구 부르며 쪼처댕겼다니께유."

"유엔은 미제의 대리인이다!"

"긔 곤마잽이 헷대유."

"만국 노동자 만세!"

"오루구가 뭐냐니께유?"

"애국투사들의 최후를 본받자!"

"애국투사는 죽넌디."

"식량캄파를 하자!"

"감빠가 뭐이래유?"

"삐라투쟁을 감행하자!"

"삐라는 나두 알어유. 종이쪽지다가 뭐라구 뭐라구 쓴 거잖어유."

"봉화전을 감행하자!"

"답답혜 죽겄네."

"하곡수집을 절대 반대하자!"

"문건이 뭐이래유?"

"토지개혁을 실시하자!"

"렙뽀가 뭐이래유?"

"여맹은 단결하자!"

"여으맹, 여으맹은 나두 알어유."

아이의 눈이 반짝 빛났다. 아이는 뽐내는 어조로

"우럼니두."

하다 말고 힘껏 도리질을 했다. 아이가 침을 삼켰다.

"인저 그런 소리 안 헐튜. 나는 인저 그런 소리 안 헌단 말유."

"볼쉐비키 만세!"

아이의 고개가 갸웃해졌다.

"보루세, 보루세빗긔가 뭐이래유?"

"강제공출 절대반대!"

"개갈안나서 못 듣겄네."

아이는 몸을 일으켰다. 아이는 주먹으로 무릎을 두드렸다.

"뭇넌 소리는 대답두 못 허먼서 대이구 개갈안나넌 소리만 헤싸니 증말 재미읎어 못 듣겄네."

"보고를 신속히 하자. 당비를 납부하자. 조직을 강화하자. 선을 연결시키자. 당사업에 투쟁하자."

부엌에서 솔가지 타는 소리가 났고 아이는 퍼부어내리는 빗줄기를 바라보았다. 빗줄기에 가려 마을은 보이지 않았고 골짜기를 흘러가는 물소리가 요란하였다. 감정이 들어 있지 않은 건조한 억양으로 여자가 말했다.

"보수반동 물리치자. 악질 지주의 대변자인 한민당을 구축하자. 인민을 위하여 결사 투쟁하자. 피끓는 청년은 민청 깃발 아래로. 무산자는 노동조합 깃발 아래로. 농민은 농민동맹 깃발 아래로. 여성은 여성동맹 깃발 아래로. 여성동맹은 단결하자."

아낙이 거적문을 밀치고 나왔다.

"뒤 술 떠보우. 보리곱살미에다 시래기 능구 끓인 거지먼 어한은 될뀨."

아낙이 여자의 앞에 소반을 내려놓았다. 칠이 벗겨지고 철사로 테를 멘 개다리 소반 위에는 투가리가 놓여 있었다. 귀 떨어진 질그

롯 투가리에서는 더운 김이 솟아나고 있었고 투가리 옆에는 쑥개떡 몇 점이 담긴 대접이 놓여 있었다.

"떠보우. 뜨건 국물허구 개떡 점 씹으먼 아시 요그는 될規."

여자는 불안한 눈빛으로 아낙을 바라보았고 아낙이 여자의 턱 밑으로 투가리를 들어주었다. 아낙이 한숨을 내쉬었다.

"과객 대접이 박절허다구 욕허지 마슈. 우덜 모재 즘심밥이니께. 내 집이 온 손을 대접허넌 법도를 물르넌 배 아니구 인정 쓸 줄 물르는 배는 아니지만 워쩐대유. 이 흠헌 날리통거리를 쫓겨댕기넌 살림살이라 도대처 부지된 게 있어야 말이지. 박절허다구 숭보지 말구 어여 들구 글력 채려서 마실루 내려가봐유. 거긔 가먼 그레두 보리밥이래두 밥구경 헐 수 있을 테니께."

그렇게 말하면서 아낙은 여자의 부른 배를 바라보며 얼굴을 찌푸렸다. 살기 위해서는 어쨌든 마을로 내려가야 할 것이나 정신이 온전치 못한 데다가 배까지 부른 여자가 사람들 곁으로 가는 것이 어쩐지 불안하여 아낙은 난감한 심정이었는데, 여자가 빼앗듯이 투가리를 받아들었다.

"츤츤히 들우. 불어서 식혀가며."

아이의 목에서 꼴깍 하고 침 넘어가는 소리가 났고, 아낙이 말했다.

"개떡 하나 주까? 죽 점 줘?"

아이는 얼른 손바닥으로 얼굴을 쓸어내렸다.

"내비둬. 갱긔찮으니께. 그런디…… 엄니."

"이."

"이이는 워디서 왔을라나?"

"아 아까 안 그려. 서울서 왔다구. 서울서 높은 핵교 댕기던 이라구."

"그건 나두 알어. 그건 나두 안단 말여. 그런디 서울서 거시기헌 핵교두 댕긴 이가 워째서 온정신이 아니랴? 워째서 실성을 헌겨? 배까지 불러가지구."

"그런 소리 허넌 게 아녀. 아무리 온정신이 아닌 사람이라지면 믄전이서 그런 소리 허넌 게 아니라니께."

아낙은 엄하게 꾸짖으며 얼른 여자를 바라보았는데 여자는 바닥에 붙은 죽을 긁으며 한 손으로 개떡을 집고 있었다. 아낙이 말했다.

"그러니께 너두 그느믜 공부 소리 말어. 핵교 못 들어간다구 원통해 허지 말란 말여."

아낙은 부르르 진저리를 쳤다.

"공부 공부 그느믜 육실헐 공부 때메 숱헌 사람이 절딴난다니께. 책 많이 읽구 공부 많이 헌 사람덜은 죄 총 맞어 죽거나 향방불명되거나 실성헌다니께. 제명이 못 죽넌단 말여."

"워째서 그런다넌겨? 워째서 책 많이 읽구 공부 많이 배먼 거시기허게 된다넌겨?"

"너두 점 생각헤봐라. 늬 아부지 닮어서 너두 다긔차구 공굴차기가 마른 건천이 돌팍 같은 애니께 너두 점 생각헤봐. 아 이치가 안 그런겨?"

"무신 이치가 워떻다넌겨? 천지현황이구 우주홍황인디, 하늘은 까맣구 땅은 누른디, 집은 넓구 집은 또 거칠은디, 무신 이치가 워떻다넌겨?"

"너는 할아부지헌티 맹자까정 배다 만 애니께 생각 점 헤봐. 아 책이라넌 게 그러니께 시상 만물의 이치를 적어놓은 건디, 아 책 속이 써진 대루 시상이 안 돌아가넌디 워치게 전디겄어? 책 읽어서 시상 돌아가넌 이치를 아넌 사람이 책 속이 써진 대루 돌아가지 않넌 이 흠헌 난세 시상에서 워치게 전뎌나갔냔 말여?"

아이는 가만히 있었고 아낙이 말했다.

"그러니께 아 접때 오이갓집이 갔을 때 안 그러시담. 오이할머니 께서 안 그러셔."

"밥 많이 먹으라고 그랬지. 밥 많이 먹구 빨리 크라구. 빨리 커서 한 풀으라구. 한 풀구 원 풀으라구. 그런디 먹을 밥이 있어야 먹 지."

"책 읽을 생각두 말구 제 땅 가질 생각두 말라구 그렛잖여. 그냥 무지렝이루 사넌 게 상수라구 그렜잖여. 오여손 바른손 읿넌 새 시 상 올 때까지는 그냥 쥐죽은 듯기 엎어져 목심 부지허넌 게 상수라 구."

"엄니나 그렇게 살어. 엄니허구 오이할머니나 그렇게 살란 말여. 빙신맨키루. 나는 그렇게 안 살 테니께. 나는 그렇게 빙신맨키루 엎 어져 안 살구 악착같이 공부헐 테니께. 악착같이 책 읽구 악착같이 공부헤서 새 시상 맨들 테니께. 악착같이 새 시상 맨들어서 떳떳허 구 광명좋게 살 테니께. 엄니마냥 산고랑탱이루만 산고랑탱이루만 쫓겨댕기머 살지 않을 거란 말여. 나는…….."

아이는 두 주먹을 꽉 움켜쥐고 입을 앙다물며 다짐하는데, 여자 가 벌떡 몸을 일으켰다. 그 여자는 입 안에 들어 있던 개떡을 꿀꺽 삼키고 나서 마당으로 내려섰다. 빗발은 더욱 굵어져서 앞이 잘 안 보였고 미친 듯이 바람이 불었다. 여자는 두 손으로 오버깃을 오므 려 꼭 가슴에 대었다. 여자가 말했다.

"이제 용서해주시는 거죠? 이제 석방시켜주시는 거죠? 이제 집 으로 가도 되는 거죠?"

두 모자는 서로 얼굴을 바라보았고, 여자가 깊숙이 머리를 숙였 다.

"감사합니다. 감사합니다. 감사합니다. 토벌대장 선생님. 유격대장 동지. 경찰관 아저씨. 빨치산 동무. 안녕히 계십시오. 안녕히 계십시오. 안녕히 계십시오."

아낙이 치맛귀를 들어 코를 풀었고 아이는 두 주먹을 꽉 움켜쥐었다. 아낙이 손을 내저었다.

"어여 가보우. 어여 집이루 가서 병 고쳐서 유자생녀허구 장구허니 향복허게 사시우, 어여."

여자가 다시 한 번 깊숙이 허리를 숙여 인사를 하더니 사립문을 나섰다. 아낙이 소리쳤다.

"말루 네려가슈. 산질루 올러가지 말구 말루 네려가아."

여자는 잠깐 마을 쪽을 내려다보더니, 몸을 돌렸다. 그리고 달음박질쳐 산길을 올라가기 시작했다. 천지를 삼킬 듯이 퍼부어 내리는 빗줄기 사이로 노랫소리가 들려왔다.

"장백산 줄기줄기 피 흐른 자욱
압록강 구비구비 피 흐른 자욱
오늘도 자유조선 꽃다발 위에
명석히 비춰주는 거룩한 자욱
⋯⋯⋯⋯"

바람 부는 저녁

"또 내려갈껴?"

보퉁이에 손을 얹은 채로 아낙이 다짐을 두었고, 아이는 내려깐 눈길로 말없이 발 밑만 바라보았다. 아낙이 다시 다짐을 두었다.

"또 내려갈 거냔 말여?"

숙이고 있던 고개가 좀더 밑으로 내려가면서 아이는 오른쪽 엄지 발가락 끝에 힘을 주었다. 가물 때의 논바닥처럼 갈라터져 엉그름 진 검정고무신 코가 비틀리면서 꽈리 터지는 소리가 났고, 아낙이 다시 한 번 종주먹을 대었다.

"또 내려갈 거냔 말이라니께? 오늘 아침이두."

아이는 더욱 빠르게 발가락만 오므렸고, 아낙은 포옥 하고 한숨을 내쉬었다. 그 여자는 보퉁이를 끌어당기며 진저리를 쳤다.

"너는 그느의 소리가 몸서리나지두 않넌겨. 오여손잽이란 소리. 뽉겡이 새끼란 소리. 임집것덜헌티 그 푹백을 받구 아색긔덜헌티 그 종애골림을 당허면서두 진저리쳐지지두 않너냐 말여. 급살엠병이나 맞다 거우러나질 인침승늠덜."

아낙은 다시 한 번 표가 나게 어깨를 떨고 나서 물빠진 소창 치맛귀를 들어 팽 소리가 나게 맑은 코를 풀었다.

"워째 그렇게 창심을 뭇 허넌겨. 아무리 어린애라지면 그 졸경을 치뤄놓구서두 워째 그렇게 창심을 뭇 허너냔 말여. 쬐금만 더 참구 전더보자구 안 그려. 여태까지두 전뎠으니 쬐금만 더 참구 전더보자구. 아 인저 갈두 다 갔으니께 결 보내구 해동이나 허먼 여길 뜨잔 말여. 이 지긋지긋헌 산고랑탱이를 떠나서 워디 대처루 나가보잔 말여. 너르나 너른 대전이나 서울 같은 대처루 나가서 살어보잔 말여. 애븨허구 큰삼춘이 오여손잽이 헷던 집안이라구, 할아부지가 토지분배으이원장질 헷구 큰삼춘이 청년동맹으이원장질 헷구 에믜가 여맹으이원장질 헷던 집 색긔라구 마빡이다 써붙인 것두 아닐 테니, 대처루 나가면 월마던지 살 수 있잖것냔 말여. 암 살다마다."

아낙은 스스로 다짐을 두는 듯 스르르 눈을 감으면서 목소리를 높였다.

"암 살 수 있구말구. 핵교두 월마던지 들어갈 수 있구, 핵교뿐여. 쌀밥두 먹을 수 있구, 괴깃국두 먹을 수 있구, 뜨건 물이다 목간두 헐 수 있구, 목간뿐여. 목이루 된 사루마다두 입을 수 있구, 내복두 입을 수 있구, 세라복 입을 수 있구, 털 돋힌 오버두 입을 수 있구, 운동화두 신을 수 있구, 운동화뿐여."

하는데 아이의 고개가 번쩍 들려졌다. 밤송이 같은 머리통에 군데군데 도장밥이 찍혀 있고 마른버짐이 피어 있는 얼굴이었는데, 눈동자가 해맑았다. 그 아이의 아침 이슬처럼 해맑은 눈동자에 맺혀 있던 눈물 한 방울이 댑싸리로 얽은 사립틈을 비집고 들어온 아침 햇살을 받아 반짝 빛났다.

"아부지는 워치게 허구?"

"뭔 소리랴?"

"아 아부지는 워치게 허너냔 말여? 우덜이 대처루 욍겨가버리면 아부지는 워치게 찾어오너냔 말여? 주소두 물를 텐디."

"살었으면 찾어올 테지. 총 맞어 죽잖구 북선이루 안 넘어갔으면 찾어올 테지. 자긔 처자식이 사넌 디루 찾어오잖구 배기겄어. 핏줄 이 있구 천륜이 있넌디. 훌륭헌지는 물르지먼 잘나구 똑똑헌 거루 치먼 읍내는 그만두구 도청 있넌 대전이며 서울이서까지두 쳐준 인 물이었으니께."

"잘났넌디 왜 죽었댜? 잘나구 똑똑했넌디 왜 죽어?"

아이가 오금을 박았고, 보퉁이를 잡고 있던 아낙의 손이 잔물결 처럼 가늘게 흔들렸다.

"뭐여?"

아낙의 목소리가 높아졌다.

"뭐라구 헌겨? 시방."

아이의 고개가 외로 비틀렸다. 그 아이는 입 안의 소리로 중얼거 렸다.

"죽었으니께 안 오지 왜 안 온댜. 죽잖었으먼 왜 다서 해가 늠더 룩 여태 안 돌어오너냔 말여. 휴전두 되구 거시기 슨거두 끝났다넌 디…….."

아이를 노려보는 아낙의 눈에 핑그르르 물기가 돌면서 그 여자는 입술을 꼭 깨물었다.

그 여자는 보퉁이를 머리에 얹고 끙 하고 힘을 썼다. 그 여자는 잠시 그렇게 우두망찰하게 서 있다가 사립 쪽으로 발을 떼었다.

"해 떨어지기 전이 올 테니께 꼼짝 말구 있넌겨. 꼼짝만 헸다간 저녁은 굶을 테니께."

아이는 여전히 쪼그리고 앉은 채로 발 밑만 바라보았고, 아낙이 말했다.

"신작로질루 내려가지 말란 말여. 임집것덜허구 핵교 댕기넌 아색긔덜두 무섭지면 용천뱅이덜이 더 무서니께. 용천뱅이덜이 애덜만 보면 잡어다가 배 갈르구 간 빼먹넌단 말여, 간. 급살맞게 이 날리통거리에 무신느믜 용천뱅이덜이 그렇게 들끓넌지 원."

아낙의 뒷말에 물기가 어리면서 그 여자는 어깨에다 얼굴을 문질렀다. 그 여자는 고개를 비틀며 팽 소리가 나게 다시 한 번 맑은 코를 풀었다.

"심정 상허넌 소리 허지 말구 산 밑이루 내려가지나 말란 말여. 산 밑이루. 산 사람은 살어야니께. 향방불명된 사람 지달리다가 생이루 말려죽을 수는 읎으니께. 여봐란 듯긔 살어야지. 암 살어야 허구말구. 그레야 그 사람두 안심헐 테니께. 아 그래서 이렇게 식전 아침버텀 장사 나가넌 거잖여. 식전 아침버텀 찬이슬 맞어가며 오가구 백릿길을 짓투디려가며 댕기넌 거잖여. 간땅구 한 개라두 팔구 한소데 한 개래두 팔어서 돈사볼라구. 그러니께 지발덕분 불쌍헌 에믜 하나 살리넌 셈 치구 오늘버텀은 산 밑이루 내려가지 말란 말여. 급살맞게 받어주지두 않넌 핵교 간다구 산 밑이루 대이구 내려가진 말란 말여."

아이가 힘껏 도리질을 했다.

"훌륭헌 사람 될라구 그런단 말여. 훌륭헌 사람이 되야 아부지를 만날 수 있다구 그랬잖어. 훌륭헌 사람이 될라면 공부를 헤야 거 아녀. 공부를 헐라면 거시기 핵교를 댕겨야 거 아녀, 핵교를."

"꼭 핵교를 댕겨야만 훌륭헌 사람이 된다네."

아낙은 홍 하고 코웃음을 쳤다.

"늬 아부지를 봐라. 그 잘났다던 늬 아부지라는 사람을 봐. 핵교라고는 소핵교밖이 안 나왔어두 강의록 보구 독공부헤서 서울 있넌 대학 선상까지 헌 늬 아부지라는 사람을 봐."

"픠. 용천뱅이래두 만났으먼 좋겠네. 용천뱅이 아니라 호랭이래두. 용천뱅이 아니라 호랭이래두 만나서 하냥 동무헤서 놀었으먼 좋겠단 말여."

아이는 입술을 삐쭉이며 혼잣말로 중얼거렸다.

"픠. 누가 가갸 뒷다리 배구 셈본 밸라구 핵교가넌 중 아넌 모냥 이지. 그까짓 건 혼자서두 월마던지 헐 수 있단 말여. 구구단두 옛날이 뗬구 한문두 맹자까지 읽다 말었넌디⋯⋯."

사립을 벗어난 아낙이 산길로 접어들면서 소리쳤다.

"이따가 시장허걸랑 뷕이루 가봐. 솥 속이 보리개떡 쪄논 거 있으니께. 꼭꼭 씹어서 먹넌겨, 이. 목 맥히잖게 짐치국물허구, 이."

아낙의 목소리가 점점 작아졌다.

"알었지이. 알었으면 얼릉 방이루 들어가란 말여. 방이루 들어가서 방문 꼭꼭 걸어잠그구우."

소리쳐 제 이름을 부르며 신작롯길을 달려오는 아버지를 향하여 산길을 달려내려가다가 돌부리에 걸려 넘어지는 바람에 잠이 깬 아이는, 자꾸 마른 입맛을 다셨다. 봉창 밑으로 내려온 햇살은 이제 한 뼘쯤 남아 있었고 오슬오슬 한기가 돋았다. 아이는 점심으로 보리개떡을 먹다가 그만 깜빡 잠이 들었는데, 손에는 아직도 코딱지만큼 남아 있는 보리개떡을 쥔 채였다.

아이는 늘어지게 기지개를 켜고 나서 손에 쥐고 있던 것을 입에 털어넣었다. 보리개떡을 씹다 말고 아이는 문득 귀를 기울였는데, 멧비둘기 우는 소리였다. 멧비둘기는 뒤란 쪽에서 다시 한 번 길게 울었다.

아이는 봉창을 열고 토방으로 내려섰다. 그리고 버릇처럼 마을 쪽을 내려다보다가 거적문을 들추고 부엌으로 들어갔다. 흙벽에 걸려 있는 구럭망태를 내리고 엉그름진 검정고무신에 마른 칡덩굴로 감발을 쳤다.

구럭을 어깨에 멘 아이는 잠깐 무엇인가를 생각하다가 다시 봉창문을 열고 삿자리 밑을 더듬어 물푸레나무 막대기를 손에 쥐었다. 제 키만한 물푸레나무 막대기를 지팡이 삼아 손에 쥔 아이는 저 아래로 점점이 엎드려 있는 마을과 마을 너머로 아득하게 보이는 신작로를 바라보다가 힘껏 도리질을 하고 나서 산길로 접어들었다.

겨우 사람 하나가 지나갈 만큼 좁은 오솔길에는 이질풀 구절초 금강초롱 동자꽃 메꽃 개상사화 꽃무릇 패랭이꽃 같은 산꽃들이 무더기로 피어 있었고 나뭇가지에서는 방울새 개똥지빠귀 턱멧새 곤줄박이 같은 산새들이 뒤섞여 저마다 다른 목소리로 지저귀고 있었다. 시든 멍석딸기를 씹어넘기던 아이는 얼굴을 찡그리며 서낭당 앞에서 걸음을 멈추었다. 구럭과 지팡이를 한편에 놓고 제 주먹만한 돌을 집어들었다.

서낭당에는 아이의 키만한 높이의 돌무덤이 쌓여 있었는데 오가는 사람이 드문 궁벽한 산길이어서 순전히 아이와 아낙 두 모자가 던진 돌들이었다. 아낙은 보따리 장사를 다니면서 오가며 한 개씩 돌을 던졌고 아이는 새알을 줍거나 산딸기를 따거나 상수리를 주우러 갈 때마다 한 개씩의 돌을 던졌던 것이다.

아이는 숨을 삼키며 조심스럽게 돌을 던졌다. 돌맹이는 돌무덤의 맨꼭대기에 정확하게 떨어졌고 그 아이는 숨을 내쉬었다. 아이는 두 손을 모아 가슴에 댔다. 그리고 두 눈을 꼭 감고 조그맣게 중얼거렸다.

"서낭님, 서낭님, 우라부지 점 오시게 헤줘유. 반다시 꼭 점 살어서 돌어오시게 헤줘유, 야. 숭악헌 총두 안 맞구 거시기 북선이루 넘어가지두 않구, 꼭 점 얼릉 점 돌어오시게 헤달란 말유. 내년 봄 되면 엄니하구 나는 대처루 윙겨갈 거란 말유, 서낭님."

싹싹 비벼대던 손바닥질을 멈춘 아이는 손바닥을 코끝에 대어보았다. 손바닥에서는 닭똥냄새가 났고 아이는 얼굴을 찡그리며 다시 구럭을 메고 지팡이를 잡았다.

서낭당을 끼고 돌자 미륵바위가 나왔고 아이는 다시 구럭과 지팡이를 내려놓았다. 그리고 다시 두 손을 모아 가슴에 대고 눈을 꼭 감았다. 바위는 그냥 여느 바위였는데 위쪽이 사람의 머리모양을 하고 있어 아이는 미륵바위라고 혼자 이름을 지었다. 고향집에 살 때 할머니를 따라 만불사 절을 다니던 기억이 떠올랐던 것이다. 그 아이는 할머니가 그랬던 것처럼 깊숙이 허리를 숙이며 조그맣게 중얼거렸다.

"미륵님, 미륵님, 우라부지 점 오시게 헤줘유. 반다시 꼭 점 살어서 돌어오시게 헤줘유, 야. 우라부지가 살어오셔서 엄니랑 나랑 아부지랑 우덜 고향집이서 거시기 장구허니 향복하게 살게 점 헤줘유, 야. 미륵님."

아이의 목에서 꼴깍 하고 침넘어가는 소리가 나면서 그 아이의 해맑은 눈에 물기가 어렸다.

"증말루 그렇게 점 헤줘유. 나랑 엄니랑 아부지랑 할아부지랑 할머니랑 삼춘이랑 고모랑 그러구 거시기 누렝이랑 빙아리랑 퇴깽이랑 그러구 또 거시기 잠자리랑 풍뎅이랑 나븨랑 개미랑 하냥 그렇게 옛날마냥 오순도순 향복허게 살게 점 헤줘유. 장구허니 향복허게 지발덕분, 미륵님."

아이는 옷소매에 눈을 문지르며 다시 구럭을 메고 지팡이를 잡았다. 미륵바위를 끼고 돌자 이내 상수리나무 숲이 나왔고 아이는 제 머리통만한 돌을 들어 상수리나무의 밑둥을 쳤다. 나무가 흔들리는 소리에 멧꿩이 깃을 치며 날아올랐고 우수수 우수수 소낙비 쏟아지는 소리가 나며 상수리가 쏟아져내렸다. 아이는 팔뚝으로 이마의 땀을 문지르며 구럭에 상수리를 주워담았다.

잠시 후 가득해진 구럭을 메고 지팡이를 잡는데 어디선가 이상한 소리가 들려왔다. 가만히 귀를 기울여보니 멧비둘기가 우는 것 같고 멧꿩이 깃을 치는 소리 같고 흐느끼며 흘러가는 개울물 소리 같은 그 소리는 사람의 소리였고 그리고 노랫소리였다. 상수리나무 숲을 벗어나자 개활지였는데 키를 넘는 참억새밭이 능선을 따라 쫙 펼쳐져 있었다. 산날맹이 밑으로부터 바람이 불어왔고 늦가을 저녁의 하늬바람을 받아 참억새가 물결처럼 흔들리고 있었다.

물결처럼 흔들리고 있는 참억새밭 앞에 웬 사내 하나가 앉아 있었다. 그 사내는 찢어진 벙거지를 깊숙이 눌러 쓰고 때에 절고 낡은 입성을 하고 있어 한눈에도 동냥아치로 보였다. 노랫소리가 들려왔다.

고오향이 그리이워도 못 가아는 시인세
저어 하아늘 저 산 아아래 아득한 처언리
언제나 외로워어라 타향에서 우으느은 몸
꾸움에에 본 내애 고하야앙이 마냥 그으리이워어

구성진 가락으로 노래를 부르고 난 사내가 어깨에다 얼굴을 문질렀다. 그리고 나서 그 사내는 코를 풀었는데, 아이는 문득 숨이 멎는 것 같았다. 코를 잡고 있는 손가락이 엄지와 검지를 빼놓고는 반토막이 뚝 떨어져나간 것이었다. 벙거지를 깊숙이 눌러 쓰고 있어 똑똑히 볼 수는 없으나 아마도 눈썹도 떨어져나가고 없을 것이

206

었다.

"용천뱅이."

하고 중얼거리며 아이는 얼른 마른침을 삼켰다. 아이는 자꾸 마른
침을 삼키며 아랫배에 힘을 주었다. 아랫배에 힘을 주었는데 아랫
배에 너무 힘을 주는 바람에 삑 하고 그만 방귀가 나왔고, 당황한
그 아이가 미주알에 힘을 주어 막는 바람에 삑, 삑, 삑 하고 연속해
서 줄방귀가 터져나왔다. 사내가 고개를 돌렸고, 아이는 물푸레나
무 지팡이를 잡은 손에 힘을 주며 잽싸게 도망갈 자세를 취했는데,
사내가 벌떡 몸을 일으켰다. 아이가 연속해서 줄방귀를 뀌고 있는
데 사내가 천천히 다가왔다. 아이의 얼굴이 문창호지 색깔로 변했
고 사내가 껄껄 웃음을 터뜨렸다.

"괜찮다. 잡아먹지 않을 테니 안심해라."

사내가 다시 껄껄 웃음을 터뜨렸는데, 예상대로 눈썹이 없었고
한쪽 손의 손가락 마디가 세 개나 몽땅 떨어져나간 것이어서 아이
들을 잡아 배를 가르고 간을 빼먹는다는 용천뱅이가 분명했다. 이
미 피할 수 없게 된 아이는 어쩔 수 없이 사내를 바라보았는데 눈썹
은 없었지만 콧날이 반듯했고 햇볕에 타고 야위었으나 그런대로 준
수한 얼굴이었다. 무엇보다도 눈빛이 날카로웠고 완강한 체격이었
다. 용천뱅이의 입가에 미소가 떠올랐다.

"너 산 밑 막집 살지? 엄마하고 둘이."

아이는 한 발 뒤로 물러서며 지팡이를 꼬나쥐었다. 여차하면 구
럭도 팽개치고 도망칠 작정이었는데 용천뱅이가 섰던 자리에 무심
하게 주저앉았다. 용천뱅이가 고개를 끄덕였다.

"역시 핏줄은 속일 수 없는가 보다. 암 그래야지. 사내란 모름지
기 자기를 방어할 수 있는 힘이 있어야 하는 거야. 힘이 없다면 적
어도 정신만이라도. 김 선생이 그래도 자식농사만은 잘 해놨구먼.

아직 유한은 많겠지만."

"뭐라규? 시방 뭐라구 헌규?"

아이가 지팡이를 팽개치고 용천뱅이의 앞으로 다가서며 따지듯
물었고 용천뱅이가 윗주머니를 뒤져 쓰럭초가 담긴 봉지를 꺼냈다.
아이가 다시 야무지게 따져물었다.

"뭐라구 헌규? 시방. 시방 아저씨가 뭐라구 헸너냔 말유?"

마분지 쪽에 침을 발라 쓰럭초를 말던 용천뱅이가 아이를 바라보
았는데 눈썹이 없는 눈가에 따뜻한 웃음을 담고 있었다.

"왜 내 말이 잘못됐나? 모름지기 그래야 하지 않겠어? 사내란 힘
이 있어야지. 힘과 정신이 있어야지. 강한 정신에서,"

"그 뒤 말유. 그 뒷말."

"응…… 난 또 뭐라구. 아 그렇지 않은가? 농사를 잘 지으려면
힘이 강해야 할 게 아니겠어?"

"아저씨가 워치게 우라부지를 아너냔 말유? 워치게 우라부지
를?"

"소문을 들었지. 늬 아버지로 말하면 충청도 일원에서 모르는 사
람이 없을 만큼 유명한 분이니까. 동냥 다니면서 들은 소문이야. 자
고로 동냥아치는 귀가 보배니까."

짧은 한숨을 내쉬며 용천뱅이는 성냥불을 담배에 붙였고, 무너지
듯 아이가 사내의 발치에 쪼그리고 앉았다.

"그럼 거시기 소문두 들었겠네유? 즌장 나기 전전해 예븨금속이
루다 끌려간 우라부지 소식두. 끌려간 담이 워치게 됐넌지두."

아이는 마른침을 삼키며 타는 듯한 눈빛으로 용천뱅이를 올려
다보았고, 용천뱅이는 길게 연기를 내뿜었다. 아이가 재우쳐 되물
었다.

"우라부지는 워치게 된규? 도대처 생사는 워치게 됐으며 시방

208

워디 계신규?"

계속해서 담배만 빨던 용천뱅이가 천천히 연기를 내뿜었다. 용천뱅이가 말했다.

"……기다릴 줄 알아야지. 꾹 참고 기다릴 줄 아는 게 강한 사내야."

"원제까지 지달린다넌규? 도대처 원제까지. 휴전두 되구 슨거두 끝났다넌디."

눈썹이 하나도 없는 용천뱅이 사내의 눈매에 짙은 그늘이 어리면서 턱 근처가 미세하게 경련했다. 용천뱅이는 혼잣말처럼 중얼거렸다.

"휴전이라고? ……그러나 싸움은 정작 지금부터야. 새 세상을 만들기 위한 싸움은 정작으로 지금부터라니까. 민주조선 자유조선 해방조선을 만들기 위한 싸움은."

"빌꼴. 맨날 쌈박질만 허면 워척헌다. 맨날 오여손 바른손 패 갈러서 쌈박질만 허면 워척혀. 아부지는 워치게 되넌 거구 엄니랑 나랑은 또 워치게 되넌겨. 우덜은……."

아이가 입 안의 소리로 중얼거리며 고개를 외로 꼬는데 용천뱅이가 담배를 발로 비비면서 벌떡 몸을 일으켰다. 아이가 고개를 돌려 보니 웬 사내 하나가 억새밭의 가장자리를 따라 올라오고 있었다. 그 사내는 잠깐 자기가 올라온 산길을 되돌아보고 나서 성큼성큼 다가왔다. 그 사내는 지꾸를 바른 하이칼라 머리에 신사복을 입고 있어 한눈에도 대전이나 서울 같은 대처에 사는 신사로 보였다. 용천뱅이와 악수를 나누고 난 신사가 날카로운 시선으로 아이를 쏘아보았다.

"웬 아이요?"

용천뱅이가 아이의 머리통을 쓰다듬었다.

"요 너머 막집에 사는 아이요. 김모 선생의 자제 되는."

신사가 놀란 눈빛으로 다시 아이를 살펴보았다. 신사가 말했다.

"호오, 그래애. 너 이름이 뭐냐? 몇 살이지? 아버님 함자는 어떻게 되시고?"

"영복이유. 길영짜 복복짜 김영복이. 여덟 살이구유. 엄니하구 둘이 살어유. 엄니는 간땅꾸 팔러 갔슈. 아부지 함자는 일짜 봉짜구유."

"똑똑한데, 똑똑하고 당찬 놈이야."

신사가 고개를 끄덕이며 아이의 머리통을 쓰다듬었다.

"네가 바로 인민의 아들이로구나. 혁명가의 자식이야. 어서 빨리 커서 아버님의 혁명유업을 훌륭하게 계승해야지. 자유조선 민주조선 해방조선을 위하여 일생을 바치란 말야. 그것이 아버님의 유업을 계승하는 길이고 민족을 위하는 길이고 인민을 위하는 길이니까."

"우라부지는 원제 오신대유?"

아이가 조심스럽게 물었고 신사의 얼굴에 언뜻 어두운 그늘이 스치고 지나갔다. 신사가 다시 아이의 머리통을 쓰다듬었다.

"우선 열심히 공부하는 거야. 어머님 말씀 잘 듣고 열심히 공부해서 훌륭한 사람이 되면 아버지를 만날 수 있을 테니까."

"공부를 힐라구 헤두 핵교이서 받어줘야 말이쥬. 오여손잽이 자식이라구 핵교이서 받어줘야 공부를 헤서 훌륭헌 사람이 될 거 아니냔 말유?"

신사와 용천뱅이가 난감한 얼굴로 서로를 바라보았고 용천뱅이가 말했다.

"영복아. 아저씨가 아까 얘기해줬잖아. 기다릴 줄 알아야 된다구. 사내는 모름지기 참고 기다릴 줄 알아야 된다구."

210

신사가 말했다.

"그래. 기다리는 거야. 묵묵히 참고 기다리면 반드시 좋은 세상이 온다. 멀지 않은 장래에 훌륭한 새 세상이 오고야 만다."

신사가 용천뱅이에게 말했다.

"시간이 없소. 오늘중으로 대둔산 지구까지 가야 합니다."

"저기로 들어갑시다."

용천뱅이가 억새밭을 가리키며 걸음을 옮겼고 신사가 아이에게 말했다.

"영복이라구 그랬지? 영복이는 이제 집으로 가라. 아저씨들은 할 얘기가 있으니까. 그리고 아저씨들을 만났다는 얘기를 하면 안 되는 거야. 알겠지?"

"그런 건 릠려를 말어유, 릠려를. 그것버덤두 하냥 가면 안 되나유? 저두 하냥. 저두 아저씨들 말씀 듣고 싶은듀."

신사가 잠시 망설이다가 웃음을 머금었다.

"그러자. 어쩌면 마지막이 될지도 모르고. 또 김 선생의 유자라면 제삼지구당 임시간부회의에 참석할 자격이 충분하니까."

세 사람은 키를 넘는 억새풀을 헤치고 깊숙이 들어가 앉았다. 늦가을 저녁의 억새밭 속은 짙은 그늘이 드리워 컴컴했고, 바람이 불 때마다 억새가 부딪치는 소리가 마치 물 흘러가는 소리 같았다. 신사가 말했다.

"작년 칠월 이십칠일 휴전협정이 조인됐는데, 그 사흘 뒤인 칠월 삼십일 우리 당의 핵심인물인 이승엽 동지를 비롯해서 이강국 임화 설정식 조일명 이원조 맹종호 백형복 조용복 윤순달 배철 박승원 동지 등 십이 명이 기소됐고, 팔월 삼십일 이승엽 조일명 임화 이강국 배철 백형복 조용복 맹종호 설정식 동지가 처형당했고, 윤순달 동지는 징역 십오 년에 재산몰수, 이원조 동지는 징역 십이 년에 재산몰수를 당했으며…….”

“거기까지는 나도 알고 있소. 그 후의 상황설명을 해주시오.”

용천뱅이가 날카로운 눈빛으로 신사를 바라보며 착 가라앉은 음성으로 말했고, 신사가 한숨을 내쉬었다.

“계속하겠소. 동년 구월 십구일 우리 당의 제오지구당 위원장이며 남부군단 사령관이신 이현상 장군께서 전사하셨고, 올 일월에는 전북도당 위원장이며 덕유산지구 사령관인 방준표 장군께서 전사하셨고, 대구시내에서 남도부 장군께서 피체되셨고, 이월에는 제삼지구당 위원장이시며 충남지구 사령관으로 우리가 모시고 있던 남충렬 장군께서 전사하셨고, 지리산지구의 조병하 장군이 피체되셨고, 삼월에는 박영발 장군이, 사월에는 김선우 장군이 전사하셨소.”

신사는 다시 한 번 긴 한숨을 내쉬고 나서 속주머니에서 담뱃갑을 꺼냈다. 샛별담배였는데 용천뱅이는 고개를 저었고 신사 혼자서 불을 붙였다. 용천뱅이가 여전히 착 가라앉은 음성으로 물었다.

“충남사령부의 잔여 병력은 몇 명입니까?”

“정확한 통계를 잡을 수 없습니다. 문건레포가 단절되고 각 지구 오르그가 파괴된 상황이니 겨우 어림으로 추측할 수 있을 뿐이지요.”

“대강 어림하면?”

“글쎄요. 사령부 직속인 공병부대 통신중대는 벌써 깨졌고…… 정찰중대 소속 병력이 십여 명 남아 있을 뿐이오. 그 밖에 대전부대 일백 명, 대덕부대 일백삼십 명, 한둔산부대 일백 명, 압록강부대 일백 명, 청천강부대 일백 명, 가야산부대 일백삼십 명은 거의 전멸당했고…… 마지막으로 남은 것이 최동지가 지도하는 용천부대일 것이오. 최동지의 병력이 몇 명입니까?”

용천뱅이는 그 말에는 대답을 하지 않고,

"박헌영 선생은 어떻게 되실 것 같습니까?"

하고 물었다. 그때까지 가만히 앉아서 두 사람의 이야기를 듣고 있던 아이가 꼴깍 소리가 나게 생침을 삼켰고 신사가 후유 하고 담배 연기를 내뿜었다.

"결국 돌아가시겠지요. 분하고 원통하지만 소련파한테 완전히 밀렸으니까요. 연안파 갑산파와 연합전선을 편 소련파와의 정치투쟁에서 결국 밀린 거요. 입북 자체가 이미 패배를 안고 들어간 것 아닙니까?"

신사는 힘껏 연기를 빨아들이고 나서 혼잣말처럼 중얼거렸다.

"남조선에서 부볐어야지. 남조선에서 부비면서 승부를 냈어야지. 기본계급 인민대중의 지지기반이 없고 물적 인적 지리적 제조건이 취약한 북조선에서 무슨 재주로 배겨낼 거요? 동만주항일련군 출신들을 너무 과소평가했다 이런 말입니다."

아이가 말했다.

"박헌영 선상은 나두 아넌디유. 뵙지는 뭇 혔지먼 우라부지가 긔쪼쳐댕기며 왜정 때버텀 독립운동두 허구 거시기 혁명투쟁두 혔다던디……."

두 사내가 똑같이 한숨을 내쉬었고, 신사가 말했다.

"이렇듯 이제 우리 당의 기반은 남북조선 양쪽에 걸쳐 철저히 붕괴되었소. 남조선 출신의 핵심간부들이 모두 처형당하고 불요불굴의 혁명투사이며 조선인민의 위대한 지도자이신 박헌영 선생마저 결국은 북로당 아이들한테 구금되어 처형의 날만을 기다리고 계신 형편인데다가 유격대의 지도자들이 모두 전사했으니…… 이제 중앙당으로부터의 지도나 연락은 그만두고 지방당 조직은 완전히 파괴당했고 재산현지당조직 또한 풍전등화의 처지가 되었다는 말입니다. 따라서 당조직의 재건이나 유격투쟁은 고사하고 최소한의 생존을 위한 보급투쟁마저도 지난하게 되었다는 말입니다. 인민대중들은 이제 전쟁이나 전투에 신물을 내고 있어요. 거기다가 휴전이 성립되었고, 남조선에 소위 삼대 민의원 선거가 치러졌고, 지난 여름에는 이승만이 미제의 수도를 방문했고 미제의 대리인인 유엔 감시하의 남북조선 총선거에 의한 통일방침을 트루먼이란 자와 공동으로 성명했소. 이렇듯 미제와 그 주구들의 조선반도 분열의지가 확고하고 기본계급의 정당인 남로당이 완전 붕괴된 지금 우리가 할 수 있는 일이 무엇이겠소? 우리 제삼지구당만 해도 사령관 이하 간부들이 전원 전사 또는 피체되고 산지사방으로 흩어져 겨우 나날의 생존을 위한 보급투쟁만을 전개하고 있는 기십 명의 병력으로 과연 무엇을 할 수 있다고 생각하시오?"

"길은 세 가지가 있소. 현단계에서 우리가 택할 수 있는 길은."

"세 가지라니?"

신사가 다급하게 되물었고 용천뱅이가 팔짱을 꼈다. 용천뱅이가 천천히 말했다.

"첫째는 끝까지 싸우는 것이오. 최후의 일인까지 최후의 일각까지."

"그건 너무도 무모한 짓이오. 불을 보듯이 빤한 결과를 알면서도 뛰어드는 어리석음을 범할 수는 없소. 그것은 진정한 용기가 아니오. 진정한 혁명가의 길도 아니며……."

용천뱅이가 아이를 바라보았다.

"반드시 우리가 이루지 않더라도 좋은 것 아니겠소. 뒤에 오는 사람들을 위한 씨앗만 될 수 있다면."

아이가 다시 방귀를 뀌었고 신사가 말했다.

"두 번째는 무엇이오?"

"두 번째는 전향이오. 전향을 하여 전비를 뉘우치고 민국정부의 품 안에서 살아보는 것이오."

신사가 강하게 도리질을 했고 용천뱅이가 웃었는데, 소리는 나지 않고 입술만 비틀어 올리는 묘한 웃음이었다. 용천뱅이가 말했다.

"싸우지도 못하고 전향도 못 한다면 방법은 딱 한 가지요."

"세 번째를 말해보시오."

"용천뱅이가 되는 것이오."

담배를 잡고 있는 신사의 손가락이 가늘게 흔들렸고 아이는 참지 못하고 그만 빽 하고 방귀를 뀌었다. 신사가 말했다.

"용천뱅이를 가장한 것은 최동지가 제안한 전술이 아니었소? 사람들이 모두 무서워하여 접근을 하지 않는 점을 이용해서 요소요소에 잠복해 있다가 결정적인 시기에 도화선이 되겠다는."

"그랬지요."

"그런데 지금에 와서 그게 무슨 말이오?"

"나와 뜻을 같이하여 스스로 눈썹을 뽑고 스스로 손가락을 끊어 용천뱅이로 가장한 동지들이 모두 서른 명이오. 그들은 지금도 요소요소에 잠복하여 혁명의 결정적 도화선이 될 날을 기다리고 있소."

"그런데……."

"정동지는 내 말을 못 알아듣는구만."

"………."

"진짜로 용천뱅이가 되자는 말이오. 가짜가 아니라 진짜로. 우리 스스로 진짜 용천뱅이 마을을 찾아가 그들과 함께 살다보면 우리 또한 진짜 용천뱅이가 될 게 아니겠소?"

"………."

"용천뱅이 또한 사람이며 또한 사람인 이상 어떻게든 살아가게 될 게 아니겠소? 남과 북에 걸쳐 우리 남로당이 완전 괴멸된 이 마당에 우리가 살 수 있는 방법이 무엇이겠소? 섶을 지고 불로 들어갈 수도 없고 그렇다고 전향을 할 수도 없는 것이라면, 어쨌든 살아 견뎌야 하는 것이라면, 살아 견디면서 새 세상의 그날을 기다려야 하는 것이라면, 세상 사람 누구도 건드리지 않는 용천뱅이가 되는 것밖에 또 무슨 방법이 있겠소?"

"그렇게 살아서 무엇하겠소? 그렇게 사는 삶이 무슨 의미와 가치가 있느냐는 말이오?"

"이미 가치와 의미를 따질 때는 지났소. 현단계의 우리에게는 이미 선택의 여지가 없소. 죽느냐 사느냐의 두 가지 길뿐인 것이오. 싸워도 죽고 전향을 해도…… 결국 죽게 될 것이오. 재산인민유격대의 일선 지휘자인 우리가 전향을 한다고 해서 살기를 바란다는 것은 너무 염치없는 짓이오. 또 먼저 죽은 동지들에게 면목도 없는 일이고. 그렇다면 길은 하나요. 삶을 택한다면."

오랫동안 말없이 앉아 있던 신사가 몸을 일으켰고 용천뱅이도 따라 몸을 일으켰다. 아이도 그들을 따라 일어났다.

억새밭을 벗어난 두 사람이 아이를 바라보았다. 산그늘이 발등을 덮고 있었고 골짜기에서 밤새가 깃을 치는 소리가 들려왔다. 신사가 아이의 머리를 쓰다듬었다.

"훌륭한 사람이 되거라. 훌륭한 사람이 되어서 이 세상을 훌륭한 세상으로 만들어라."

신사가 돌아섰고 용천뱅이가 아이의 손을 잡았다.

"어떤 경우에도 아버지를 잊어서는 안 되는 거야. 온 세상 사람들과 더불어 함께 똑같이 평등하게 살고자 했던 아버지의 정신을. 알겠지?"

용천뱅이가 아이의 손을 잡은 손에 한 번 더 힘을 주고 나서 등

216

을 돌렸고 아이는 갑자기 눈앞이 뿌옇게 흐려와서 손등으로 눈께를
문질렀다. 아이가 눈에서 손을 떼었을 때 두 사내는 벌써 까무룩이
잦아드는 놀을 헤치며 저만큼 산길을 달려 내려가고 있었다. 참억
새밭에서 물결치는 소리가 나면서 놀이 출렁였고 출렁이는 놀 사이
로 언뜻 용천뱅이 사내의 벙거지가 보였다. 벙거지는 이내 놀 속에
묻혀 보이지 않았는데 어느 골짜기에선가 승냥이가 울부짖는 소리
가 들려왔다.

그 아이는 구럭이 놓여 있는 상수리나무 숲을 향하여 힘껏 달음
박질쳐 올라갔다.

역사를 찾아서

1

　내가 어렵사리 알아낸 주소만을 달랑 들고서 신(申) 할머니를 찾
아갔던 것은 여름이 막바지로 기승을 부리던 때였다.

　서원(西原)에서 고속버스를 내린 나는 설렁탕으로 늦은 점심을
때우고 잉홀(仍忽)행 차부로 갔다. 담배 한 대를 다 태우기 전에
버스가 왔는데, 만원이었다. 찌는 듯한 무더위 속에서 한 시간 이상
을 시달릴 생각을 하니 도무지 자신이 없었다. 택시를 대절할까 어
쩔까 망설이면서 지갑 속의 돈을 확인하여 보니 오만 원이었다. 신
할머니한테 인삼이라도 한 곽 선사하려고 아내 모르게 챙겨두었던
돈이었다.

　인삼은 잉홀읍내에 가서 사기로 하고 쪽지의 주소를 확인하였다.
그리고 길가에 쭈그리고 앉아서 버스를 기다리고 있는 촌로(村老)
에게 원중면(遠中面)이 어디쯤 되는가를 물어보았는데, 뜻밖에도
잉홀군에는 원중면이라는 면이 없다는 것이었다. 몇몇의 촌로와 학

생들에게 더 물어보았으나 마찬가지의 대답이었다. 낭패였다. 이런 칠칠치 못한 여편네 같으니라구. 나는 아내에게 욕설을 퍼부었다.

참으로 어렵사리 알게 된 주소였던 것이다. 그때에 나는 마침 외출중이어서 부탁한 사람으로부터 온 전화를 아내가 받았고, 불러주는 대로 받아 적었다고 하였다. 한 자도 틀리지 않게 받아 적었느냐고 몇 번을 다그쳐 확인하였는데, 저는 당신의 충실한 비서예요, 라고 아내는 애교까지 부렸던 것이다.

일단 잉홀까지 가보기로 하였다. 잉홀읍내까지 일단 가서 군청이나 어디 관공소에 가서 알아보면 되겠지. 나는 마음을 가라앉히고 택시정류장으로 갔다. 그리고 만오천 원을 달라는 것을 실랑이 끝에 팔천 원에 정하였다. 택시를 타고 가면서 운전수에게 다시 원중면을 물어보았지만 잘 모르겠다는 대답이었다. 어쨌든 잉홀까지 가봅시다. 운전수에게라기보다 스스로에게 말하며 한참을 달리다가 차를 세웠다. 그리고 길가에서 경운기를 고치고 있는 농부들에게 물어보았는데, 역시 잉홀군에 원중면이라는 면은 없다는 것이었다. 낭패가 아닐 수 없었다. 그래서

"여기를 찾는데요, 잉홀군 원중면 단화리."

하고 말하였더니, 농부는 고개를 갸웃거렸다.

"원중면은 읎구 원남면은 있넌디……."

"원남면요?"

"그류. 원남면 돈와리라구 있유."

"단화리가 아니구요?"

"단화리는 원서면유."

"원서면?"

혼란이 왔다. 원중, 원남, 원서 그리고 단화, 돈와……. 도리없는 일이었다. 일단 잉홀까지 가보기로 하고 다시 택시에 올랐다.

잉홀읍에서 길을 물어 군청으로 갔다. 복도에서 만난 여직원에게 몇 번을 되풀이해서 확인하였지만 역시 마찬가지였다. 잉홀군에 원중면은 없고 비슷한 이름으로는 원남면과 원서면이 있으며 단화리는 원서면에 있고 돈와리는 원남면에 있다는. 맥이 빠졌다. 찻길을 물어보았더니 원서면은 서원시와 반대편이었고 원남면은 서원으로 가는 길목이었다. 시간은 벌써 네시가 가까워오고 있었다. 일단 원남면까지 가보기로 하고 택시에 올랐다.

궁벽진 산골의 비포장도로를 한참 달리는데 언뜻 무슨 동상 같은 것이 보였다. 이상하다 싶어 가만히 보니 그것은 뜻밖에도 성모마리아상이었다. 저만큼 산중턱에 순백의 성모마리아상이 우뚝 솟아 있었다. 별꼴. 이런 궁벽진 산골에 느닷없는 성모마리아상이라니……. 악착 같은 예수쟁이들은 좌우간 알아줘야 된다니까. 나는 담배를 꺼내었다. 그리고 네 군데의 차창으로 들어오는 후덥지근한 바람을 피하여 윗몸을 웅크렸다.

간신히 불을 붙이고 나서 몸을 세웠는데 저만큼 산자락 밑으로 낡은 슬레이트집 한 채가 보였다. 나는 연기를 내어뿜었다. 추레한 모습의 늙은 여자들이 마당가에 쭈그리고 앉아서 무슨 채소 같은 것을 다듬고 있었다. 언뜻 신 할머니의 모습이 떠올랐고, 그리고는 한 번도 본 적이 없는 신 할머니의 얼굴 위로 어머니의 얼굴이 겹쳐져서 떠오르는 것이었다. ……절대루 정부 사람덜 반대허넌 일 허면 안 되넌겨, 이. 워쨌던 살어야니께. 살어서 새 시상 보야니께. 나는 급하게 담배를 빨았다.

원남면소재지에서 택시를 세웠다. 운전수는 잔뜩 찌푸린 얼굴이었는데, 잉홀까지 편도로 팔천 원에 합의를 보았을 뿐 그 뒤로 이어지게 된 요금에 대해서는 아무런 이야기가 없었기 때문일 것이었다. 요금 흥정을 할까 하다가 그냥 우체국으로 들어갔다. 그리고 돈

와리 이장댁으로 전화를 넣어달라고 부탁한 다음 담배에 불을 붙였
다. 삼 분쯤 지나서 전화가 연결되었는데 감이 멀어서 나는 소리를
지르다시피 말하였다.

"이장님 계십니까?"

"야?"

"이장님 계세요?"

"안 기신듀."

"어디 가셨습니까? 가까운 데 계시면 좀 바꿔주십쇼."

"시방 집이 안 기신듀."

입안이 깔깔해왔다.

"서울서 일부러 온 사람인데요, 어디 멀리 가셨습니까?"

"믠이 가셨유. 날 믠이서 거시기 새말운동샵 헌다구 혀서 믠이
가셨다니께유."

"면요?"

전화를 걸고 있는 곳이 면소재지라는 생각이 나서 나는 되물었
고, 이장의 부인으로 짐작되는 아낙이 느리게 말하였다.

"운동장이루 가보세유. 핵교 운동장. 거기서덜 무신 호이를 헌다
니께."

나는 필터만 남은 담배를 발로 부볐다.

"한 가지 말씀 좀 여쭙겠습니다."

"야."

"그 마을에 혹시 신성녀라는 분이 안 사십니까?"

"뉘규?"

"신성녀 씨라고 몇 해 전에 서울서 이사 오신 분 안 계세요?"

"읎유. 그런 사람."

"서울 살다 이사 온 분 안 계세요?"

"옳다니께유, 서울은 내비두구 스윈서 온 사람두 옳유."

아득해지는 기분이었다. 나에게 신 할머니의 이야기를 들려준 그 노인은 말했었다. ……지금쯤은 나왔지 않겠소. 뒷얘기는 나도 잘 모르지만 여자인데다가 한쪽 다리마저 없는 불구인 만큼. 그리고 법무부 교정국에 줄이 닿는 나의 지인(知人)은 신 할머니의 현주소를 알아주었던 것이다. 현주소만이 아니라 본적과 전 주소까지. 나는 새 담배에 불을 붙였다.

"아가씨, 여기 원남면 말고 원서면 있지요."

"원서요?"

"예. 거기 이장댁 좀 대주시오."

"어디 이장요?"

"돈와리."

"방금 대드렸잖아요."

"아, 돈와리가 아니고 원서면 단화리."

다이얼을 돌리며 안내양은 혼잣말처럼 중얼거렸다.

"돈와리는 별나란데……."

원서면 단화리에도 이장은 없었다. 이장의 부인이 전화를 받았는데 돈와리의 이장 부인과 마찬가지로 신성녀라는 사람은 마을에 없다고 하였다. 도대체가 이사를 간 사람은 많지만 서울 또는 다른 대처에서 이사를 온 사람은 없다는 것이었다.

하릴없이 우체국을 나왔다. 여전히 찌푸린 얼굴로 시동을 거는 운전수에게 잠깐만 기다리라고 하고는 면사무소로 갔다. 퇴근시간이 가까워서 그런지 면사무소 안은 한산하였다. 한가롭게 신문을 읽고 있는 호병계장에게 돈와리의 주민등록 대장을 좀 볼 수 없겠느냐고 하였더니, 무슨 일로 그러느냐고 하였다. 돈와리에 사는 사람 하나를 만나보기 위하여 서울서 내려온 길이라고 하였더니, 돈와리의 누구를 찾느냐고 하였다.

"신성녀 씨라고 아직 환갑 전인 여자분입니다만⋯⋯. 몇 해 전 서울서 이사를 왔을 텐데요."

"신성녀, 신성녀⋯⋯."

하며 고개를 갸웃거리던 호병계장이

"그런 사람 없는데요."

라고 말하였다. 나는 딱 소리가 나게 손마디를 꺾었고, 호병계장이 다시 물어왔다.

"돈와리 몇 번집니까?"

나는 지갑을 꺼내어 주민등록증의 뒤켠에 넣어둔 쪽지를 들여다보았다.

"산 일번진데요."

"산 일번지요?"

"예, 단화리 산 일번지. 아니 돈와리 산 일번지."

"누굴 찾으신다고요?"

"신성녀라는 할머닌데요."

호병계장이 묘한 눈빛으로 나를 바라보았다.

"가족 되십니까?"

"가족은 아닙니다만."

"거긴 거시기한 덴데⋯⋯."

"예?"

"거긴 별나라예요. 그 유명한 별나라를 모르세요?"

"별나라가 뭡니까?"

호병계장의 입가에 언뜻 야릇한 미소가 스치고 지나갔다. 대머리가 홀떡 벗겨져서 나이보다 훨씬 늙어 보이는 그 중년의 말단 관리는 손가락으로 머리통 옆에 동그라미를 그려보였다.

"정신병자 수용소예요."

"아."

하고 나는 단음(單音)을 삼켰다. 정신병자 수용소라는 말을 듣는 순간 날카로운 정으로 골을 쪼개는 것 같은 충격이 왔던 것이다. 그렇구나. 그렇게 됐구나. 나는 급하게 담배를 찾았는데, 빈 갑이었다. 빈 갑을 구겨쥐는 나에게 고맙게도 호병계장이 담배를 내밀었고, 담배를 받아쥐는 나의 손길은 잔물결처럼 가느다랗게 흔들리고 있었다.

"찾아보세요. 이게 전부 별나라 수용자 대장이니까."

호병계장이 갖다주는 대장을 접수대 위에 놓고 나는 허리를 숙였다. 중원도 잉홀군 원남면 돈와리 산 일번지 주민등록 대장은 꼭 한 한대사전(漢韓大辭典)만한 두께였다.

장만우 남 경남 사천군 용현면 신복리 번지불상
김명숙 여 서울특별시 영등포구 문래동 28의 4번지
김봉득 남 강원도 통천군 통천읍 방포리 2구 3번지
천상진 남 충북 괴산군 소수면 입암리 301번지
황선순 여 전북 완주군 우전면 석불리 213번지
오두석 남 전남 화순군 동복면 칠성리 번지불상
정입분 여 충남 서산군 해미면 동암리 334번지
………

나는 손가락으로 밑줄을 치면서 대장을 넘겼다. 처음에는 이름과 본적지까지 확인하느라고 천천히 대장을 넘기다가 나중에는 이름만 읽어나갔다. 나는 마른침을 삼키며 빠르게 대장을 넘겼는데, 이상하게도 붉은 줄이 쳐져 있는 칸이 많았다. 열에 일고여덟 정도는

224

모두가 붉은 줄이었다. 오줌이 마려웠다. 까닭모르게 초조하고 불안해서 자꾸만 오금이 졸밋거렸다. 정신질환자 수용소에서 이처럼 많은 숫자가 전출된 것은 아닐 터이고, 그렇다면 사망자? 정신질환자의 처지라면 충분히 가능한 이야기가 아닌가? 몹시 담배 생각이 났으나 호병계장한테 다시 담배를 빌리기도 무엇해서 나는 마른침만 삼켰다. 그러면서 신성녀라는 이름자 위에 붉은 줄이 쳐져 있지 않기를 간절히 바라는 것이었다. 아니, 숫제 신성녀라는 이름 석자가 나오지 않기를 간절히 바라고 또 바라는 것이었다.

한한대사전 두께만 하던 대장도 이제 몇 장 남지 않았을 때, 나는 허리를 폈다. 원남면 돈와리가 아니고 원서면 단화리라는 말인가? 나는 똑똑하게 받아적지 못한 마누라를 나무라며 다시 허리를 숙였는데, 참으로 야릇한 기분이 되는 것이었다. 이제 몇 장 남지 않은 대장을 다 넘길 때까지 신성녀라는 이름이 나오지 않으면 어떻게 하나 하는 것과 마지막 장 마지막 줄을 짚을 때까지 신성녀라는 이름이 나오지 말았으면 하는. 그렇게 야릇한 기분으로 대장을 넘기던 나는, 순간 호흡이 멎는 느낌이었다.

申姓女

나는 힘껏 눈을 감았다. 순간적으로 나무뿌리 같은 섬광이 눈앞을 스치고 지나갔고, 나는 다시 눈을 떴다.

1932년 2월 9일
본적 경남 산청군 삼장면 내원리 129번지
전 주소 서울 성동구 중곡동 292의 1번지

그때에

"찾으셨습니까?"

라는 호병계장의 목소리가 저만큼 책상을 넘어왔다.

"예."

하고 말하면서 나는 아무렇지도 않다는 듯

"그런데 빨간 줄이 쳐진 것은 뭔가요?"

하고 물어보았다. 호병계장이 하품을 하였다.

"아, 그건 무연고잡니다."

나는 안도의 한숨을 내쉬었다.

"거기에 있긴 있구요?"

"예. 여기 별나라에 수용되어 있기는 하지만 아무런 연고자가 없
는 사람들예요. 무의무탁자."

호병계장한테 고맙다는 인사를 하고서 제일 먼저 찾은 곳은 변소
였다. 금방이라도 터져버릴 것처럼 오줌보가 부풀어올랐던 것이다.
변소는 그러나 좀처럼 찾을 수가 없었다. 변소인가 하고 다시 들어
가보면 숙직실이었다. 뱃살을 잔뜩 으등그려 붙이고 턱을 바짝 끌
어당긴 이상한 자세로 여기저기를 기웃거리던 나는 마침내 참지 못
하고 담벽 아래서 지퍼를 내렸다.

"찾으셨습니까요?"

택시 운전수가 반은 찌푸리고 반은 웃는 묘한 얼굴로 물어왔다.
내가 목적한 사람을 찾았으면 요금의 흥정이 수월할 것이고 찾지
못했다면 빡빡해질 것이라는 생각을 하는 것 같았다. 나는 담배를
한 갑 사들고 택시에 올랐다.

"갑시다. 아까 성모마리아상이 보이던 곳으로 다시."

차를 돌리면서 운전수가 말하였다.

"입빠이 하루 품임다."

읍내 쪽으로 오 리쯤 되짚어 올라가자 저만큼 산중턱으로 성모마리아상이 보였다. 마리아상을 향하여 우회전을 하자 '별나라'라고 음각(陰刻)된 바위가 나타났고 비탈진 산길을 따라서 조금 올라가니 저만큼 성당이 보여서 '별나라'라는 곳이 천주교에서 운영하는 사회봉사기관임을 한눈에 알 수 있었다. 조금 더 올라가자 '별나라'의 전경이 한눈에 들어왔는데, 패랭이꽃들로 불긋불긋 수놓인 산등성이의 여기저기에 반듯반듯한 건물들이 널찍하게 자리잡고 있었다.

몇 대의 승용차와 봉고차가 세워져 있는 건물 앞에서 택시를 세웠다. 마당가에서 서성거리고 있던 후줄근한 중늙은이들의 시선을 받으며 현관으로 올라가 서는데 누가 "신발 벗구 올라가유"라고 말하였다. 현관 입구에는 여러 켤레의 실내화가 놓여 있어서 나는 얼른 구두를 벗었다. 좌우로 곧게 뻗어 있는 복도 위로는 많은 사람들이 오가고 있었는데 하나같이 눈의 초점이 풀렸거나 불구인 사람들이었다. 지도신부실이라고 씌어 있는 방으로 들어갔다. 신부는 보이지 않고 수녀 하나가 수용자의 보호자인 듯한 사내와 이야기를 나누고 있었다. 나는 조심스럽게 말하였다.

"신부님을 좀 뵈려고 합니다만."

"어떻게 오셨지요?"

"여기 계신 분 하나를 좀 만나뵈려고……."

수녀가 감정이 들어 있지 않은 음성으로 말하였다.

"인적사항을 적으세요."

수녀가 가리키는 책상 위에는 신부와 면담을 하려는 사람들의 인

적사항을 적는 대장이 펼쳐져 있었다. 적기를 마치고서 엉거주춤하
게 서 있는데 수녀가

"절차를 밟으세요."

하고 말하였다.

"예?"

수녀가 사무적으로 말하였다.

"접수실로 가서 절차를 밟으시라구요."

수녀의 말이 하도 딱딱해서 나는 잠깐 수녀의 얼굴을 바라보았는
데, 혼자 사는 비구니(比丘尼)의 얼굴이 대개 그러하듯이 감정이
담겨 있지 않았다.

접수실은 바로 옆방이었다. 스무 살 안쪽으로 보이는 처녀가 말
하였다.

"어떻게 오셨는데요?"

"신성녀 씨를 만나보려고……."

"그분이 여기 계신가요?"

"예. 면에서 알아봤더니 여기 계신다고 해서……."

"그분과 가족 되세요?"

"가족은 아닙니다만……."

"그런데 어떻게?"

"그래서 신부님을 뵙고 말씀드리려고 하는 거지요. 그런데 절차
를 밟으라고 해서……."

"찾는 분이 누구라고 하셨죠?"

"신성녀 씨라고…… 여자분입니다. 아직 환갑이 채 안 된."

"신성녀, 신성녀……."

하고 중얼거리며 처녀는 선반을 뒤지더니 한 장의 카드를 꺼내었
다. 선반 위에는 〈별나라형제 신상명세 카드〉라는 글씨 밑에 꼭 사

228

찰의 축원카드처럼 생긴 카드가 가지런히 꽂혀 있었다.

"이 형제분은 평화의 집에 계신데……."

처녀가 카드를 들여다보며 말하였고 나는 가만히 손마디를 꺾었다.

"평화의 집요?"

"몸이 불구이거나 연고자가 없는 할머니들이 영생을 준비하는 곳예요."

나는 마른침을 삼켰다.

"정신질환자는 아니구요?"

"상태가 가벼운 분들도 있지만 그냥 무연고 할머니들예요."

나는 안도의 한숨을 내쉬며 벽면에 걸려 있는 상황판을 바라보았다. '평화의 집'에는 여덟 명이 살고 있었다. 별나라 상황판에는 '평화의 집' '자유의 집' '평등의 집' '행복의 집' '햇님의 집' '달님의 집'이라는 건물의 이름과 수용자의 숫자가 적혀 있었는데 외우기도 쉽게 모두 육백육십육 명이었다. 말하자면 정신질환자 수용원, 결핵요양원, 알콜중독자 요양원, 불구자 수용소, 무의탁자 수용원, 양로원 같은 곳을 그런 아름다운 이름으로 부르는 모양이었다. '평화의 집'이라는 이름이 묘하게 가슴을 쳤다.

"평화의 집이 어디쯤 되지요?"

"저 아래서 원남 쪽으로 가다보면 길가에 슬레이트집 한 채가 있는데 거기가 평화의 집예요."

나도 모르게 담뱃갑으로 손이 올라갔다. 그렇다면 아까 언뜻 스쳐 지나갔던 곳이 아닌가. 궁벽진 산중턱에서 느닷없이 나타난 성모마리아상에 의아해 하며 담배를 태워 물었을 때, 낡은 슬레이트집 마당에서 푸성귀를 다듬고 있던 여자들……. 그 추레한 늙은 여자들 가운데의 하나가 신 할머니라는 말인가. 나는 손을 내렸다. 그리고 미소를 지으며 상냥하게 말하였다.

"그것 좀 잠깐 볼 수 없겠습니까?"

잠깐 망설이던 처녀가 카드를 내밀었다. 카드를 받는 나의 손길이 가느다랗게 흔들렸는데, 언뜻 '義足' '人民軍' 같은 단어가 눈에 들어왔던 것이다. 그때에 종소리가 들려왔고 처녀는 성모마리아상 쪽으로 몸을 돌렸다. 처녀가 눈을 감으며 합장을 하는 것을 보면서 나는 서둘러 수첩을 꺼내었다. 그리고 급하게 적기 시작하였다.

申姓女

1932년 2월 9일생.

경찰관의 총에 맞아 오른쪽 발이 義足인 자임.

경남 산청군 서천면에서 출생.

남편이 義勇軍에 입대. 人民軍에게 넘어가 근무하게 된 자로서 경찰수배자로 쫓기던 중 본인이 행방불명. 1964년 11월중에,

까지 적었을 때였다. 처녀가 놀란 목소리로 소리쳤다.

"아니, 무엇을 적는 거예욧!"

나는 어색하게 웃었고 처녀가

"그것을 왜 베껴가는 거예요!"

라고 소리치며 문 밖으로 달려나갔다. 나는 다시 수첩을 펼쳤다.

진주교도소에 수감되어 1985년 8·15 가석방된 자임. 가석방되어 출감자의 경력으로 오갈 데 없이 전전긍긍하던 중에 별나라를 알게 되어 수용됨.

나는 뒷부분을 여유있게 적고 나서 카드를 처녀의 책상 위에 올

230

려놓았다. 접수실로 돌아온 처녀가 잔뜩 경계하는 눈빛으로 말하였다.

"신부님한테 가보세요."

3

처녀한테서 다 들었을 텐데도 신부의 얼굴에는 별다른 표정이 없었다. 혼자 사는 비구(比丘)의 얼굴이 대개 그러하듯이 좀처럼 감정의 움직임을 보여주지 않는 신부는 내가 카드를 옮겨 적은 것에 대해서 한 마디도 비치지 않았다.

"별나라로 직접 오시지 않고 왜 면에 가서 찾습니까?"

나는 공손하게 말하였다.

"돈와리 산 일번지가 별나라인 줄은 몰랐습니다. 주소만 가지고 찾다보니까……."

"찾으시는 분이 여기 있습니까?"

"예. 주민증 대장에도 그렇고 여기서 기록카드도 봤습니다."

"카드 좀 가져와봐요."

신부가 말하였고 처녀가 이내 카드를 가져왔다. 카드를 들여다보면서 신부가 내게 물었다.

"이분의 가족 되십니까?"

"아닙니다."

"그럼 친척 되시오?"

"무슨 연고가 있는 사이는 아닙니다."

"그렇다면 신성녀 씨와는 어떻게 되는 사이시오?"

나는 언뜻 말문이 막혔다. 몹시 담배 생각이 났지만 참는 도리밖에 없었다. 신부는 목사와는 달라서 술 담배를 자유롭게 한다고 들

있는데 신부의 책상 어디에도 담배라든가 재떨이는 보이지 않았던 것이다. 나는 말하였다.

"신성녀 씨와는 아무런 연고가 없는 사람이올시다. 다만 해방전후사에 대하여 깊은 관심을 가지고 있는 사람으로서 우연한 기회에 신성녀라는 할머니에 대하여 말씀을 듣게 되었지요. 카드에도 적혀 있듯이 신 할머니의 삶이 기구했던 우리 민족의 현대사를 웅변으로 말해주고 있는 것 같아서…… 한번 만나뵙고 그 시절의 참혹했던 이야기들을 좀 들어봤으면 해서……."

신부는 카드를 내려놓았다.

"신성녀 씨에 대해서 나는 잘 모릅니다. 물론 나의 책임 아래서 영생을 준비하는 형제분이지만, 인원이 원체 많다 보니 각 개인의 구체적인 부분에 대해서는 전혀 모릅니다. 또 형제분들의 개인사에 대해서는 알 필요도 없으며. 과거사 말입니다."

"물론 지금 만나서 당장 무슨 이야기를 듣자는 것은 아닙니다. 다만 인사나 나누고……."

"어느 날 밤의 일이었습니다."

신부는 지그시 눈을 감았다.

"어둡고 비내리는 길거리에 누워 신음하고 있는 한 형제를 만났습니다. 그 형제를 차에 싣고 달리는 제 가슴은 고통에 짓눌렸습니다. 그 뒤로 여러 번 같은 일을 겪었지요. 그것은 주님의 은총입니다. 동냥하던 걸인들이 병들면 아무도 모르게 길가에서 죽어갑니다. 이들의 영혼과 육신을 쉬게 할 장소가 시급합니다. 영생을 준비시키는 구원의 집, 죽음을 평화롭게 맞이할 수 있는 부활의 집이 되고자 하는 것이 저희 별나라올시다."

나는 가만히 있었다. 훌륭한 일을 하시느라고 얼마나 노고가 많으시냐는 입에 발린 찬사를 늘어놓는 것보다는 묵묵히 그 말을 들어주는 것이 올바른 자세일 것 같아서 나는 가만히 있었는데, 신부가 눈을 떴다.

"원체 많은 형제들과 함께 살다 보니 가끔 사람들이 찾아옵니다. 경찰에서도 오고 또 각종 기관에서."

"저는 다만……"

"하지만 일체 허락을 하지 않습니다. 나와 함께 생활하는 형제들에게 쓸데없는 고통을 주고 싶지 않기 때문이지요."

"그냥 한번 뵙고…… 인사나 나누려는 것입니다. 아까도 말씀드렸다시피 우리의 참혹한 현대사, 특히 복잡다단했던 해방전후사를 상징적으로 말해주는 분이므로……"

나는 뒷목의 땀을 훔치며 진지하게 말했는데, 신부는 완강하였다. 신부가 정면으로 나를 바라보았다.

"선생은 무엇을 하는 분이십니까?"

"저는……"

나는 다시 뒷목의 땀을 훔치며 힘들게 말하였다.

"소설을 써서…… 먹고 살아갑니다."

내가 적어놓은 것을 보았을 텐데도 신부는 여전히 완강하였다.

"선생의 신분을 어떻게 믿습니까?"

"주소와 전화번호까지 적었습니다."

신부가 몸을 일으켰다.

"그러면 선생의 신분을 한번 확인해보고……"

"저는 다만…… 소설을 쓰는 사람으로서……"

이럴 줄 알았으면 잘난 소설집이나 한 권 들고 올 걸 그랬다는 후회가 일어나면서 은근히 화가 치밀어올랐다.

"신분을 확인하겠다고 하셨는데……"

따라서 몸을 일으키며 나는 입꼬리를 비틀어 올렸다.

"어떻게 확인하시겠습니까?"

신부의 입가에 엷은 미소가 어렸다.

"어떻게 확인한다기보다…… 낯모르는 사람과 형제분을 함부로 만나게 할 수는 없다는 말씀이올시다."

신부실을 나오면서 나는 이제 막 첫발을 내디뎠을 뿐인 것이라고 스스로를 위로하였다. 역사를 찾기 위한. 그리고 그 굽고 비뚤어진 역사의 생생한 체험자인 신 할머니는 동상 또는 총상을 입어서 한쪽 다리가 없는 불구의 몸이지만 나는 온전한 두 다리를 갖고 있는 성한 몸이 아닌가. 문득 눈앞이 뿌옇게 흐려오면서 가쁜 숨을 몰아쉬던 노인의 얼굴이 떠올랐다.

……공화국북반부에서는 일천구백육십사년도에 지리산 여장군이라는 영화를 만들었소이다. 신성녀라는 여자 빨치산의 얘긴데 주석님의 특명으로 만든 일급 인민영화였지요. 신성녀는 지리산에서 빨치산활동을 한 마지막 인물이었는데 신성녀라는 그 구빨치의 이야기가 참으로 기가 막혀요. 지리산 밑 어느 부락에 살던 신성녀라는 처녀가 이웃 마을 고용농한테 시집을 갔어. 열일곱 살 때. 그런데 신혼 며칠을 지나고 신랑이 없어졌어. 남로당 선봉대로 화선입대를 한 거지. 야산대 말이오.

아무리 기다려도 신랑이 돌아오지 않자 신부는 신랑을 찾아서 산으로 올라갔어. 그때가 일천구백사십팔년돕니다. 남조선에 단독정부가 수립될 어름이지. 신부가 산으로 올라갔는데 어허 하늘이 무너졌구나. 신랑은 이미 전사를 했어. 무산계급 해방투쟁의 제단 위에 그 순결한 프롤레타리아의 피를 뿌린 거야. 기가 막힐 일 아니겠소. 땅을 치며 울던 신부, 열일곱 살 이제 막 피어나기 시작하는 새각시는, 작식대(作食隊)로 눌러앉았지. 그러다가 신랑이 쓰던 삼팔식 장총을 들고 나선 거라. 기기, 숨기, 총 쏘기, 뛰기, 정세

보고, 정보 수집, 조직 강화, 선 연결, 당비 갹출, 삐라 살포, 깜파, 볼셰비키혁명사 학습, 지서 습격, 전투…… 남자대원 빰치게 용감했지.

……이현상 장군의 남부군단사령부가 깨지고 난 휴전 이후까지 소규모의 단위부대로 빨치산 투쟁을 했어. 그러다가 남은 부대원도 하나 둘 전사하거나 전향하고 신성녀 혼자서 남은 거야. 당중앙과의 연락선도 끊어지고 동료도 없이 혼자서. 혼자서야 무슨 투쟁을 했겠소. 기껏 보투지. 그렇게 신성녀라는 여자 빨치산 혼자서 끝까지 영웅적으로 남조선해방투쟁을 벌인다고 해서 〈지리산 여장군〉이라는 제목의 영화를 만든 겁니다. 공화국북반부에서.

그래서 막 영화를 돌리려고 하는 판인데 갑자기 상영중지가 되었어요. 어허 한스럽구나. 한스럽고 절통하구나. 그 지리산 여장군이 피체된 것이었으니. 한데 피체된 것은 그만두고 곧 대북방송에 나왔어요. 안 나올 재주가 있겠소이까. 자결을 하기 전에야. 하지만 남조선의 개들이 자결을 하게 놔두겠소. 그러니 영화필름은 자연히 창고 속으로 들어간 거지. 그때가 일천구백육십사년도 말경이외다. 피체된 뒤 보니 여장군은 발에 동상이 걸려 썩어문드러지는 상태였고 그래서 한쪽 다리를 잘라냈답디다. 나요? 나야 육이오 개전 뒤 입산한 신빨치였지.

국가보안법 위반 및 비상사태하의 범죄처벌에 관한 특별조치령 위반으로 서른 해를 넘게 수감되어 있다가 가출옥으로 나온 병사 (病死) 직전의 그 늙은 남로당원은 지그시 눈을 감았다.

가막소에서 들었어요. 가막소 안에서는 유명한 얘기였소이다.

4

놀이 지고 있었다. 원남면 쪽으로 일 킬로쯤 달리자 길 옆으로 저만큼 낡은 슬레이트집이 보였다. '평화의 집'일 것이었는데, 나는 그냥 달렸다. 신부의 허락이 없다고 해서 신 할머니를 못 만날 것은 없었지만 한두 번 만나서 끝날 일이 아닐 것이므로 정식의 절차를 밟고 싶었던 것이다. 대신 나는 창 밖으로 목을 빼어 그곳을 바라보았는데, 슬레이트집 쪽마루 위로 언뜻 사람의 모습이 보였다. 나는 다시 한 번 목을 빼어 그곳을 바라보았다. 지는 놀 아래서 추레하게 늙은 여자 하나가 한쪽 겨드랑이에 목발을 낀 채로 하염없이 내 쪽을 바라보고 있었다.

그날 밤 나는 술을 마셨다.

가숙(假宿)의 땅

　버스가 멎었다. 낡은 비닐가방을 멘 청년과 여행용 가방을 든 젊은 여자가 차에서 내렸다. 청년은 삼부 정도로 짧게 깎은 머리에 철 이른 검정 양복을 입고 있었는데 하관이 빨은 얼굴이 창백했고, 여자는 화장기 없이 수수한 얼굴에 세련된 옷차림이었다. 부연 흙먼지를 일으키며 버스가 달려갔다. 여자는 스커트의 앞뒤를 몇 번 털고 나서 곧게 뚫린 신작로를 따라 또박또박 걸어갔다. 청년의 눈이 가늘게 좁혀지면서 팽팽하게 율동하는 여자의 하체를 바라보았다. 여자가 문득 고개를 돌렸다. 청년은 급하게 몸을 틀더니 신작로 옆에 보이는 송방으로 다가갔다.

　"말씀 좀 묻겠습니다."

　문지방에 걸터앉아 부채질을 하고 있던 아낙이 입이 찢어지게 하품을 하다 말고 얼른 부채로 입을 가렸다.

　"여기가 가활리 맞습니까?"

아낙이 다시 부채질을 시작했다.

"그란디요."

청년이 잠깐 신작로를 바라보았다. 여자의 모습은 보이지 않았다. 청년이 말했다.

"혹시 김사과댁이라고 모르십니까?"

"사과떡?"

아낙이 다시 부채로 입을 가렸다.

"사과떡이 뭐이다요?"

청년의 얼굴이 조금 붉어졌다. 그는 손등으로 이마를 훔쳤다. 땀이 밀린 자리에 굵은 이랑이 패여졌다.

"이 동네…… 전부터 사십니까?"

"서너 해 되는갑소. 그란디, 누굴 찾으씨요?"

"김방 씨라구…… 외자 쓰는 어른인데……."

"이름자는 모르것소. 아기들 이름은 모르씨요?"

청년의 손등이 다시 이마로 올라갔다.

"혹시 충청도서 이사온 댁 모르십니까?"

"충청도라우?"

"네. 한 칠팔 년 됐을 텐데요."

"나도 대처서 들왔소만 예두 거진 타관서 들온 사람들 아니것소. 간사지 막은 지가 십여 년 된다니께."

"간사지라면…… 이 근처에 바다가 있습니까?"

"그라지라우. 예서 쬐께 가면 바다 아닙디여."

청년은 손바닥으로 뒷목을 훑었다. 땀에 절어 꼬질꼬질한 런닝이 조금 목 위로 올라왔다. 아낙이 말했다.

"더워 보이요이."

"아, 네……."

청년의 손바닥이 다시 뒷목을 훑었다.

"담배 한 갑 주십쇼."

"존 거는 읎는디. 환희밖에 읎는갑소."

"좋습니다."

청년은 가방을 내리고 지퍼를 열었다. 구지레한 옷가지와 책 몇 권이 들어 있었다.

"술도 주세요. 이홉들이 둘하고 포 몇 개."

"그랍시다."

한모금 연기를 빨아들이던 청년은 갑자기 마른구역질을 했다. 담배를 잡은 손등에 푸른 심줄이 솟으면서 손가락이 경련했다. 청년은 담배를 던지고 발로 비볐다.

"그란디, 충청도라 했지라우?"

청년이 가방을 메는데 아낙이 말했다.

"어서 들어본 듯도 하요이."

"어딥니까?"

"조오기…… 조오기로 쪽 가면 동넨디, 게 가서 물어보시쇼. 게 가 전부 가활잉게."

아낙의 손길이 가리키는 곳에 청년의 눈길이 멎었다. 신작로의 건너편으로 끝없이 넓은 들판이 일망무제로 펼쳐져 있었다. 그 들판의 한가운데를 가르고 울긋불긋한 지붕들이 일자로 쭉 잇대어 있었다. 들판의 곳곳에는 안개처럼 하얀 물보라가 피어올랐는데, 호스나 분무기로 뿜어대는 농약일 것이었다. 청년은 눈을 가늘게 해가지고 한참이나 그곳을 바라보았다.

"많이 파십쇼."

아낙은 할랑할랑 부채질을 하면서 이상하다는 표정으로 청년의 뒷모습을 바라보았다. 어색하게 짧은 머리에 철맞지 않는 검정 신사복 차림이 우스꽝스러웠는데, 위로 치솟은 어깨와 꼿꼿한 걸음걸이가 몹시 고집스러워 보였다. 청년은 한참 동안 신작로를 따라 걷다가 오른쪽으로 꺾어져 곧게 뚫린 농로로 접어들었다. 농약박스를 가득 실은 경운기가 청년의 옆을 스치고 달려갔다. 농로의 좌우로는 바둑판처럼 정연하게 구획된 논들이 시퍼런 벼포기를 담고 끝없이 이어져 있었다. 논이 끝나는 곳은 지평선이었다. 길 옆으로는 수로의 물이 도란거리며 흐르고 있었다. 나무 한 그루 보이지 않는데 어디선가 쓰르라미가 울었다.

마을로 꺾어지는 길목에서 청년은 걸음을 멈추었다. 그는 옷소매로 이마의 땀을 훔치고 손바닥으로 목덜미를 훑고 나서 담배를 입에 물었다. 경운기가 지나다닐 만한 넓이의 길 좌우로는 똑같은 크기와 모양의 슬레이트집들이 두 줄로 나란히 잇대어 있었다. 청년은 잠깐 지붕마다 뻗쳐 있는 텔레비전 안테나를 바라보았다. 늙은 개 한 마리가 게으르게 짖으면서 천천히 다가오더니 청년의 발치에 쭈그리고 앉아 혀를 빼물었다. 어느 집에선가 크게 틀어놓은 라디오 소리가 왕왕거렸다. 저만큼 마당가에 연한 평상 위에서 중년의 남자가 무엇인가를 먹고 있는 게 보였다. 평상 위에는 플라스틱 차양이 그늘을 만들어주고 있었는데 라디오 소리는 그곳에서 들려오고 있었다. 청년은 입에 물고 있던 담배를 곽 속에 집어넣고 그곳으로 다가갔다.

"말씀 좀 묻겠습니다."

남자가 라디오의 음량을 낮추며 청년을 바라보았다.

"뭣이다요."

청년은 손등으로 흘러내리는 이마의 땀을 닦았다.

"충청도에서 이사오신 댁 모르십니까?"

"충청도란 말시."

남자는 입안의 것을 삼키고 나서 손을 털었다.

"네. 한 칠팔 년 전 이사오신……."

"충청도라면 뭣이냐. 옛날 고릿적에 양반 했다던 댁 아니더라
고."

청년이 손바닥으로 뒷목을 훑었다.

"맞습니다. 택호를 김사과댁이라고……."

남자는 빈 양재기를 옆으로 밀고 나서 궐련을 물었다.

"사과떡은 조오긴디, 댁은 뉘기다요?"

청년이 우물거렸다.

"네…… 일가 됩니다."

남자는 불이 꺼진 성냥개비를 쪼개더니 이빨을 쑤셨다.

"일가라……. 그라면 뭣이냐, 고향서 오는감만."

청년이 다시 우물거렸다.

"네……."

남자가 고개를 끄덕이며 이빨 사이에서 파낸 것을 멀리 뱉었다.

"사과떡 노인은 돌아갔소. 벌써 삼년상이 나갔을 것이요이."

이마를 훔치는 청년의 손이 가늘게 흔들렸다. 남자가 말했다.

"거 경오 바르고 식자 유헌 노인이었지라우. 앗따 요즘 세상에 갓 쓰
고 도포 입은 사람은 그 양반뿐이였을 것이요이. 한디, 뭐이다냐. 거
그 노인이 요상헌 소릴 혔는디…… 그랑게 뭐이다냐, 옳지. 앞으로
큰 난리가 터지는디, 난리가 터질작시면 그랑게 예가 피난 곳이다
그 말이시. 혀서 당신도 예로 피난을 온 것이다 그거였는디……."

청년이 남자의 말을 잘랐다.

"그 댁이 어디쯤 됩니까?"

남자는 담뱃불을 평상 모서리에 눌러 끄더니, 입으로 두 번 분
다음 꽁초를 귓등에 꽂았다.

"야야, 빙순이 읎다냐."

안채로부터 조그만 계집아이가 쪼르르 달려나왔다.

"왠게라우?"

"뭣이냐. 너 이 손님, 사과떡 알켜드리고 오니라이."

청년이 고맙다고 인사하고 돌아서는데 남자가 혼잣말처럼 중얼 거렸다.

"거 모를 일이시. 상 났을 때도 안 뵈던 일가가 워디서 인저 온당 가."

계집아이는 힐끔힐끔 청년을 돌아보며 메뚜기처럼 뛰어갔다. 청 년이 걸음을 빨리하며 계집아이를 불렀다.

"얘."

계집아이가 힐끔 돌아보았다.

"그 댁에 누구누구 사시는지 아니?"

계집아이는 고개를 흔들며 뛰어갔다.

"쪼깨만 가면 된당께."

잡음 섞인 라디오 소리가 악을 쓰고 있었다. 청년은 목덜미로 흘 러내리는 땀을 훔치며 침을 뱉았다. 자글자글 끓어오르는 햇볕 아 래 침은 이내 말라버렸다. 길섶의 잡풀이 뿌연 흙먼지를 뒤집어쓴 채 후줄근히 늘어져 있었다. 모든 것이 고여 있었다. 오직 라디오 소리만이 살아 움직이고 있었다. 청년은 또 침을 뱉았다.

"저 집여라우."

계집아이가 가리키는 집은 퇴락한 초가였다. 청년은 우뚝 걸음을 멈추었다. 사방이 모두 알록달록한 슬레이트집들이어서 그 집은 마 치 밥알에 뉘가 섞인 것 같았다. 갈지 않은 이엉이 잿빛으로 우중충 했고 흙벽돌로 두른 토담이 여기저기 허물어져 있어 폐가처럼 보였 다. 무너진 토담 너머로 옥수숫대로 고여놓은 창문이 보였다. 청년

242

이 고개를 돌렸을 때 계집아이는 벌써 오던 길을 되짚어 저만큼 뛰어가고 있었다.

청년은 가방을 한 번 추스른 다음 마당으로 들어섰다. 중캐 한 마리가 헛간에서 뛰어나왔다. 개는 짖지 않고 청년의 발치에 코를 대고 냄새를 맡았다. 방 둘에 부엌과 헛간이 달린 일자집이었는데 인기척이 없었다. 청년은 마당을 가로질러 방문 쪽으로 다가갔다. 개가 쫓아와 그의 발치에 쭈그리고 앉으며 혀를 빼물었다. 청년이 짐짓 눈을 부릅뜨며 노려보자 개는 꼬리를 말아올리며 비실비실 뒷걸음질을 쳤다. 청년이 두어 번 기침을 했다.

"계십니까?"

마루밑 토방에는 뒤축이 쭈그러진 남자용 털신 한 켤레가 놓여 있었다.

"계십니까?"

청년은 다시 한 번, 이번에는 조금 크게 소리쳤다. 가르릉 가르릉 가래 끓는 소리가 윗방 쪽에서 들려왔다. 청년이 그쪽으로 바짝 다가섰다.

"아무도 안 계세요?"

숨가쁜 기침소리와 함께 방문이 열렸다.

"뉘기여?"

깻잎처럼 조그맣게 쪼그라진 노파의 얼굴이 문 밖으로 나왔다.

"뉘가 왔소?"

창백하던 청년의 얼굴이 갑자기 붉게 상기되었다. 노파가 말했다.

"뉘가 왔는감?"

가방끈을 쥐고 있는 청년의 손등에 푸른 심줄이 솟아올랐다.

"할머님!"

노파는 손등으로 짓무른 눈께를 문질렀다.

"잉. 뉘기여?"

청년이 무너지듯 마룻바닥에 무릎을 걸치며 노파의 손목을 잡았다.

"저예요, 할머님."

"잉?"

"영복이에요."

"뭐여. 뉘, 뉘기라구?"

청년에게 잡힌 노파의 팔목이 와랑와랑 흔들렸다.

"저예요. 영복이예요."

"여, 영뵉이……."

노파는 잡힌 손을 빼어 청년의 얼굴을 더듬었다.

"니, 니가…… 여, 영뵉이란 말여. 니, 니가……."

청년의 어깨가 가늘게 흔들렸다.

"네…… 할머님……."

청년이 낮게 흐느꼈다. 노파가 갑자기 자지러지는 기침을 하기 시작했다. 금방 숨이 넘어갈 듯 격렬한 기침 속에서 노파가 간신히 말했다.

"이, 이, 무정한 인사…… 워딧다가…… 인저……."

청년이 노파를 부축해 방으로 들어갔다.

"절 받으세요."

청년이 넙죽 엎드렸다. 노파는 요강을 끌어당겨 가래를 뱉고 나서 손등으로 눈을 문질렀다. 기침이 멎은 노파의 얼굴은 묵은 문창호지 빛이었다.

"굉부두 중허지면 이눔아. 팔 년씩이나 소식 한 장 읊다니…… 그래 워딧다가 인저 오는겨, 잉. 워딧다가."

청년은 방 안을 둘러보았다. 윗목으로 누렇게 변색된 낡은 장롱과 옻칠이 벗겨져 희뜩거리는 궤연이며 서안, 구식 경대, 때절은 반짇고리, 그리고 손바닥만한 요때기가 깔려 있는 아랫목 벽에는 뽀얗게 먼지 앉은 통영갓과 도포가 걸려 있었다. 청년이 무연한 낯빛이 되어

"할아버님."

하고 말하는데 노파가 기침을 쏟았다.

"올봄이…… 상청을 물렸……."

청년의 눈길이 무릎께로 떨어졌다.

"늬 죄부께서…… 월매나 널…… 너 굉부 마치구 돌어올 날만…… 장손의 임종 옳시 워찌 눈을……."

노파는 요강에 가래를 쏟고 나서 반짇고리를 더듬어 희칠희칠 낡은 명주수건을 꺼내어 눈을 찍었다.

"그래, 굉부는 인저 마친겨?"

청년의 입술이 가볍게 비틀렸다.

"네. 다 마쳤습니다. 이젠 끝났어요."

청년이 노파의 팔목을 잡았다.

"이젠 아무 데도 안 갈 거예요. 할머님 모시고 살 거예요."

깻잎 같은 노파의 얼굴에 만족의 미소가 어렸다.

"그려 그려. 암만. 니가 워떤 자손인디. 아 안동김씨 김사과댁 장손 아닌감."

노파의 허리가 갑자기 꼿꼿해지면서 목소리에 힘이 실렸다.

"고래루 출사혀서 행세허던 반가의 집안이여, 우리 집안은. 시방은 상것들이 엽전의 글력을 믿구 양반행셀 허는 시상이다만, 즤들이 고방에 쉬가 나넌 장자랄지래두 핏줄이야 워쩌겄냐. 늬 애비만 혀두 좀 난 인물이었냐. 다섯 살에 맹자 떼구 일곱 살에 시전 서전

을 앞뒤루 꿴, 시국이 시국 같으면 삼현육각 잽혀 물렀거라 질렀거라…… 난시에 책 잘못 읽은 조이루 그 벤을 당허구…… 생각하면 절통헌 일이다만, 니가 있으니께. 인저 굉부두 마쳤다니 베슬길에 나가 집안을 일으켜야…….”

노파는 자랑스러운 얼굴이 되어

“봐라!”

하고, 아랫목 벽에 걸려 있는 갓과 도포를 가리켰다.

“사과으른 때버텀 오대를 네려오넌 의관을. 인저 니것이여. 니가 출사를 혀서,”

청년이 조심스럽게 노파의 사설을 잘랐다.

“할아버님 산소는 어디예요?”

노파의 얼굴에 문득 쓸쓸한 빛이 드리웠다.

“굉뎅뫼지에 뫼셨지. 그 너른 멩당 슨산 뫄두구……자작자수지 수원수굴 허겄느냐.”

“거리가 얼마나 되요?”

“오구가 시오릿 길여. 여긴 사방이 너른 들판이라 산이 귀혜여. 모이자리나 벤벤한 게 있겄냐. 임시 가모이지. 니가 인저 밀레두 뫼시구.”

“삼촌은 어디 갔나요?”

“뇐이 갔겄지. 넝약 주러.”

“어디쯤 되나요?”

“잉? 가보게?”

“네.”

노파가 청년의 손을 잡았다.

“날 뜨건디 워딜 간다는겨, 가길. 해 떨어지면 올 텐디.”

“삼촌, 결혼은 했나요?”

246

"장개? 늬 죄부 돌아가시던 해 성렜 헀지. 메눌아이가 소부여, 소부."

"농토는 얼마나……?"

"눵토? 한 필지 눵산디, 오죽허겄냐."

"한 필지라면……."

"엿마지기 천이백 평이지."

"소출은 얼마나……?"

"잘허먼 마지기당 쌀 시 가마."

하다가 노파는 다시 심하게 기침을 쏟기 시작했다. 얼굴이 온통 잘 익은 홍시빛이 되면서 노파는 격렬하게 상체를 흔들었다. 청년이 무릎을 세우며 노파의 어깨를 잡았다. 노파는 팔을 내저으며 간신히 중얼거렸다.

"갱긔찮어…… 인저 니가 왔으니…… 아무 궤정……."

청년은 망연한 눈길로 저릅대처럼 흔들리는 노파의 얇은 어깨를 바라보다가 방을 나왔다. 노파가 문줄을 잡으며 끙 하고 힘을 썼다.

"워디 가는거, 잉."

청년이 술 한 병을 뒷주머니에 찌른 다음 가방을 방에 들여놓았다.

"바람 좀 쏘이구 올께요."

노파가 끙 하고 다시 힘을 쓰며 주저앉았다.

"쭉 가먼 갯가가 나올겨. 거긴 션헐 테니께…… 싸게 오는거, 잉."

청년은 제방 위에 쭈그리고 앉아 아득한 수평선을 바라보았다. 제방 밑으로는 썰물에 드러난 진회색 갯벌이 허허벌판으로 펼쳐져 있었다. 갯벌은 아주 멀리까지 드러나 있어서 바닷물은 아득한 수평선으로만 보였다. 가까운 곳에는 게들이, 좀더 먼 갯벌에는 갯군들이 흩어져 꼼지락거리고 있었다.

바람이 불 때마다 청년의 땀 절은 런닝이 풍선처럼 부풀어올랐고 짧은 머리칼이 비수처럼 곤두섰다. 청년은 수평선에 눈길을 던진 채 이빨로 술병을 땄다. 입에서 병을 떼면서 그는 부르르 진저리를 쳤다. 청년의 창백한 얼굴이 조금씩 붉어지기 시작했다. 그는 담배를 붙여물고 길게 연기를 내뿜었다. 가물거리는 연기 속에서 청년은 문득, 의관(衣冠)을 정제(整齊)하고 흰수염을 쓰다듬는 노인의 모습을 본 것 같았다. 노인의 음성은 철성(鐵聲)이어서 놋재떨이가 쩡쩡 울렸다.

……우승(牛性)이 재야(在野)라, 쇠 승품이 들에 있다. 견인즉 창궐(見人卽猖獗)허구 견부즉지(見阜卽止)라, 사람을 본즉 미쳐 날뛰구 어덕을 본즉 그친다. 이재전전도하지(利在田田稻下止)라, 이가 밭과 밭 사이에 있은즉 벼 아래 그쳐라. 살아자(殺我者)는 소두무족(小頭無足)이요 활아자(活我者)는 삼인일석(三人一夕)이라, 나를 죽이는 것은 즉을솟자에 발이 읊는 것이요 나를 살리는 것은 슷사람 하룻저녁이라.

이것은 무슨 말이더뇨? 앞으로 큰 난리가 터져 화우삼일(火雨三日)에 인형(人形)이 영절(永絶)일 것인즉, 눈 밝은 자는 살구 눈 어두운 자는 죽을 것이로다. 모두가 들을 얘기헸구나. 쇠 승품이 들에 있구 이가 밭과 밭 사이에 있으니 벼 아래 그치라는 게 모두 너른 들판을 얘기헌 게 아니구 무엇이더뇨. 아, 우매한 창맹(蒼氓)의 무리들이 조선(祖先)의 비긔(秘記)를 무시하고 스사로 묘혈(墓穴)을 작(作)하는고녀. 소두무족은 무엇이고 삼일일석은 무엇인고? 불홧자와 보리맥자로다. 보아라, 원자탄 수소탄이 불이 아니고 무엇이며 너른 들판에 물결치는 게 보리가 아니고 무엇인고.

인인국국(人人國國)이 난마상투(亂麻相鬪)니 화우삼일에 인형이 영절될 것은 명백한 이치겠거늘, 어찌하여 들과 보리를 모르더란 말인고. 그 들이란 그러면 어느 곳을 지목한 것이더뇨. 일렀으되, 첫째가 김만경(金萬頃)에 가활만인(可活萬人)이요 한서지간(韓舒之間)에 가활만인이라……

청년은 입술을 비틀어 올리며 고개를 흔들었다. 그리고 술병을 입에 박고 고개를 젖혔다. 타는 듯 붉은 새털구름 무더기가 느릿느릿 걸어가고 있었다. 청년은 세차게 머리를 흔들었다. 그는 문득 삼키면서 길게 끄는 승냥이의 울부짖음을 들은 것 같았다. 그 소리는 탈진하여 목안으로 잦아드는 여인의 호곡이었다.

여보, 나도 갈 테야.

갑자기 방문이 환해지면서 사람들의 목쉰 함성이 들려왔다.

여보, 피해요. 빨리.

벌컥 방문이 열리고 핏물을 뒤집어쓴 듯 얼굴이 벌건 두억시니들이 들이닥쳤다.

쥑여. 죄 쥑여.

죽창이 춤을 췄다. 남자가 선 자리에서 앞으로 푹 고꾸라지며 개구리처럼 사지를 떨었다. 등짝에 죽창이 박히고, 그 위로 여인이 고꾸라졌다.

여보, 나도 갈 테야.

두억시니들이 침을 뱉었다.

쥑여. 죄 쥑여.

치마가 찢어지면서 여인의 흰 궁둥이가 드러났다.

아아,

여인이 울부짖으며 몸부림쳤다. 두억시니가 여인의 상체를 찍어눌렀다. 잘록한 허리가 방바닥에 붙여지면서 궁둥이가 하늘로 치켜졌다. 낡은 칫솔처럼 눕혀진 거웃이 파르르 파르르 흔들렸다. 사람들의 목쉰 함성이 대낮처럼 밝은 밤하늘을 찢어발겼다.

만세. 만세. 새 세상 만세…….

으으.

청년은 두 손으로 머리칼을 쥐어뜯었다. 붉은 흙먼지를 일으키며 수많은 말의 무리가 달려가는 것을 그는 보았다. 검게 빛나는 갈기를 검처럼 세우고 목을 들어 크게 울부짖으며, 울부짖으며 터질 듯 팽팽하게 부푼 궁둥이를 햇빛아래 번쩍이며, 말들은 어디론가 끝없이 달려가고 있었다. 달려가는 것은 그리고 사람들이었는데, 그들은 무엇인가를 달라고 목이 터져라 외치는 것이었다.

철커덕, 철문이 닫히고 그들의 외침은 들려오지 않았다. 제복의 사내들은 천천히 담배를 피우며 꽃을 얘기하고 달밤을 얘기하고 먼 나라의 싸움터를 얘기했다. 그들이 한 대의 담배를 다 태우기도 전에 다시 무엇인가를 달라고 외치는 사람들의 아우성 소리가 들려왔다. 사내들은 다시 바빠지고, 붉은 흙먼지가 천지를 삼킬 듯 피어올랐다…….

청년은 마지막 한 방울까지 마셔버린 빈 병을 제방 밑으로 던졌다. 병은 허공을 찢으며 날아가 뻘 속에 처박혔다. 근처의 게들이 일제히 뻘 속으로 몸을 감췄다가 진동이 가라앉자 다시 일제히 기어나왔다. 청년의 머리가 조금씩 밑으로 숙여지더니 마침내 두 무릎 사이로 깊숙이 들어갔다.

잠시 후, 청년의 상체가 뒤로 무너졌다. 그의 이마 위로 조그만 개미 한 마리가 기어올랐다. 그는 입맛을 다시며 얼굴을 찡그렸다. 그는 이따금 입술을 비틀어 올리며 고통스러운 미소를 지었는데 얼굴이며 목덜미로 물 같은 땀이 흘렀다. 땀 속에 갇힌 개미가 몸부림치다가, 이윽고 움직이지 않았다.

제방의 끝으로부터 까만 점 하나가 다가오고 있었다. 그 점은 조금씩 조금씩 커지기 시작하더니 마침내 사람의 모습이 되었다. 그 사람은 그리고 젊은 여자였다. 그 여자는 한 손에 조그만 책을 들고 있었는데 두 팔을 활짝 폈다 오므렸다 하면서 가슴 깊이 바닷바람을 들이마셨다. 그 여자가 청년이 누워 있는 옆을 지나가는데 청년이 가위에 눌린 듯 뭐라고 외마디 소리를 질렀다. 그 여자는 화들짝 놀라며 걸음을 멈추었다.

청년이 다시 외마디 소리를 질렀다. 무섭게 일그러진 청년의 얼굴에는 물 같은 땀이 흐르고 있었다. 그 여자는 잠시 머뭇거리더니 조그맣게 입술을 오므리면서 가슴에 성호를 그었다. 그리고 책갈피에서 꽃무늬 진 분홍색 손수건을 꺼내더니 청년의 머리맡에 쪼그리고 앉아 흐르는 땀을 찍어냈다. 청년이 으으으, 하고 가위 눌린 신음을 뱉었다. 그 여자는 흠칠 몸을 떨며 손길을 멈추었다. 청년의 입술이 고통스럽게 비틀리면서 비 오듯 땀이 흘렀다. 그 여자는 다시 성호를 긋고 나서 땀을 찍어냈다. 청년의 얼굴이 보송해지면서 숨소리가 고르게 났다. 그 여자는 성호를 그은 다음 그곳을 지나갔다.

청년이 눈을 떴다. 그는 부르르 한번 진저리를 친 다음 몸을 털고 일어났다. 숙면을 하고 난 사람이 그렇듯 그의 얼굴은 맑았고 눈이 빛났다. 그는 바다를 바라보았다. 수평선으로부터 한 뼘쯤 높이에 해가 걸려 있었다. 그는 두 팔을 활짝 벌려 크게 심호흡을 한 다음 저고리를 입었다.

마을을 향해 들길을 걸어가던 청년의 눈에 문득 저만큼 떨어진 곳에 앉아 책을 읽고 있는 여자의 모습이 들어왔다. 청년은 잠시 망설이다가 그곳으로 다가갔다.

"이 동네 사십니까?"

여자가 고개를 들고 청년을 바라보았다. 여자는 가볍게 미소하며 조금 고개를 숙여 보였다. 청년이 머뭇거리며 말했다.

"앉아도 되겠습니까?"

여자는 스커트 자락을 다독이며 궁둥이를 조금 틀었다. 청년은 여자와 조금 떨어져 앉았다.

"외지에서 오신 것 같은데……."

여자가 조심스럽게 말했다. 청년이 고개를 끄덕였다.

"여기서 살아볼까 합니다."

청년은 먼 수평선을 바라보았다. 흰 점처럼 보이는 갈매기 몇 마리가 솟구쳐 올랐다가는 떨어지고 다시 솟구쳐 올랐다가는 떨어지기를 되풀이하고 있었다.

"가족이 여기 계시나요?"

여자가 물었다.

"할머님과 삼촌이 계십니다."

청년이 대답했다. 여자의 고개가 조금 갸웃해졌다.

"혹시…… 사과댁 손자분 아니세요?"

청년이 여자를 바라보았다.

"그렇습니다."

"어머, 그러셨군요."

여자가 미소하며 무릎 위에 펼쳐져 있던 책을 덮었다. 이 세상에 없는 사람의 시집(詩集)이었다. 여자가 말했다.

"할아버님께 한문을 조금 배웠어요. 여학교 때였는데 명심보감이랑 동몽선습이랑……."

청년의 시선이 수평선으로 옮겨졌다.

"그러셨군요. 여기가 고향이십니까?"

"고향이나 마찬가지예요. 성장기를 보냈으니까. 원래는 내륙에서 살았어요."

청년은 말없이 바다를 바라보았고, 여자가 말했다.

252

"손자분이 계시다는 얘긴 전부터 들었어요. 근데…… 왜 한 번
도 안 오셨나요."

청년이 담배를 붙여 물었다.

"그렇게 됐습니다. 공부 좀 하느라고요."

"공부라면…… 대학 말씀인가요?"

"그보다 높은 거지요."

"……대학원?"

"아닙니다. 더 높은 것입니다."

여자의 머리가 갸웃해졌다.

"그럼…… 외국에서 공부하셨나요?"

청년은 담배연기를 길게 내뿜었다.

"그런 셈이죠. 아주 먼 나라였으니까요."

여자는 이상하다는 표정을 지으며 청년의 옆모습을 바라보았다.
귀밑에서 턱으로 흐르는 옆얼굴의 선이 우아한 만큼 짧게 깎은 머
리와 철이른 검정 신사복이 몹시 초라해 보였다.

"뭘 하십니까?"

청년이 물었다.

"네?"

여자가 흠칫 놀라며 단정한 스커트자락을 다시 오므렸다.

"도회지서 직장엘 나가시나 해서요."

"아이들도 가르치구…… 신앙생활을 합니다."

청년이 여자의 얼굴을 바라보았다.

"굶주린 영혼들이 많지요?"

여자는 청년의 시선을 피해 시집 위로 눈길을 내렸다. 청년은 다
시 수평선을 바라보았다.

"돌멩이라도 물어뜯고 싶도록 굶주린 영혼들이 천지에 가득합니

다. 누가 그들의 굶주림을 채워줍니까?"

여자가 말했다.

"맡겨야지요. 그리고 지극히 사무치게 구해야지요."

청년의 입술이 비틀렸다.

"누구한테 말입니까? 예수한테? 부처한테? 백날을 엎드려 갈구해도 눈 하나 깜짝 않는 돌멩이한테?"

여자의 얼굴이 핼쑥해지면서 시집을 잡고 있는 손이 가늘게 흔들렸다. 침묵이 흘렀다. 두 사람은 말없이 수평선을 바라보았다. 해가 반 뼘쯤 더 밑으로 내려와 있었다. 수평선 근처는 엷은 주황색이었다. 여자가 침묵을 깼다.

"굉장히 침울하신 것 같아요."

청년은 필터만 남은 꽁초를 손가락으로 멀리 튕겼다.

"제가 말입니까?"

"네, 괴로움이 많으신 분 같아요. 뭔가 굉장한 고통을 뚫고 나온 분 같고…… 버스에서 내렸을 때는 무섭다고 느꼈어요."

청년이 가볍게 미소했다.

"제 인상이 그렇게 험해 보입니까?"

"첫인상이 그랬어요. 뭐랄까…… 그리구 인상이 자주 변하시는 것 같아요. 지금은 아주 투명하게 맑고, 그래서 쓸쓸하고 어쩐지 슬프게 보이는데…… 아깐 아주 참담해 보였어요."

"아까라뇨?"

"죄송합니다. 잠드신 모습을 지나다 보게 됐어요."

한 줄기 바람이 지나갔다. 여자의 긴 머리칼이 물결처럼 일렁였다. 비누냄새 같은 야릇한 방향(芳香)이 청년의 코끝을 스쳤다. 수평선에 던져져 있는 청년의 눈이 가늘게 좁혀지고 있었다. 여자가 말했다.

"신앙을 가져보실 생각이 없으세요?"

느닷없이 청년의 몸이 여자 쪽으로 비틀렸다. 여자의 눈이 크게 벌어지면서 상체가 뒤로 젖혀졌다.

"사람의 얼굴을 본 적이 있으십니까?"

청년은 뚫어져라 여자의 얼굴을 들여다보며 소리쳤다.

"네?"

"사람의 얼굴 말입니다."

여자의 얼굴에 일순 공포의 빛이 떠올랐다.

"무, 무슨 말씀이세요?"

청년이 벌떡 몸을 일으키면서 중얼거렸다.

"해가 지는군요."

갯벌을 헤매던 게들이 일제히 뻘 속으로 들어가고, 바닷물이 천천히 밀려오고 있었다. 갯군들이 잰걸음으로 갯벌을 벗어나고 있었다. 수평선은 온통 불덩어리였다.

"전 오후엔 늘 뚝길을 걸어요."

갈림길에서 여자가 말했다. 오랫동안 참고 있던 말을 하는 것처럼 몹시 힘들어 보였다.

"저도 그렇게 하겠습니다."

청년이 또렷한 목소리로 말했다. 두 사람은 잠시 우두커니 마주 서서 서로의 얼굴을 바라보았다. 놀이 점점 잦아들고 있었다.

"안녕히 가십시오."

청년이 말했다.

"안녕히 가셔요."

여자가 말했다.

"그럼."

두 사람은 서로 등을 보이고, 놀 속으로 걸어갔다.

놀이 졌다. 온 들녘에 짙은 어둠이 깔렸다. 집집마다 불이 켜졌다. 불 밝힌 창마다에서는 아이들의 지껄임과 도란거리는 부부의 속삭임이 느리게 내뱉는 개의 단절음 사이로 흘러나왔다. 크게 틀어놓은 텔레비전에서 여자가수가 숨 넘어가는 소리로 다른 나라의 노래를 부르고 있었다. 청년은 걸음을 빨리했다.

저만큼 희끄무레하게 엎드려 있는 초가집이 보였을 때 갑자기 날카로운 전짓불이 청년의 얼굴을 훑었다. 청년은 손으로 얼굴을 가리며 옆으로 몸을 틀었다. 불빛이 빠르게 다가오더니 건장한 체격의 사내가 청년의 어깨를 움켜잡았다. 사내가 속삭이듯 낮은 목소리로 말했다.

"반항하면 자네만 손해야."

차가운 쇠붙이가 옆구리를 찌르는 것을 느끼며 청년은 움직이지 않았다. 사내가 재빠르게 청년의 손목에 수갑을 채웠다. 청년이 소리죽여 부르짖었다.

"왜 이러십니까? 여덟 바퀴 돌고 오늘 새벽에 나왔는데."

사내가 청년의 겨드랑이에 팔을 집어넣으며 속삭였다.

"가보면 알아."

저만큼 어둠 속에서 자동차의 시동 거는 소리가 들려왔다. 두 사람은 다정한 연인처럼 팔짱을 끼고 그곳으로 걸어갔다. 무너진 토담 옆을 지나는데 안에서 노파의 가래 섞인 목소리가 들려왔다.

"아가, 백숙은 안친겨?"

"네, 어머님."

"그런디 인석이 워째 안 오는겨, 바람 쐬고 온다던 애가. 애비가 점 가봐. 갯갓이점."

"오겠쥬. 해 떨어졌는디 지가 워디 가겠슈."

엄마와 개구리

오늘 밤에도 엄마는 느닷없이 벌떡 몸을 일으키더니 등잔의 심지를 올리고 나서 서둘러 면경 앞에 다가앉는 것이었다.

터질 듯 팽팽하게 부푼 젖가슴으로 해서 더욱 좁고 얇아 보이는 어깨가 잔물결처럼 가느다랗게 흔들리고 있었다. 그림자는 밑으로 내려올수록 점점 홀쭉하니 가늘어지더니 갑자기 보름달처럼 넓고 둥글게 퍼져나가는 것이었는데, 이상도 하지. 금방이라도 벽 속으로 빨려들어갈 듯 좁고 얇은 어깨를 받쳐주고 있는 것은 나락 석 섬을 펼쳐놓고도 오히려 귀가 남는 우리 집 마당처럼 넓고 튼튼한 궁둥이일 것이라는 새삼스러운 깨달음에 스르르 잠이 오는 것이었으니. 엄마의 궁둥이를 볼 때마다 나는 까닭 모르게 기분이 좋아져서 스르르 스르르 눈이 감기고는 하는 것이었다.

하지만 잠들어서는 안 된다. 무겁게 찍어누르는 눈꺼풀을 힘주어 밀어올리며 나는 뚫어져라 그림자를 노려보았다. 보아줄 테다. 오늘 밤에는 내 두 눈으로 똑똑히 보아줄 테다. 그리하여 더러운 헛소문을 퍼뜨려대며 낄낄거리는 마을 여편네들의 낯짝에 복수의 침을 뱉어줄 테다. 나는 싸움닭처럼 빳빳하게 귀를 세우고 움켜쥔 주먹에 힘을 주었다.

벌써 며칠째를 나는 번번이 속았던 것이다. 개 짖는 소리도 끊어지고 먼 골짜기에서 승냥이가 울부짖는 깊은 밤이 되면 엄마는 느닷없이 벌떡 일어나 등잔의 심지를 올리고 나서 서둘러 면경 앞에 다가앉는 것이었는데, 그때마다 나는 눈을 부릅뜨고 벽에 비치는 엄마의 그림자를 노려보는 것이었고, 좁고 얇은 어깨와 회초리처럼 가느다란 허리께까지 끓어올랐던 울음의 덩어리는 그러나 보름달처럼 넓고 둥글게 퍼져나가는 궁둥이를 보는 순간 설탕물처럼 녹아버려, 깊은 잠에 빠져버리고는 했던 것이었다.

……숨이 막히고 가슴이 터질 것처럼 답답해서 눈을 떠보면 언제 돌아왔는지 엄마는 내 모가지를 끊어져라 끌어당기고 있는 것이었다.

밤이슬에 젖어 축축해진 엄마의 젖가슴에서는 그리고 내 것이 아닌 밤두억시니들의 땀냄새와 비릿한 밤꽃냄새가 코를 찌르는 것이어서 힘주어 나는 밀어내고는 했는데, 그때마다 엄마는 무서운 힘으로 내 모가지를 끌어당기며 부르르 진저리를 치고는 하는 것이었다. 엄마는 그리고 한 손으로 내 바지의 단추를 끄르고 나서 오디처럼 조그맣게 오그라붙은 내 잠지를 조물락거리는 것이었는데, 부끄러워라. 그때마다 내 조그만 잠지는 빳빳하게 곧추서고는 하는 것이었으니. 그러면 또 엄마는 영복이 아부지, 영복이 아부지, 하고 숨 넘어가는 소리로 불러대며 부르르 부르르 진저리를 치고는 하는 것이었다.

영복이는 내 이름이니까 영복이 아버지라면 나의 아버지, 그러니까 엄마에게는 남편이 되는 것인데 어째서 엄마는 나를 아버지라고 부르는 것인지 도무지 나는 까닭을 알 수 없는 것이었다. 아아, 칠 뜨기 같은 엄마. 엄마는 어째서 아버지 하나도 제대로 알아보지 못하는 것인지, 참으로 알 수 없는 엄마인 것이었다.

갑자기 그림자가 크게 일렁이기 시작했다. 나는 알고 있다. 엄마는 밤화장을 하고 있다는 것을. 제비처럼 빠르고 어김없이 두 손을 움직여 바르고 문지르고 두드리고 그리고 또 바르고 문지르고 두드리는 똑같은 손놀림을 마치 손목에 실을 감듯 그렇게 흐트러짐 없이 이어가고 있다는 것을. 모두 잠든 깊은 밤에 홀로 거울 앞에 앉아 밤화장을 하고 있는 엄마의 모습은 제삿날 밤 큰집에 모인 어른들의 얼굴처럼 차라리 엄숙하고 슬퍼 보여서 나는 갑자기 오줌이 마려워지는 것이었다.

언제부터인가 마을 사람들은 엄마를 보고 미쳤다고 했다. 처음에는 우물가에서, 정자나무 밑에서, 부엌 뒤란에서, 그렇게 논두렁을 날아다니는 반딧불처럼 소리죽여 떠돌던 그 말은 그러나 요즘 들어서는 거의 얼굴에 침 뱉듯 마구잡이로 내깔겨지고 있는 것이다. 시상에 그 요조허고 음전턴 홍성각시가 실성허다니…… 세월이 미친 세월이여라고 허라도 츳츳거리는 것은 대개 할머니 또래의 늙은 여자들이었고 젊은 여편네들은 숫제 고소하다는 듯 입을 비쭉거리며 방앗간의 새떼처럼 찧고 까불어쌓는 것이었다. 그중에서도 병득이 엄마는 언제나 입에 침을 물었다. 인물값 헌다구 방뎅이 내두르며 깨춤을 추더니 과보를 받은거, 과보를. 그리고 그 여자는 눈썹을 세우는 것이었다. 아 세는 짧어두 침은 질게 뱉더라고, 양지가 음지 되구 음지가 양지 되는 게 시상 이치니께.

병득이 엄마가 왜 그렇게 엄마를 욕해쌓는지 나는 까닭을 모르겠다. 병득이 아버지는 언제나 풀기 빳빳한 국방색 작업복에 계급장 없는 군모를 쓰고 시커먼 가죽군화를 신고 다녔는데 얼굴이 늘 술 취한 사람처럼 붉었고, 눈동자에는 핏발이 서 있었다. 병득이 아버지는 그리고 군인은 아니었는데 대장이라고 했다. 병득이는 그 말을 할 때마다 늘 입술을 오므려 혀를 홈통처럼 만들어가지고 휙휙 침방울을 날렸다.

우라버진 대장이란 말여, 대장.

나는 궁금했다.

군인두 아닌디 워치게 대장이랴.

병득이는 내 머리통을 쥐어박았다.

비옹신아. 우라버진 청년대장이란 말여, 청년대장.

병득이는 나보다 세 살이 많은데 공부는 늘 꼴찌였지만 힘이 세다. 하긴 진짜로 힘이 센 것인지는 잘 모르겠다. 저보다 나이 적은 내 또래 아이들 앞에서만 늘 큰소리치니까. 병득이네는 닭을 백 마리도 넘게 키웠다. 그래서 마을 사람들은 병득이네를 닭집이라고 불렀다. 지금은 열 마리 정도밖에 안 남았지만 사람들은 여전히 닭집이라고 부른다. 하루는 병득이가 말했다.

얀마. 오늘부터 깨구락지 열 마리씩 잡어다 바치는겨. 알겄지.

깨구락지는 뭐헌다.

닭 멕인단 말여, 닭.

병득이의 손에는 잎을 훑어버린 참죽나무 가지가 들려 있었다.

깨구락지 잡으면 할머니헌티 혼나는디…….

뭐여!

병득이는 회초리를 치켜들었다.

요누무 뿕겡이 새끼 봐라. 말 안 들을껴.

회초리가 어깨에 떨어졌다.

잡을텨. 잡어다 줄텨. 쌔리지 마러.

260

나는 빠르게 말했다. 매질이 두려워서는 아니었다. 빨갱이 새끼
…… 그렇다. 나는 사람들이 침 뱉고 발길질하고 그리고 아무나 찢
어죽여도 좋은 빨갱이 새끼였던 것이다. 나는 왜 빨갱이 새끼로 태
어났을까. 그때처럼 아버지가 미웠던 적도 없다. 아버지는 어쩌자
고 사람들이 침 뱉는 빨갱이가 되어가지고 하나밖에 없는 아들을
풀기 빠진 핫바지처럼 주눅들게 만드는 것일까. 할머니는 말했다.
엄마도 말했다. 영복아. 사람덜헌티 뿕갱이 자석이란 소릴 들어선
안뎌. 알겠지. 그때마다 나는 알겠다고 고개를 끄덕거리고는 했는
데 글쎄, 어떻게 하는 것이 잘하는 것일까. 어떻게 하는 것이 사람
들로부터 빨갱이 새끼 소리를 듣지 않게 되는 것일까. 개구리를 잡
는 것일까. 개구리를 하루에 열 마리씩만 잡아다 병득이에게 바치
면 빨갱이 새끼가 안 될 수 있는 것일까. 좋다. 그렇다면 개구리 따
위야 열 마리 아니라 백 마리라도 잡아다 바치겠다.

그날부터 나는 개구리를 찾아 논둑과 들판의 외진 풀섶을 더듬기
시작했다. 개구리는 지천으로 흔해빠졌지만 그러나 잘 잡혀주지 않
았다. 하루에 열 마리를 잡는 것이 내게는 벅찼다. 그렇다고 병득이
한테 숫자를 줄여달라고 사정하기는 싫다.

논둑이나 밭고랑 사이 또는 방아깨비 날아다니는 들판의 풀섶을
헤치면 개구리가 있었다. 나는 숨을 죽이고 발뒤꿈치를 치켜들고
조심조심 소리나지 않게 다가간다. 개구리는 커다란 눈을 껌벅이며
아무것도 없는 하늘을 올려다 보고 있다. 개구리의 눈을 보면 웬일
인지 슬퍼져서 나는 눈을 감는다. 내빠. 싸게싸게 내빼란 말여. 눈
을 떠보면 그러나 개구리는 그 자리에 있고 하늘에는 한 조각 붉은
새털구름이 느릿느릿 지나간다. 나는 회초리를 치켜든다. 개구리는
숨을 쉬고 있다. 허연 뱃구레가 풍선처럼 부풀어올랐다가는 이내
오그라지고 부풀어올랐다가는 또 오그라지고는 한다. 회초리 든 손

에 힘이 빠진다. 개구리를 잡는 게 싫다. 금방 죽을 것도 모르면서 슬픈 눈을 껌벅이고 있는 불쌍한 개구리. 할머니는 말했다.

산 목심 쥑이는 게 아녀. 아무리 미물이라지먼 저저금 한시상 살겠다고 나온겨. 내 목심 중헌 만치 남이 목심두 중헌지 알어야 사람인겨.

병득이가 볼때기를 쥐어박는다.

뿕겡이 새끼. 너는 뿕겡이 새끼란 말여.

아아. 나는 힘껏 회초리를 내려친다. 회초리는 쌕쌕이 소리를 내며 땅을 때린다. 개구리는 갸굴 하며 펄쩍 뛰어 저만큼 떨어진 곳에 쭈그리고 앉아 힐끔 나를 쳐다본 다음 이내 고개를 돌린다. 나는 다시 숨을 죽이고 발뒤꿈치를 치켜들고 조심조심 소리나지 않게 다가간다. 그리고 숨을 모아 힘껏 내려치면 아, 싸악 하니 바람을 찢는 소리와 함께 회초리는 개구리의 등짝에 떨어지는 것이었고, 개구리는 펄쩍 한번 뛰어올랐다가 이내 뱃구레를 뒤집은 채 땅 위에 떨어져 파르르 파르르 사지를 떠는 것이었고, 그때마다 나는 터질 듯 오줌보가 부푸는 것이었다.

그렇게 뜨거운 오줌을 질금거리며 나는 개구리를 잡는 것이었는데 열 마리를 잡은 적은 한 번도 없다. 대개 대여섯 마리가 고작이었고 기껏해야 여덟 마리 정도였다. 그래서 서너 대씩 병득이의 회초리를 맞아야 했다. 오늘은 고작 다섯 마리밖에 잡지 못했다. 그래서 다섯 대를 맞은 손바닥이 상기도 따끔거린다. 하지만 어쩌랴. 병득이는 나보다 힘이 센 것을. 병득이 아버지는 대장인 것을. 그리고 아아, 무엇보다도 나는 아무나 침 뱉고 발길질하고 찢어죽여도 상관없는 빨갱이 새끼인 것을.

그림자는 이제 더욱 빠르게 흔들린다. 엄마의 밤화장은 마침내 끝마무리를 향해 치달리고 있는 모양이다. 이제 엄마는 아버지를 만나러 갈 것이었다. 연지곤지 찍고 녹의홍상 떨쳐입고, 그렇게 귀신도 홀릴 것같이 어여쁜 새각시의 모습으로 아버지를 만나러 갈 것이었다. 그리하여 닭이 울고 새벽이 와서 내가 새벽오줌이 마려울 때쯤이면 엄마는 걸레처럼 풀어진 몸뚱이를 끌고 술취한 듯 비틀거리며 돌아올 것이었다. 돌아와서는 끊어져라 내 모가지를 끌어당기며 오디처럼 오그라붙은 내 잠지를 조몰락거리며 영복이 아부지, 영복이 아부지, 하고 숨 넘어가는 소리로 부르짖으며 부르르 부르르 진저리를 칠 것이었다.

그림자는 물결처럼 흔들린다. 좁고 얇은 어깨가. 사시랑이처럼 길고 가느다란 허리가. 그리고 보름달처럼 둥글고 넓은 궁둥이가. 나는 까닭모르게 기분이 좋아져서 스르르 스르르 눈이 감긴다. 언제나 이 대목쯤 해서 나는 무너지고는 했다. 안 돼. 나는 어금니를 꽉 앙다문다. 잠들어선 안 돼. 나는 몇 번이고 힘주어 눈을 감았다 뜨기를 되풀이하면서 잠을 쫓는다.

내가 개구리를 찾아 풀섶을 더투기 시작한 것은 그러니까 거짓말처럼 갑자기 할머니가 돌아가시고 그리고 엄마가 느닷없이 밤화장을 시작하고부터니까 한 달쯤 된 것 같다. 그날 나는 감나무 잎새들이 서늘한 그늘을 만들어주고 있는 뒤란의 장독대 옆에서 혼자 공기놀이를 하고 있었다. 감자가 눋는 고소한 내음이 부엌에서 풍겨오고 있었고 놋주발처럼 번쩍이는 해가 오서산의 중턱쯤에 걸려 있었다. 갑자기 누렁이가 불에 덴 듯 짖었다. 부서질 듯 거칠게 사립문이 열리면서 국방색 작업복 차림의 사내들이 들이닥쳤다. 끝을 뾰족하게 깎은 죽창을 든 병득이 아버지와 어깨에 장총을 멘 순사였다. 사립 쪽으로 내닫다 말고 나는 해바라기와 맨드라미가 우거진 꽃밭에 엎드렸다.

끌어내시오.

순사가 쉿된 소리로 말했다. 병득이 아버지가 부엌으로 뛰어들어 엄마의 어깻죽지를 잡아끌고 나온 것과 건넌방으로부터 할머니가 구르듯 뛰쳐나온 것은 거의 함께였다.

왜 이러는규. 워째덜 이러는규.

문창호지처럼 샛노랗게 질린 얼굴로 할머니가 소리쳤다. 병득이 아버지는 침을 뱉더니 군홧발로 비볐다.

물러서 묻는대유. 아 뺅겡이질 헌 조이가 있으니 잡아가는 것 아니것남유.

할머니가 병득이 아버지의 손목을 잡았다.

시키는 대루 헌 것두 조이가 된다냐. 말 안 들으면 쥑일 판이니께…… 목심 살자구 헌 일 아닌가.

병득이 아버지는 다시 침을 뱉더니 죽창으로 긁었다.

앗따 영복이 할머니두. 아 아들은 왜정 때버텀 오여손잽이루 호가 났구 메누리는 인공 때 여으맹위원장질 헤먹었는디, 워째 조이가 읎다는겨, 조이가 읎길.

저저금 지 목심 살자구 헌 일인디…… 남헌티 행악헌 일 읎는 건 자네두 알,

하는데 병득이 아버지가 거칠게 할머니를 뿌리쳤다.

앗따 조이가 있구 읎구는 지서 가서 따져유.

순사가 누런 포승줄로 엄마의 팔목을 묶었다. 할머니가 고꾸라지듯 순사의 옷자락에 매달렸다.

왜 이러는규. 워째 이러는규.

순사는 입술을 비틀며 짧게 웃었다.

죄가 없다면 걱정할 것 없죠. 부역자는 일단 연행하라는 상부의 지시니까요. 조사해봐서 죄가 가볍다면 곧 방면될 것입니다.

할머니는 치맛귀에 코를 풀었다.

조사해보시면 알것지면, 야이는 조이가 읎유. 조이가 있다면 세월이겄쥬. 미친 세월 탓이겄쥬.

갑시다. 시간이 없소.

순사가 엄마의 등을 밀었다. 할머니가 엄마의 팔목을 잡았다.

가먼 워디루 간대유.

순사가 짧게 말했다.

청라 지서요.

그때까지 엄마는 마치 벌 서는 아이처럼 고개를 숙인 채 다소곳이 서 있었는데, 갑자기 고개를 들었다.

어머님. 너무 심려 마세유. 영복이는 워디,

하는데 병득이 아버지가 엄마의 어깨를 떼밀었다.

아 싸게싸게 가슈. 헐말 있으면 지서 가서 허구.

청라까지는 어른의 보통 걸음으로 시오릿길이라고 했다. 밥통과 옷보퉁이를 머리에 인 할머니의 손을 잡고 걷는 산길에는 피처럼 붉은 산딸기가 무더기로 피어 있었다. 구슬처럼 하늘은 맑았고 숲에서는 멧비둘기가 울었다. 할머니는 연방 관세음보살, 관세음보살, 하고 가래 끓는 소리로 중얼거렸다. 수리조합 모퉁이를 돌아 신작로에 나섰을 때 내 동무 대식이의 큰형을 만났다. 그는 자루가 얹힌 지게를 지고 있었다.

영복이 할먼님께서 궤정이 많으시겄습니다유.

대식이 형이 말했다.

다 세월 탓이겄지, 수원수굴허겄나.

할머니의 치맛귀가 눈께로 올라갔다.

자네 춘부장께서두 그 숭헌 꼴을 당허시구…….

물루겄유. 왜덜 서루 쥑이는지. 워째덜 한 백성끼리 서루 쥑이는지…….

대식이 형은 핏물 고인 눈으로 허공을 쏘아보며 작대기 끝으로 땅을 찍었다. 할머니의 치맛귀가 다시 눈께로 올라갔다.

관셔어엄보살.

대식이 아버지는 인민군에게 총 맞아 죽었다. 인민군 선발대가 트럭을 타고 동구 앞 신작로를 지나가는데 마침 길 옆 논배미에서 삽포로 물꼬를 트던 대식이 아버지가 대하인밍국 만서이, 하고 두 손을 번쩍 치켜들며 목청껏 소리쳤다는 것이었다. 푸장나무로 가리워진 트럭의 앞대가리에는 분명히 태극기가 꽂혀 있었다고 그때 옆 논에서 물꼬를 보고 있었다는 방앗간집 육손이 아버지가 말했다. 그래서 대식이 아버지는 마음놓고 대한민국 만세를 불렀던 거라고 했다. 만세만 잘 부르면 산다더라고 수군거리던 마을 사람들은 그때부터 갑자기 벙어리가 되었고 서로 눈치만 살폈다. 늙은이들은 말했다.

워너니 구시홰병인겨. 난시에는 그저 입조심 허는 게 상순겨.

대식이 형이 혼잣말처럼 말했다.

물루겄유. 워치게 되넌 시상인지. 땅뙈기나 뒤져먹넌 농사꾼덜이 뮈신 새상가라구 오른손 오여손 따지넌 건지…….

등에 멘 책보를 달랑거리며 내가 사립문을 들어서자 두루마기에 중절모를 쓴 아버지가 잠바차림에 키가 땅딸한 낯선 아저씨와 마당에 서 있었다. 엄마와 할머니는 부엌 문설주 앞에 서 있었는데 나를 보고도 웬일인지 웃지 않았다. 여느 때 같으면 아이구 내 새끼야 하고 쫓아나올 할머니였는데 이상하다고 생각하며 내가 쭈뼛거리는데,

이리 온.

하고 뜻밖에도 다정한 목소리로 아버지가 날 부르는 것이었다. 나는 쭈뼛거리며 다가갔다. 아버지가 내 머리를 쓰다듬었다.

공부 잘해야 한다. 할머니 말씀 잘 듣구.

워디 가세유, 아부지.

아버지는 희미하게 웃었다.

음. 읍내 좀 다녀오마.

김 선생, 그만 가시죠.

낯선 아저씨가 말했다. 아버지는 모자를 벗더니 할머니께 허리를 숙였다. 그리고 잠깐 엄마를 향해 짧은 눈길을 던졌다. 엄마의 눈에 반짝 하고 물기가 어렸다. 그리고 아버지는 돌아오지 않았다. 난리가 터졌다는 소문이 나돈 다음날이었다.

인민군이 들어온 것은 그 며칠 뒤였다. 그날은 그러나 총소리 한 방 나지 않았다. 콩을 볶고 보리를 볶아 미싯가루를 만들던 마을 사람들은 해도 지기 전에 사립문을 닫아 걸었고 미친듯이 개들만 짖었다. 대식이 아버지를 총 놓아 죽인 인민군 선발대가 트럭을 타고 지나간 뒤를 이은 것은 우습게도 소며 당나귀가 끄는 구루마 부대였다. 구루마에는 식량이며 건건이서껀 이따금 다리에 붕대를 감은 군인들이 실려 있기도 했다. 그 뒤를 딱콩총을 멘 군인들이 걸어서 지나갔다. 그런데 한 가지 이상한 것은 인민군들도 마을 사람들과 똑같이 생겼다는 점이었다. 마지막 종례시간에 선생님은 말했던 것이다. 내일부터 당분간 학교에 나오지 말고 집에서들 놀도록 해요. 인민군들이 쳐들어왔어요. 전쟁이 난 거예요. 통지가 갈 때까지 몸 성히들 잘 있어요. 아이들이 물었다. 인민군은 워치게 생겼대유. 선생님이 말했다. 음, 인민군은 나쁜 오랑캐예요. 그러니까 사람이 아닌 거예요.

우리 집은 갑자기 '애국자의 유가족'이 되었다. 왜정때부터 좌익이었던 아버지는 예비검속에 의해 처형되었다는 것이었고 아버지는 그래서 애국자이며 그 가족인 우리는 위대한 혁명투사의 자랑스러운 유가족이라는 것이었다.

김잇쎄이 원수께서 내리시는 광영된 소임임메. 위원장 동무.

도리우찌를 쓴 아저씨가 엄마의 팔뚝에 붉은 헝겊을 채워주며 말했다. 엄마는 '위원장 동무'가 되었다. 갑자기 마을 사람들이, 특히 아낙네들이 엄마 앞에서 굽신거렸다. 할머니 앞에서도 괜히 똥마려운 강아지처럼 쩔쩔매었다. 병득이는 나만 보면 구슬이나 딱지를 내밀었고 또 새알이 있는 곳을 알려주겠다고 알랑방귀를 뀌었다. 인민군들은 이따금 마을의 소나 돼지 닭 따위를 잡고는 했는데 그때마다 쇠갈비나 돼지다리를 우리 집에 보내왔다. "김잇쎄이 원수께서 애국자의 유가족에게 내리시는 선물"이라고 했다. 할머니는 그런데 웬일인지 한 번도 그 침 넘어가는 쇠갈비나 돼지다리를 받지 않는 것이었다.

태백산에 눈 내린다. 총을 메어라…… 한번은 내가 노래를 불렀는데 엄마의 얼굴이 백지장처럼 하얘지면서 내 따귀를 갈기는 것이었다. 이느믜 자슥. 그런 노래 허는 게 아녀. 왜 엄마가 그처럼 불같이 화를 내는 것인지 나는 알 수가 없었다. 씨이. 그럼 엄니는 왜 사람덜헌티 그런 노래를 가르쳐준대유. 엄마는 마을 여자들을 느티나무 아래 모아놓고 노래를 가르치거나 연설을 하고는 했던 것이다. 엄마는 대답 대신 내 모가지를 끌어안고 볼에 볼을 부비는 것이었다.

연설할 때의 엄마는 또 얼마나 멋져 보이던지 모른다. 하얀 종아리가 살짝 보이는 검정 치마에 흰 저고리를 입고 팔뚝에 붉은 완장을 찬 엄마의 모습은 담임선생님보다도 더 예쁘고 멋져 보여서 얼른 학교가 문을 열어서 동무들에게 자랑하고 싶어 나는 안달이 날 지경이었다.

새 시상이 왔습니다. 어둡던 암흑의 시상이 물러가고 태양처럼 밝은 광명의 날이 찾아온 것입니다. 해방된 조국에서 우리 여성들은……

사람들은 짝짝짝 박수를 쳤는데, 이상도 하지. 꼭 화난 사람처럼 엄마는 얼굴을 찌푸리는 것이었으니. 읍내 쪽에서 하늘이 무너지는 듯한 소리가 들려오기 시작했다. 호줏기가 폭탄을 던진다고 했다. 삐이십구라고도 하고 쩨특끼라고도 했다. 해도 떨어지기 전에 불을 꺼야 했고 갑자기 어디론가 끌려가는 사람들이 늘어났다. 끌려간 사람들은 그리고 아버지처럼 돌아오지 않았다. 어느 날 아침, 도리우찌를 쓴 아저씨의 모습은 보이지 않았다. 다시 세상이 뒤집어졌다고 했다.

안 된다니까 그러쇼. 취조중엔 누구도 면회가 안 된단 말요. 이 양반이 어디서 떼를 쓰는 거야.

순사는 사납게 할머니를 뿌리치며 발을 굴렀다. 어깨에 멘 장총이 철그럭거렸다.

그럼 이거라두 전해얄 텐디…….

할머니는 옷보자기와 밥통을 가슴께로 들어올렸다. 그때였다. 비단폭을 찢는 것처럼 날카로운 여자의 비명소리가 들려온 것은. 나는 할머니의 옆구리로 바짝 붙어섰다.

아줌씨는 뿕겡이 새끼들이 들어오니까 사루마다 벗어들고 춤췄다며.

굵직한 사내의 목소리가 문 틈으로 새어나왔다. 여자가 뭐라고 대꾸하는 것 같았는데 잘 들리지 않았다. 사내의 목소리가 조금 낮아졌다.

그럴 만도 하지. 서방님께서 이쪽 손에 돌아가셨으니까. 그 점은 나도 이해한다구.

………。

사내의 고함소리가 다시 귀를 찢었다.

불어! 이 빨갱이년아. 죄 불란 말야!

숟갈로 주발 밑바닥을 긁는 것 같은 여자의 외마디 비명이 뒤를 이었다.

그래서 서방놈 웬수 갚겠다구 설친 거야.

사내의 목소리가 다시 낮아졌다.

이 ×구멍으로 그래 인민군 몇 명이나 받았나? 늬들 빨갱이년들은 ×지도 해방한다며? 그래서 돌아가면서 벌려준다며?

쥐울음 같은 여자의 신음소리가 뒤를 이었다.

낯짝배기가 죽사발 개 훑어놓은 것처럼 생겨가지구, 네년도 되게 밝히게 생겼구먼. 그래, 갸덜 ×맛이 어땠나?

갑자기 여자가 악을 썼다.

이 짐승 같은 놈! 난 웬수 갚은 일두 사람 쥑인 일두 읎다. 이 가이백정⋯⋯.

여자는 다시 자지러지는 비명을 질렀는데 아아, 무서워라. 그리고 그것은 엄마의 목소리였던 것이다. 짐승 같은 외마디 소리를 지르며 할머니가 문을 향해 몸을 날렸다. 밥통과 옷보따리가 바닥에 나뒹굴었다.

엄마는 마치 회초리 맞은 개구리처럼 배를 뒤집은 채 마룻바닥에 널브러져 사지를 버둥거리고 있었다. 풀어헤쳐 새둥우리가 된 머리칼, 오랏줄에 묶인 윗도리, 갈갈이 찢겨진 적삼 사이로 피멍 든 흰살이 드러나 있었는데, 아아 끔찍해라. 무엇보다도 아랫도리는 실오라기 하나 걸치지 않은 맨살이었다. 웃통을 벗어붙인 사내가 이쪽을 바라보았는데 핏물을 뿌린 듯 벌겋게 달아오른 얼굴이 미끈거리는 기름땀으로 번쩍이고 있었다. 그 사내의 손에는 짤막한 막대기가 들려 있었다.

악아!

돌이 굴러가듯 할머니가 엄마에게 달려들었다. 사내가 벌떡 일어났다.

뭐야!

사내는 날카롭게 소리치며 구둣발로 할머니의 아랫배를 내질렀다. 헉, 하고 외마디 숨을 삼키며 할머니가 고꾸라졌다. 나는 선 채로 오줌을 싸버렸다.

박순경은 뭐하는 거야. 취조실에 잡인을 들여보내면 어쩌란 말야.

막대기로 순사의 이마를 찌르며 사내는 짜증스럽게 내뱉았다.

끌어내.

대식이 형의 지게에 얹힌 할머니의 뒤를 따라 집으로 오는 밤길에는 달이 밝았다. 부엉이는 숲에서 울었고 먼 골짜기에서 승냥이가 울부짖었으며 길가에는 달빛처럼 흰 달맞이꽃이 무더기로 피어 있었다.

아아.

한 손으로 허공을 가리키며 엄마가 낮게 부르짖었다.

우우. 바람이 불었다. 찢어질 듯 문풍지가 흔들리면서 등잔불이 춤을 췄다. 부엉이가 울었다. 승냥이가 울부짖었다. 쥐가 찍찍거렸다.

아부지가 오셨어.

엄마는 벌떡 몸을 일으켰다. 그리고 급하게 장롱을 뒤져 노란 회장저고리와 복사빛 분홍치마를 꺼내더니 칙칙한 검정치마와 땀에 절은 광목적삼을 벗어 팽개치고 나서 서둘러 갈아입는 것이었다. 엄마는 몇 번이고 요리조리 몸뚱이를 비틀며 앞모습 옆모습 뒷모습을 면경에 비춰보는 것이었는데 그때마다 엄마의 얼굴은 금방 찢어진 생채기처럼 싱싱한 생기로 칠갑이 되는 것이었다. 엄마는 밤마다 상여집으로 간다고 마을 여편네들은 말했다. 밤도깨비와 두억시니와 귀신들이 들끓는 그 어둡고 축축한 상여집에서 춤을 춘다는 것이었다. 옷을 홀딱 벗어버리고 머리를 풀어 산발한 채 상여집 속의 수많은 귀신들과 어울려 흘레를 붙는다는 것이었다. 정말일까. 정말로 엄마는 미쳐버린 것일까. 미쳐서 밤마다 연지곤지 찍고 녹의홍상 떨쳐입고 그리하여 귀신도 홀릴 것 같은 어여쁜 새각시의 모습으로 그 귀신들과 흘레를 붙기 위하여 상여집으로 달려가는 것일까.

아아.

엄마가 다시 부르짖었다.

아부지가 오셨어.

나는 안타깝게 엄마의 치맛자락을 잡고 흔들었다.

아부지가 워디 오셨다구 그레쌓는규, 그레쌓길.

엄마의 입은 장마끝의 채송화처럼 봉긋하니 벌어졌고 허공에 던져져 있는 눈은 밑을 향해 깊게 깔려 있는 속눈썹 사이로 꿈꾸듯 눈부시게 빛나고 있었으며 얼굴은 그리고 입고 있는 치마의 색깔처럼 분홍빛이었다.

퉁수 소리여. 아부지가 부는 퉁수 소리여.

아녀유. 아뭇 소리두 아니란 말여유.

내 귀에는 아무런 소리도 들리지 않았다. 바람 소리였다. 뒤란의 장독대 위에 풋감이 떨어지는 소리였다. 부엉이 소리였다. 쥐울음 소리였다. 잠 못 이룬 산짐승들이 몸을 뒤채이는 소리였다. 암내 난 뱀들이 키를 넘는 마당의 잡초를 뒤집으며 짝을 찾아 헤매이는 소리였다. 그런데 바보 같은 엄마는 자꾸 아버지가 부는 퉁소 소리라고 우겨쌓는 것이었다.

깊은 밤이면 아버지가 거처하는 사랑방 쪽에서 퉁소 소리가 들려오고는 했다. 낮에는 마치 골난 사람처럼 잔뜩 찌푸리고 앉아 두꺼운 책만 읽던 아버지는 밤이 깊어지면 스스로 대나무를 깎아 만든 퉁소를 잡는 것이었다. 추적추적 궂은 비가 오거나 삽짝이 부서져라 바람이 불 때 또는 창호지를 뚫을 듯 찢어지게 달이 밝은 밤이면 퉁소 소리는 들려오는 것이었다. 그렇지 않은 날 아버지는 자욱한 담배연기 속에 책상다리를 틀고 앉아 이마에 깊은 골을 파면서, 내가 땅띔도 할 수 없는 한숨소리와 함께 퉁소의 알몸을 어루만지고 있는 것이었다.

퉁소 소리는 마치 뒤꼍의 대숲에서 댓잎들이 서로 뺨을 부벼대며 흐느끼는 것 같고 어쩌면 뜨락에 쓰러져 뒹구는 오동잎을 벌떡 일으켜세운 다음 시치미 떼고 지나가는 바람 소리 같기도 했다. 그 야릇하게 슬픈 소리는 금방이라도 끊어질 듯 끊어질 듯 그러나 끊어지지 않고 다시 또 이어져 들려오고는 했다.

나는 엄마의 무릎에 누워 달빛처럼 뽀얀 엄마의 젖을 만지면서 한 소리 긴 탄식처럼 길게 이어지다가 갑자기 짧게 끊어졌다가 다시 길게 이어지다가 문득 또 짧게 끊어져서 그리고 마침내 조각조각 부서져 달빛 속에 잔비늘로 묻히고는 하는 그 소리를 들으며 잠이 들고는 하는 것이었다. 그러면 엄마는 살그머니 나를 무릎에서 내려놓고 저 황토의 속살처럼 부드럽고 다순 손바닥으로 내 가슴께를 몇 번 다독이고 나서 서둘러 면경에 얼굴을 비춰본 다음 귀밑을 붉히며 살그머니 문을 미는 것이었다. 짐짓 잠든 척 나는 눈을 감고 엄마의 서두름을 살피고는 했는데 정작 잠이 드는 것은 엄마의 발소리가 들리지 않고 퉁소 소리가 끊어진 다음부터인 것이었다.

자다 깨어보면 언제 돌아왔는지 엄마는 우두커니 내 곁에 앉아 있는 것이었다. 그러면 나는 슬그머니 손을 뻗어 잠투정 하듯 치맛자락을 잡아 끄는 것이었고 쓰러지듯 엄마는 자리에 누우면서 포옥하니 긴 한숨을 뽑는 것이었는데, 그때마다 엄마의 입에서는 잘 익은 밤꽃내음이 나는 것이었다.

기다리세유.

소리치며 엄마는 무서운 힘으로 나를 뿌리치고 문을 밀었다. 나는 모잽이로 쓰러졌다가 이내 벌떡 일어났다.

보아줄 테다. 오늘 밤에는 내 두 눈으로 똑똑히 보아줄 테다. 상여집 속의 수많은 귀신들과 옷을 홀딱 벗어버리고 머리를 풀어 산발한 채 어우러져 흘레를 붙는 엄마의 모습을. 그러나 만일 엄마가 두억시니와 밤도깨비들과 흘레를 붙지 않는다면 나는 낄낄거리며 더러운 소문을 퍼뜨려대는 마을 여편네들의 낯짝에 침을 뱉어줄 테다. 그리하여 엄마를 내 엄마로 만들 것이다.

뜨락에 내려선 엄마는 잠시 우두커니 서 있었다.

우우. 바람이 불었다. 오동잎이 굴렀다. 툭, 툭, 뒤란의 장독대 위로 풋감이 떨어지고 있었다. 키를 넘는 잡초가 물결처럼 흔들렸다. 뒤곁의 대숲에서는 댓잎들이 서로 어깨를 비벼대며 소리죽여 흐느끼고 있었다. 부엌에서 뛰쳐나온 쥐들이 잡초 속으로 몸을 날리고 있었다. 부엉이가 울었다. 물레방앗간 쪽에서 컹컹 개가 짖었다. 멀리서 승냥이가 울부짖었다. 그 소리는 갓난아이의 목맺힌 울음 소리처럼 꺼윽 꺼윽 길게 이어지다가 꺽, 하고 갑자기 자르듯 짧게 끊어지고 있었다.

엄마는 천천히 움직이기 시작했다. 걸음을 옮길 때마다 엄마의 발치에서는 꽈리 터지는 소리가 났다. 치맛자락이 잡초에 부딪칠 때마다 사르륵 사르륵 눈 내리는 소리가 났다.

사립을 나서고부터 갑자기 엄마의 걸음이 빨라지기 시작했다. 나는 숨을 죽이며 뒤를 따랐다. 집들마다에는 불이 꺼져 있었다.

구름이 밀렸다. 달이 얼굴을 내밀었다. 갑자기 엄마는 걸음을 멈추었다. 자벌레처럼 몸을 접으며 나는 풀섶에 엎드렸다. 그리고 살그머니 고개를 들다 말고 꿀꺽, 뜨거운 침을 삼켰다. 엄마는 반쯤 내 쪽으로 몸을 비틀고 돌아서서 한 손을 이마에 대고 달을 쳐다보고 있었는데, 눈부셔라. 문득 소리쳐 울고 싶도록 어여쁜 엄마인 것이었다.

그렇다. 그래서 그날도 나는 갑자기 울음을 터뜨려버렸던 것이었다. 학예회 날이었다. 소근거리듯 바람이 살랑거렸고 운동장가에는 엄마의 젖빛처럼 희디흰 벚꽃이 가지가 찢어지게 피어 있었다. 일학년 김영복 군이 학부모님 여러분께 인사말씀 올리겠습니다. 교장선생님이 말했다.

자, 영복이 차례예요. 겁내지 말고.

담임선생님이 내 어깨를 두드리며 등을 밀었다. 나는 여러 차례 연습해서 입에 익은 인삿말을 다시 한 번 외워본 다음 무대 위로 올라갔다. 강당을 빽빽하게 메운 사람들의 눈길이 내게로 쏠리고 있었다. 나는 뽐내는 마음으로 머리를 숙였다. 그리고 고개를 들다 말고 갑자기 울음을 터뜨려버렸던 것이다. 거 뉘집 자슥인지 똑똑헌디. 얼라, 쟈가 갑재기 왜 운다. 낯가림허는개벼. 강당 안은 삽시간에 웃음으로 출렁거렸고, 얼굴을 붉히며 무대 위로 뛰어오른 엄마는 얼른 나를 안아올렸는데, 나는 젖먹는 아이처럼 엄마의 저고리 섶을 파고들며 깨끗이 빨아 다려입은 세라복의 앞섶이 축축해지도록 섧게 울어댔던 것이었다. 내가 고개를 드는 순간 강당의 맨 앞줄 오른쪽에 앉아 있는 엄마의 얼굴이 눈에 들어왔고 그리고 아버지의 까만 두루마기 자락이 눈에 들어왔던 것인데, 슬펐다. 사위스러워라. 어쩌면 그날 나는 이미 아버지의 죽음과 그리고 엄마의 미침을 짐작하고 있었던 것은 아니었는지.

엄마는 이마에 대었던 손을 떼더니 치맛자락을 모아잡았다. 그리고 마치 나래짓하는 새처럼 한 팔을 내젓기 시작했다. 퍼부어내리는 달빛이 엄마의 어깨에 부딪쳐 수은방울로 부서져 땅 위에 흩어지고 있었다. 자욱한 달빛을 가르며 쑥쑥 앞으로 나가고 있는 엄마의 그림자는 마치 넘실거리는 물길을 헤쳐가는 쪽배와도 같았다. 언젠가 나는 엄마와 함께 청라 저수지에서 쪽배를 탔던 적이 있었다. 아버지는 그때 긴 풀이 우거진 저수지의 한켠에서 낚싯대를 드리우고 있었다. 엄마는 지금 쪽배를 저어 아버지를 만나러 가는 것이었다. 나는 괜히 신이 나서, 엄마의 손을 잡고 원족가던 날처럼 신이 나서, 잰걸음을 놀리는 것이었다. 들판에는 새빨아 먹은 이삭들이 허옇게 쓰러져 있었다. 들판이 점점 좁아지고 있었다. 쪽배는 어느덧 산길로 접어들고 있었다.

무엇인가 물컹 하고 밟혔다고 느낀 순간, 나는 그 자리에 주저앉아 버렸다. 이마가 선뜻해지며 가랑이 사이의 방울 두 쪽이 딱딱하게 굳었다. 저만치 논둑 밑 둠벙으로 무엇인가 톰벙 하고 떨어졌다. 개구리였다. 나는 둠벙을 똑똑히 보아두었다. 내일이면 나는 참죽나무 회초리를 치켜들고 이곳으로 달려올 것이었다. 달려와서는 숨을 죽이고 발뒤꿈치를 치켜들고 조심조심 소리나지 않게 다가갈 것이었다. 그리고 숨을 모아 힘껏 내려치면 아, 싸악하니 바람을 찢는 소리와 함께 회초리는 개구리의 등짝에 떨어질 것이고 개구리는 펄쩍 한 번 뛰어올랐다가 이내 뱃구레를 뒤집은 채 땅 위에 떨어져 파르르 파르르 사지를 떨 것이며, 병득이는 그리하여 후이후이 징그러운 웃음을 터뜨리며 비웅신아 우라버진 대장이란 말여 대장, 내 골통을 쥐어박을 것이었다.

치맛자락이 잔솔밭 사이로 빨려들어가고 있었다. 나는 달렸다. 바람이 쌕색이 소리를 내며 귀를 물어뜯었다. 별들이 쏟아지고 있었다. 소낙비처럼 쏟아져내리는 별무리를 이마로 받아넘기며 내가 솔푸데기 우거진 잔솔밭에 이르렀을 때 엄마는 보이지 않았다. 이상하게도 배가 고팠다. 목이 말랐다. 타는 목마름으로 목젖이 뻣뻣해왔다. 솔밭 사이를 뒤져 단단한 차돌멩이 한 개를 움켜쥐었다. 한결 목마름이 가셨다. 아주 가까운 곳에서 부엉이가 울었다. 솔가지를 헤치며 앞으로 나아갔다. 송진 묻은 손바닥이 끈적거려서 바짓가랑이에 자꾸 손바닥을 문질러야 했다.

저만큼 꺼무하게 엎드린 헛간 같은 게 보였다. 나는 걸음을 멈추었다. 상여집이었다. 상여집 앞에는 그리고 희끄무레한 짚단 같은 게 웅크리고 앉아 있었는데, 엄마였다. 나는 솔푸데기 사이로 얼른 몸을 숨겼다. 엄마는 땅바닥에 쪼그리고 앉아 있었다. 무릎을 세우고 세운 무릎 위에 턱을 올려놓은 채 엄마는 두 손으로 무릎을 끌어안고 있었는데 마치 옛날부터 그 자리에 박혀 있는 바위처럼 꼼짝도 하지 않는 것이었다. 뱀처럼 나는 땅바닥에 배를 붙였다. 그리고 배밀이로 조금씩 조금씩 나아갔다. 솔밭이 끝나는 곳에 이르자 엄마의 모습은 좀더 똑똑하게 보였다. 엄마는 여전히 두 손으로 무릎을 끌어안은 채 꼼짝도 하지 않았다. 바람이 불었다. 부엉이가 울었다. 승냥이가 울부짖었다. 그때마다 엄마는 번쩍번쩍 고개를 치켜들고는 했는데 그것은 잠깐, 이내 다시 바위가 되는 것이었다.

이상한 소리에 나는 눈을 떴다. 어느 틈에 나는 솔밭에 엎드린 채로 잠이 들었던 모양이었다. 나는 귀를 세웠다. 이상한 소리는 계속해서 들려오고 있었다. 풀벌레의 울음소리 같고 심하게 끓는 가래 소리 같기도 한 그 소리는 계속해서 들려오고 있었다.

나는 살그머니 몸을 일으키다 말고 급하게 숨을 삼켰다. 엄마였다. 엄마는 마치 회초리 맞은 개구리처럼 배를 뒤집은 채 땅바닥에 널브러져 사지를 버둥거리고 있었다. 엄마의 배 위에는 그리고 시커먼 두억시니가 엎드려 있었다. 두억시니의 등허리가 바람 부는 날의 문풍지처럼 크게 흔들리고 있었다. 아아 엄마. 불쌍한 우리 엄마. 나는 이를 옹송그려물고 돌멩이를 쥔 손을 치켜들었다. 그리고 막 두억시니의 대가리를 향하여 돌멩이를 날리려는 참이었다.

영복이 아부지. 영복이 아부지.

뜻밖에도 엄마는 두억시니의 모가지를 끊어져라 끌어당기며 숨 넘어가는 소리로 부르짖는 것이었다. 엄마의 배 위에 엎드려 가래 끓는 소리를 내고 있는 두억시니는 병득이 아버지 같기도 하고 지서에서 봤던 사내 같기도 하고 또 어떻게 보면 도리우찌를 썼던 사내 같기도 했는데, 어쨌든 우리 아버지가 아닌 것만은 뚜렷했다. 나는 갈라터지는 입술에 급하게 침질을 해가며 소리쳤다.

아부지가 아녀. 우라부지가 아니란 말여.

그런데 웬일인지 내 소리는 입 안에서만 뱅뱅이를 칠 뿐 도무지 말이 되어 나오지를 않는 것이었다.

아아, 칠뜨기 같은 엄마. 엄마는 어째서 아버지 하나도 제대로 알아보지 못하는 것인지, 참으로 알 수 없는 엄마인 것이었다.

별

어머니 어머니 하고
외워 본다
이 가을
아버지 아버지 하고
외워 본다
·········
자다 깨다
자다 깨다

　　　　── 박용래의 〈먹감〉에서

아으, 아으······.

숨 넘어가는 소리로 다급하게 부르짖으며 엄마는 다시 배를 뒤집
었다.

나 점 살려줘, 나 점 살려줘유······.

엄마가 배를 뒤집을 때마다 땀 절어 누렇게 빛바랜 소창 적삼이
위로 말려 올라가면서 사기대접을 엎어놓은 것처럼 팽팽하게 부푼
젖가슴이 크게 출렁거렸다.

영복이 아부지, 영복이 아부지이…….

문창호지 찢어지는 소리로 다급하게 아버지를 부르며 엄마는 또다시 배를 뒤집었고, 뒷걸음질을 치다 말고 한쪽 벽에 찰싹 배를 붙이면서 나는 손톱을 세워 벽을 긁었다. 회푸대 종이가 아래로 밀리면서 우수수 우수수 흙모래가 쏟아져내렸다. 엄마의 부르짖음이 다시 귀를 찢었다.

아으, 아으…….

피가 나게 이를 옹송그려 물면서 고개를 비틀다 말고 나는 흠칫 몸을 떨었다. 코스모스 대궁처럼 가느다란 엄마의 모가지가 서서히 들려지고 있었다. 엄마는 두 주먹으로 방바닥을 찍어누르면서 간신히 고개를 쳐들고 있었는데, 쥐어짠 빨래처럼 잔뜩 비틀어진 얼굴이 온통 번쩍이는 기름땀으로 칠갑을 하고 있었고, 풀어헤쳐 헝클어진 머리칼은 철사처럼 빳빳하게 곤두서고 있었으며, 백태를 씌운 듯 온통 흰창으로 뒤덮인 눈동자는 그리고 천장을 향해 부릅떠져 있는 것이어서 나는 도무지 우리 엄마의 얼굴이라고는 믿어지지가 않는 것이었는데, 갑자기 엄마의 두 손이 허공을 긁었다.

영복이 아부지, 영복이 아부지이…….

금방이라도 숨이 넘어갈 듯 다급한 목소리로 연방 아버지를 불러대며 엄마는 두 손을 허우적거렸는데, 엄마의 손아귀에 잡히는 것은 그러나 허공이었고, 금방이라도 오줌보가 터질 것만 같아 나는 자꾸 손톱을 세워 벽을 긁어야만 했다.

나 점 살려줘, 나 점 살려줘유…….

갑자기 엄마의 모가지가 푹 꺾여졌다. 그렇게 허우적거리며 안타깝게 허공을 긁어내리던 두 손이 실이 끊어지듯 힘없이 밑으로 떨어지면서 무릎을 끌어안았고, 꺾여진 모가지가 무릎 사이에 깊숙이 박혀졌다. 문득 고요가 깔렸다.

……아으, 아으.

문창호지 찢어지는 소리와 함께 반으로 뚝 접혀진 엄마의 몸뚱이가 공처럼 떼굴떼굴 온 방안을 구르기 시작했다.

아으, 아으.

엄마의 비명 소리는 그리고 점점 앓아지고 있었다. 나는 벽에 머리를 짓찧으면서 힘껏 벽을 긁었다. 불에 닿았을 때처럼 손톱밑이 뜨거워지면서 찝찔한 소금기가 혀끝에 느껴졌다. 침을 삼킬 때마다 목구멍이 따끔거렸고 입안에서는 쇳녹 냄새가 났다. 끄으, 끄으, 하고 벌레 울음처럼 가녀린 소리가 들려오고 있었다. 나는 귀를 세웠다. 엄마의 목소리였다. 엄마가 나를 부르는 소리였다.

여, 영복아아…….

나는 숨을 삼켰다. 멀리서 개 짖는 소리가 들려왔고, 느리게 내뱉는 개의 헐떡임 사이로 엄마의 목소리는 이제 좀더 또렷하게 들려오고 있었다.

영복아, 영복아아…….

나는 고개를 비틀었다. 아무것도 보이지 않았다. 방안은 온통 익은 감빛이었다. 잘 익은 감빛으로 고운 저녁놀이 안개처럼 자욱하게 깔려 있었다.

영복아, 영복아아…….

몸뚱이는 보이지 않는데 어디선가 목소리만 들려오고 있었다. 나는 눈을 비비며 벽을 등졌다. 내 눈에 들어온 것은 함지박이었다. 우리 집 부엌에 있는 서말들이 그 함지박은 답싹 엎어져 있었는데 성난 배암처럼 자꾸만 부풀어올랐다. 부풀어올라서, 부풀어올라서 방안을 가득 채우고 있었다. 나는 다시 눈을 비볐다. 함지박은 사람의 궁둥이였고 그 궁둥이의 임자는 그리고 엄마였다. 엄마는 방바닥에 머리를 박고 천장을 향하여 바짝 궁둥이를 치켜올린 이상스런 모습으로 엎드려 있었다. 엄마의 두 손이 허리를 틀어쥐었다. 허리는 손아귀 속에 쏙 들어갔다. 끙 소리와 함께 허리가 비틀렸다. 허리가 비틀릴 때마다 치마가 걷혀 올라가면서 노을빛으로 물든 광목 속것이 잔물결처럼 엷게 흔들리고 있었다.

영복아, 영복아아······.

쥐어짜는 것같이 힘들게 엄마가 나를 불렀다. 나는 벽으로부터 등을 떼었다. 갑자기 엄마의 궁둥이가 폭싹 무너앉았다.

아으, 아으······.

숨 넘어가는 소리로 부르짖으며 엄마는 다시 배를 뒤집었다.

엄니!

소리치며 나는 몸을 날렸다. 힘주어 엄마의 손을 잡았다. 새새끼의 숨소리같이 가느다란 떨림이 느껴졌다.

엄니, 엄니이······.

목 안으로 울음을 삼키면서 나는 자꾸만 엄마의 손을 흔들었다. 엄마는 잠잘 때처럼 반듯이 누워서 눈을 꼭 감고 있었다. 입술이 달싹거렸다. 입술에는 새까만 피딱지가 엉켜 있었다. 나는 엄마의 입술에 귀를 붙였다.

배 점, 배 점······.

배유, 배를 워치게 허라규.

떨리는 목소리로 내가 물었다.

배 점, 배 점 눌러줘.

가래 끓는 소리로 엄마가 간신히 말했다. 나는 엄마의 배 위에 두 손을 올려놓았다.

여기유, 여기.

나는 손바닥에 힘을 주면서 여기저기를 짚어보았다.

아으, 아으······.

느닷없이 엄마가 문창호지 찢어지는 소리로 부르짖으며 활처럼 허리를 비틀어올렸다. 어마지두에 손을 뗀 내가 엄니, 하고 목안의 소리를 내는데 엄마가 벌떡 윗몸을 일으켰다. 그리고 엄마는 참으로 놀랍게도 무서운 힘으로 나를 담싹 들어올려 배 위에 올려놓는 것이었다.

밟어줘, 배 점 밟어줘.

나를 들어올릴 때 엄마의 눈에서는 언젠가 상여집에서 본 두억시니의 그것처럼 새파란 불꽃이 뚝뚝 떨어지고 있었는데, 퓨우— 하는 긴 한숨 소리와 함께 엄마는 스르르 눈을 감았다. 나는 밟았다. 눈을 꼭 감고 두 주먹을 부르쥔 채 기름땀으로 미끈거리는 엄마의 벗은 배 위로부터 하마 떨어질까 조심하면서 살금살금.

더, 더, 더 점. 더 점 꽉꽉……

그렇게 내가 조심조심 발을 옮기노라면 엄마는 입을 딱딱 벌리면서 컥컥 숨막히는 소리로 더 힘껏 배를 밟으라고 부르짖는 것이었고, 그때마다 나는 눈물을 철철 흘리며 입술을 꼭꼭 깨물며 죽을 힘을 다하여 힘껏 엄마의 배를 밟아나가는 것이었는데, 어마 뜨거워라. 밍클, 하는 느낌과 함께 나는 그만 방바닥에 코를 박으면서 네활개를 펴야만 했고, 그때마다 나는 다시 죽을 힘을 다하여 엄마의 배 위로 기어올라가야만 했다.

놀이 잦아들고 있었다. 빠른 걸음으로 봉창을 빠져나가던 마지막 한 점의 놀이 고른 숨을 내쉬며 잠들어 있는 엄마의 얼굴 위로 떨어지고 있었다. 분홍빛으로 물든 엄마의 얼굴은 그리고 새각시처럼 고운 것이었다.

아으, 아으……

숨 넘어가는 소리로 부르짖는 엄마의 비명 소리에 나는 눈을 떴다. 나는 방바닥에 코를 박은 채로 깜박 잠이 들었던 모양이었다.

놀이 빠져나간 방안에는 어느새 먹빛 어둠이 짙게 깔려 있었는데, 엄마의 부르짖음이 다시 귀를 찢었다.

영복이 아부지, 영복이 아부지이⋯⋯.

문창호지 찢어지는 소리로 다급하게 아버지를 부르며 엄마가 다시 배를 뒤집는 소리가 들려왔다. 나는 벌떡 일어나 방문을 열어제꼈다. 울컥 달빛이 넘쳐 들어왔다. 수우 수우 바람이 지나가고 있었다. 울타리를 두른 옥수숫대들이 서로 어깨를 비벼대며 소리 죽여 낮게 흐느끼고 있었다. 진저리를 치며 낮게 깔리던 달빛이 시나브로 잦아들고 있었다.

아으, 아으⋯⋯.

또다시 엄마가 배를 뒤집는 소리가 들려왔다. 나는 털썩 주저앉으며 무릎 사이에 얼굴을 묻었다. 그리고 두 손으로 무릎을 끌어안았다.

막막했다. 아버지가 돌아오지 않는 밤마다 엄마는 배가 아프다고 창자가 끊어지는 소리로 부르짖으며 몸부림쳐 온 방안을 딩구는 것이었는데, 바람이 불고 비가 내리고 찢어지게 밝은 달빛이 칼날처럼 문창호지를 후비고 들어오는 밤이면, 그리고 밤이 깊어갈수록 엄마의 배앓이는 멈추지 않고 더욱 무섭게 치밀어올라서 내가 아무리 죽을 힘을 다하여 배를 밟아줘도 끝없이 뒤틀리며 솟구쳐오르는 엄마의 배앓이를 멈추게 할 수는 없는 것이었고, 마침내 나는 방바닥에 코를 박은 채로 지쳐 쓰러져 잠이 들게 되고는 하였던 것이었다. 그리하여 새벽, 바람이 자고 비가 그치고 달빛이 시들어버린 신새벽에 문득 오줌이 마려워진 내가 눈을 뜨고 가슴을 만져보면, 손바닥 가득 꺼멓게 묻어나는 것은 그리고 언제나 숯검정이었다. 아버지를 찾아오기 전에는 아무래도 엄마의 배앓이는 멈추지 않을 모양이었다.

송진 덩어리를 삼켰을 때처럼 막막한 가슴으로 나는 고무신을 꿰었다.

영복이 아부지, 영복이 아부지이…….

비틀거리며 사립을 빠져나오는 내 뒤통수로 숨 넘어가는 엄마의 부르짖음이 따라오고 있었다.

나는 달렸다. 키를 넘는 옥수숫대들이 픽픽 쓰러지고 있었다. 집집마다에 밝혀져 있는 등불들이 물살처럼 빠르게 흘러가고 있었다. 나는 뜨거운 침을 삼켰다. 환한 등불 아래서는 웃음 소리가 흐르고 있을 것이었다. 엄마가 배가 아프지 않기 때문에 아버지를 찾아 밤길을 달리지 않아도 좋은 내 또래 아이들이 할머니의 무릎을 베고 누워 찐 옥수수알을 오물거리며 옛날이야기를 듣고 있을 것이었다.

한참을 달리다 숨이 차서 걸음을 멈추고 하늘을 쳐다보면 달은 언제나 내 머리 위에 걸려 있었고, 눈물처럼 쏟아져내리는 별, 그리고 아우성치며 개구리 울음 소리 귀를 물어뜯는 것이었다.

……톡톡, 두 번 궁둥이를 두드린 다음 엄마는 서둘러 내 바지를 벗겼다. '사루마다'를 입지 않았으므로 나는 이내 알몸이 되었고, 한 바가지의 찬물이 들씌워졌다. 웃춰, 웃춰. 나는 일부러 딱딱 소리가 나게 턱을 마주쳐 진저리를 치는 시늉을 하면서 두 손으로 슬그머니 샅을 가렸다.

손 쳐.

엄마는 하얗게 눈을 흘기며 철썩 소리가 나게 나의 궁둥이를 갈기었다.

사내꼭대기라구 벌써 꼬추 간수허넌겨.

엄마는 다시 한 바가지의 물을 들씌우고 나서 비누칠을 하기 시작하였다.

엄니.

내가 말했다.

더끔이 지지배가유.

엄마의 미끄러운 손이 내 궁둥이의 골진 곳으로 들어왔다.

이힝, 이힝,

나는 몸을 비틀었고 엄마는 힘주어 내 팔을 잡았다.

가만이 점 있어. 물 튀너먼.

엄니.

응.

더끔이 지지배가유.

그려.

저 거시기…….

나는 더듬거렸고 엄마가 재촉했다.

뭐여, 뭔 소리를 들은겨.

나는 숨을 삼키며 빠르게 말해버렸다.

저보구 누나라구 허래유.

엄마는 말없이 힘주어 내 등짝을 문질렀는데 포옥 하고 내뽑는 한숨 소리를 나는 들었다. 한참 만에 엄마가 말했다.

엄마가 뭐랴. 그 지지배허구 놀지 말라구 안 혀.

엄마는 다시 포옥 하고 한숨을 뽑았다.

늬 아부지가 누구헌티 끌려갔넌디. 총 찬 사람만 보면 사지가 떨리너먼.

등짝을 문지르고 있는 엄마의 손바닥이 가늘게 흔들리고 있었다.

나는 입을 다물었지만 덕금이 지지배한테 들은 이야기는 그것만이 아니었다.

우라아빠 장가간다.

덕금이가 말했다. 나는 히히 하고 웃었다.

여적 장개두 안 간거, 으른이.

덕금이는 살짝 눈을 흘겼다.

비웅신. 그게 아니구우.

뭐여, 그럼.

새엄마 얻는단 말야, 새엄마.

음…… 그럼, 맘보집 샥시겠네.

덕금이는 살래살래 고개를 흔들었다.

아니란 말여. 늬 아부지허구 맘보집 샥시허구 음…… 거시기, 입
맞추넌 걸 봤넌디.

아니라니까.

덕금이는 금방 울 듯이 입술을 비쭉였다.

누군디, 그럼.

조심스럽게 내가 물었고 덕금이가 조그맣게 말했다.

늬 엄마.

뭐시, 우럼니.

나는 덕금이 지지배의 '간따후꾸' 자락을 움켜잡으며 소리쳤다.

응.

덕금이가 고개를 끄덕였다. 그리고 배시시 웃었다.

하냥 살면 좋잖니, 애. 나는 누나가 되고 너는 동생이 되고…….

덕금이 지지배의 '간따후꾸' 자락을 잡고 있던 내 손에서 힘이 빠
져나갔다. 덕금이 지지배는 나보다 두 살이 더 많은 지지배인데 언
제나 목 둘레에 예쁜 꽃술이 달린 '간따후꾸'를 입고 있었다. 덕금
이네는 도회지에서 이사를 왔다. 그 지지배의 아버지는 늘 허리에
총을 차고 다녔다. 그 지지배의 얼굴은 달맞이꽃처럼 하얗고 때가
하나도 없는 모가지는 야들야들했으며 머리에는 나비 모양의 '리본'

을 꽂고 있었다. 그 지지배의 머리에는 기계충 자국이 없었고 얼굴
에는 마른버짐이 없었으며 다른 지지배들처럼 쌍욕을 내깔기거나
아무 데서건 궁둥이를 내놓고 오줌을 누지 않았다. 그 지지배를 볼
때마다 웬일인지 나는 목젖이 콱 막히면서 금방이라도 터져버릴 것
처럼 아아 부끄럽게도 오줌보가 부푸는 것이었다. 이 다음에 커서
어른이 되면 나는 꼭 덕금이 지지배를 내 각시로 만들 참이다. 그런
데 우리 엄마와 덕금이 아버지가 서로 시집장가를 가게 되면 나와
덕금이는 어떻게 되는 것일까. 그렇게 되면 우리는 누나 동생이 되
는 것일 텐데 한식구끼리 어떻게 신랑각시를 할 수 있담. 그래서 미
주알을 줄밋거리며 슬쩍 엄마에게 비추어 보았던 것인데, 되었다.

　이렇게 해봐.

　뒤쪽의 비누칠을 끝낸 엄마가 말했다. 나는 돌아섰다. 힘이 드는
지 엄마의 얼굴은 노을빛으로 곱게 물들어 있었다.

　다른 소리는 안 허담.

　모가지를 문지르던 엄마의 손이 겨드랑이로 들어왔다.

　이힝, 이힝.

　나는 몸을 비틀었고 엄마가 다시 말했다.

　그 지지배가 다른 소리는 안 혀.

　응.

　나는 고개를 끄덕여 주었다. 엄마의 손이 배를 거쳐 샅으로 들어
왔다.

　총잽이 자식허구 놀지 말어.

　나는 가만히 있었다. 내 샅에서 꽈리 터지는 소리가 났다. 엄마
가 말했다.

　그리구 누가 아부지 얘기 묻걸랑 병정 나가셨다구 혀, 알겄지.

　응.

나는 고개를 끄덕여 주었다. 엄마의 미끄러운 손이 내 잠지와 방울을 문지르기 시작했다.

이힝, 이힝.

나는 자꾸 몸을 비틀었고 그때마다 엄마는 철썩 소리가 나게 궁둥이를 갈기면서 뽀드득 소리가 나게 힘주어 내 살을 문지르는 것이었다.

가만히 못 있넌겨. 물 튄다니께.

그런데 참으로 이상한 일이었다. 오디만한 내 잠지가 조금씩 커지는 것이었으니. 잠지는 그리고 엄마의 미끄러운 손바닥 안에서 조금씩 조금씩 그렇게 마치 성난 배암처럼 부풀기 시작해서 마침내 막대기처럼 뺏뺏하게 곤추서는 것이었으니.

얼라, 얼라…….

갑자기 엄마의 얼굴이 술 취한 사람처럼 빨개지더니 불에 덴 듯 궁둥이가 뜨거워졌다. 엄마는 벌떡 몸을 일으키더니 구르듯 방으로 들어가며 쾅 소리가 나게 문을 닫았다. 앙 하고 나는 울음을 터뜨렸다. 나는 털푸덕 함지박에 주저앉으며 앙앙 소리내어 울기 시작했다. 웬일인지 부끄럽고 슬프고 또 무서웠다. 그러나 아무리 내가 기를 쓰고 울어봐도 아무도 말려주는 사람이 없어 이윽고 나는 싱거워졌고, 뚝 울음을 그쳤다. 나는 혼자였고 혼자였으므로 나는 쓸쓸하였다.

내가 비눗기를 대강 닦아내고 서둘러 바지를 꿰었을 때 방안에서 이상한 소리가 들려왔다. 나는 발꿈치를 들고 살금살금 다가갔다. 울음 소리였다. 끄으 끄, 끄으 끄, 하고 목 안으로 삼키면서 길게 끄는 흐느낌 소리는 그리고 엄마의 것이었다. 나는 슬그머니 뒷걸음질을 쳐서 사립문을 빠져나왔다. 막막하였다. 막막하고 심심하고 또 외로워서 나는 바지 단추를 끄르고 마렵지도 않은 오줌을 억지로 누었다. 마지막 한 방울의 물기를 털어버리고 나자 부르르 진저리가 쳐졌다. 오줌을 누고 나니까 할 일이 없었다. 멀거니 발밑을 바라보니 오줌 속에 갇힌 개미 한 마리가 꼼지락거리고 있는 게 보였다. 나는 힘껏 밟아버린 다음 침을 뱉었다. 발딱 고개를 잦히고 하늘을 보았다. 재를 묻힌 수세미로 오랫동안 닦아 번쩍거리는 제삿날 밤의 놋주발처럼 쨍쨍한 햇님이 나를 내려다보고 있었다. 고개를 떨어뜨렸다. 흙이라도 한주먹 퍼먹고 싶었다. 덕금이 지지배는 여태도 학교에서 돌아올 때가 멀었는데, 덕금이 지지배 생각을 하니까 갑자기 목젖이 콱 막혀 왔다. 할 수 없이 나는 나무 그늘을 찾아가 드러누워 버렸다. 눈을 감았다. 막막하고 심심하고 외로울 때 내가 할 수 있는 일은 오직 잠이나 자는 것이었다.

잠을 자면 꿈을 꾸었고 꿈속에서 만나게 되는 것은 그리고 언제나 아버지였다. 아버지는 허리띠처럼 길게 이어진 신작로를 따라 어디론가 끝없이 걸어가고 있었는데, 이상하게도 두 팔이 보이지 않는 것이었다. 그래서 꼭 막대기가 걸어가고 있는 것만 같았다. 아부지 워디 가세유, 소리치며 나는 달렸다. 그러나 내가 아무리 기를 쓰고 죽을 힘을 다하여 달음박질을 쳐도 두 팔은 어디로 가고 몸뚱이만 남아서 막대기처럼 꼿꼿하게 걸어가고 있는 아버지와의 거리는 좁혀지지 않는 것이어서, 입안에 침이 말랐다.

아부지, 아부지이……

눈을 뜨고 나서도 한참 동안 목안의 소리로 딸꾹질을 했다. 해어름이 발치를 덮고 있었다. 집집마다의 굴뚝에서 피어오르는 연기는 안개인 듯 자욱한데, 자치기 하는 아이들의 높이 떠서 흩어지는 지껄임 소리 그 안개를 흔들리게 하는 것이었고, 못견디게 배가 고파서 나는 땅개비라도 잡아먹고 싶었다. 허리를 바짝 꼬부린 내가 발길에 채인 강아지처럼 가엾은 꼬락서니로 비실비실 집으로 기어들어가는데 저만큼 파란 생철대문 사이로 분홍빛 '간따후꾸' 자락이 눈을 스쳤다. 하늘을 올라라, 하나 둘 셋. 하나 둘 셋…… '간따후꾸' 자락이 펄럭일 때마다 고무줄 위로 덕금이 지지배의 하얀 '사루마다'가 보였고 물방울처럼 잘게 부서지는 그 지지배의 노랫소리는 집게벌레인 듯 자꾸만 내 귀를 물어뜯는 것이었다.

봉당 밑 토방에는 옥색 고무신 한 켤레가 놓여 있었다. 휴 — 한숨이 나왔다. 가만히 방문을 잡아다녔다.

엄마는 벽을 향해 누워 있었다.

엄니.

조그맣게 불러보았다. 대답이 없었다. 왈칵 무서운 생각이 들었다. 엄마는 죽은 게 아닐까…… 무릎걸음으로 기어가 어깨에 손을 얹었다. 잔물결처럼 가느다란 떨림이 옮겨왔다. 갑자기 까닭 모를 설움이 복받쳐올랐다. 나는 혀를 깨물어 울음을 삼키며 엄마의 어깨를 흔들었다.

엄니, 잘못했유. 다신 안 그럴께유.

뚜렷하게 알 수는 없었지만 나는 무엇인가를 크게 잘못한 것만 같았다. 그때 끙 소리와 함께 엄마가 벽을 끌어안았다.

뷕이 가봐. 감자 쪄논 게 있을겨.

달은 끈덕지게 따라오고 있었다. 내가 달리면 달도 달렸고 내가 뜀박질을 멈추면 달도 따라서 뜀박질을 멈추는 것이었다.

저만큼 불빛이 보였다. 아버지를 찾아서 산을 넘고 강을 건너 밤두억시니처럼 빈 들판을 헤매이던 나는 마침내 밤이슬에 젖어 축축해진 몸뚱이를 이끌고 불빛이 환한 읍내의 저자로 들어선 것이었다. 밤저자의 불빛을 볼 때마다 나는 언제나 처음인 듯 숨이 막히면

서 오줌이 마려웠다. 그곳에서는 늘 술 취한 남자 어른들의 싸움박
질 소리며 째지는 소리로 퍼붓는 여자 사람들의 악다구니, 그리고
밤똥을 싸고 매를 맞는 아이들의 울음 소리와 개들의 헐떡임이 한
데 어우러져 비릿하고도 독한 밤꽃내음으로 흘러넘치고 있었다. 그
뿐인가, 늦은 저녁 상머리에 둘러앉아 도란거리는 식구들의 숟가락
질 소리며 맛있게 다셔대는 뒷입맛 소리며, 아무튼지 그렇게 살아
있는 땅 위의 모든 것들이 만들어내는 소리로 해서 불빛 아래의 밤
저자 거리는 언제나 시끄러운 것이었다.

　문 점 열어줘유, 문 점.

　헐떡이며 나는 숨가쁘게 대문을 두드렸다. 병원집이었다. 엄마의
배앓이가 솟구쳐오르는 밤마다 허위적거리며 달려오고는 했으므로
나는 눈을 감고도 그 집을 찾을 수 있었다.

　문 점 열어줘유, 문 점.

　주먹이 깨지라고 대문을 두드리다 말고 나는 흠칠 뒤로 물러서야
했다. 느닷없이 앙칼지게 개가 짖었던 것이다. 개 짖는 소리는 바로
내 코앞에서 들려오고 있었다. 나는 잠깐 숨길을 잡고 나서 다시 대
문을 두드리기 시작했다.

　문 점 열어줘유, 문 점.

　개 짖는 소리만이 더욱 앙칼지게 들려올 뿐 안에서는 아무런 대
꾸가 없었다. 나는 이번에는 주먹만이 아니라 발이며 어깨며 머리
까지 던져 대문을 흔들며 악을 썼다.

　문 점 열어줘유, 문 점······.

　그러고도 한참 있다가 메리 메리, 하는 여자의 목소리가 들려오
면서 개 짖는 소리가 멎었다. 느리게 신발 끄는 소리가 나고 쪽문이
열리더니 젊은 여자의 얼굴이 나타났다.

　누갸!

갑자기 그 여자가 사기그릇 깨지는 소리로 악을 썼기 때문에 하마터면 나는 그 자리에 주저앉을 뻔했다. 나는 두 손으로 대문을 짚어 간신히 몸뚱이를 지탱하면서 숨가쁘게 물었다.

우라부지 안 오셨슈.

여자는 뜻밖에도 속삭이듯 낮은 목소리로 물어왔다.

느이 아버지가 누구시지.

나는 더듬거렸다.

우, 우라부지는…… 우, 우라부지는…….

여자가 다시 째지는 소리로 악을 썼다.

가, 가란 말야!

두 번째였으므로 나는 놀라지 않고 더듬거리기만 했다.

우, 우라부지는…… 우, 우라부지는…….

철커덩 소리와 함께 문이 닫혔다.

한번만 더 왔단봐라, 순사한테 이를 테니.

막막했다. 막막하고 또 막막해서 나는 아무 데서나 쓰러져 잠이나 자고 싶었다. 소리쳐 앙앙 울고 싶었지만 아무도 말려줄 사람이 없을 것 같아 나는 혀를 깨물며 등을 돌렸다. 그리고 비틀거리며 그곳을 떠났다. 그러나 내가 아무리 악을 쓰고 소리쳐 아버지를 부르며 저잣거리를 누비고 다녀도 아버지는 정녕 대답이 없었고 그리고 또 아무도 아버지가 계신 곳을 가르쳐 주는 사람은 없었다.

내가 걸음을 멈춘 곳은 만물가게 앞이었다. 그 집 앞에만 오면 나는 언제나 세 사발의 밥을 먹고 숭늉까지 한 대접 마시고 났을 때처럼 터질 듯 배가 불렀다. 그 집의 목판에는 갖가지 색깔의 옷가지며, 그릇에 신발, 신발 가운데서도 아 운동화, 삼색 실과에다가 빨간 종이 속에서 알록달록 빛나고 있는 과자며 사탕, 그리고 구슬도 딱지도 산더미처럼 쌓여 있는 것이어서 입안 가득 침이 고이는 것이었다. 언젠가 덕금이 지지배한테 얻어먹어 봤던 비과 생각을 하며 나는 꿀꺽 뜨거운 침을 삼켰다.

뭐 주랴.

뚱뚱이 여자가 내게로 다가오며 눈웃음을 쳤다. 그 여자의 손에는 말총으로 만든 터리개가 들려 있었다. 나는 고개를 흔들었다.

아뉴. 아무것두 아뉴.

뚱뚱이 여자는 터리개를 쥔 손을 머리 위로 치켜올리며 빽 소리를 질렀다.

요노무새끼, 뭐 훔쳐먹으러 왔지.

그러면서 그 여자는 눈을 흡떴는데 이상하게도 눈동자는 옆쪽으로 쏠려 있었다.

아, 아뉴. 아니란 말여유.

뒷걸음질을 치면서도 나는 그 여자의 이상한 눈길 때문에 웃음이 나왔다. 뚱뚱이 여자가 다시 소리질렀다.

그럼 사지두 안 할라면서 왜 알찐거려, 알찐거리길.

아부질 찾아유, 우라부질.

나는 맞받아 소리쳤는데 아버지 소리를 하고 나자 웃음이 쏙 들어갔다. 나는 숨가쁘게 물었다.

우라부지 안 오셨슈.

뚱뚱이 여자는 입을 짝 벌리며 하품을 했다.

늬 아버지가 누군데. 넌 뉘집 자식여.

나는 더듬거렸다.

우, 우라부진…… 우, 우라부진…….

뚱뚱이 여자가 터리개를 홰홰 내저었다.

어여 가, 어여.

나는 다시 비틀거리며 소리쳐 아버지를 부르며 저잣거리를 더투기 시작했다. 그러나 내가 아무리 악을 쓰고 소리쳐 아버지를 부르며 저자를 훑고 다녀도 아버지는 끝끝내 대답이 없었고 그리고 또 아무도 아버지가 계신 곳을 가르쳐 주지 않는데, 저잣거리에는 하나 둘 불이 꺼지기 시작하고, 가슴이 쿵 내려앉는 대문 닫혀지는 소리며 개 짖는 소리 점점 아득한데, 배가 고프고 졸리고 칼날 같은 밤바람은 홑바지를 뚫고 들어오는 것이어서 나는 부르르 진저리를 쳤다. 그때 어디선가 술 취한 사내의 노랫소리가 구슬프게 들려왔다.

북두칠성 가로노오혀
깊은바암 고요하안데
달빛도오 안타까아워
이내심사 찢어어진다

나는 서둘러 노랫소리가 들려오는 곳으로 걸음을 옮겼다. 노랫소리는 불 꺼진 뒷골목으로부터 흘러나오고 있었다. 노랫소리가 점점 가까워지고 있었다. 웬 사내 하나가 비틀거리며 걸어오고 있었다. 그 사내는 갑자기 허리를 접고 쭈그리고 앉더니 우웩 우웩 토악질을 하기 시작했는데, 팔이 하나밖에 없었다. 토악질을 하면서도 사내는 웅얼웅얼 노랫소리를 내고 있었다. 토악질을 끝낸 사내가 쭈그리고 앉은 채로 멀거니 달을 바라보았다. 나는 잠시 망설이다가 사내의 곁을 빠르게 지나갔다. 그런데 막 사내의 곁을 지나치다 말고 나는 걸음을 멈춰야만 했다. 사내가 하나밖에 없는 외팔로 우악스럽게 내 목덜미를 움켜쥐었던 것이다.

뇌유, 이거 뇌유.

나는 캑캑 가쁜 숨을 뱉으며 팔다리를 버둥거렸다. 외팔이가 말했다.

누굴 찾니 꼬마야. 누굴 찾아 밤길을 헤매는 거니 꼬마야.

아, 아부지유. 아, 아부지를 찾어유.

나는 헐떡거렸고 외팔이가 억센 힘으로 나를 돌려세웠다.

아버지를 찾는단 말이지 꼬마야. 이 기막히게 좋은 달밤에 아버지를 찾아 헤맨단 말이지 꼬마야.

나는 고개를 끄덕여 주었다. 외팔이의 입에서는 썩는 냄새가 났고 달빛 아래 드러난 얼굴은 달빛처럼 하얠는데 코만은 이상하게도 딸기처럼 빨갰다. 나는 숨차게 물었다.

우라부질 보셨슈.

외팔이가 고개를 끄덕였다.

봤지. 늬 아버지를 봤지.

나의 가슴에서는 물레방아 돌아가는 소리가 났다. 나는 헐떡거렸다.

증말유. 증말루 우라부질 보신규.

증말이다 꼬마야. 방금 늬 아버지하고 술 한잔 하고 나오는 길이다 꼬마야.

나는 펄쩍 뛰어오르며 다급하게 소리쳤다.

워디유. 워디서 봤슈.

아아.

외팔이가 손을 들어올렸다.

조그맣게, 조그맣게.

나는 얼른 목소리를 낮췄다.

워디유. 우라부진 워디 기신규.

외팔이는 한 손으로 무릎을 짚으면서 천천히 몸을 일으켰다. 비틀 하고 쓰러지려는 그의 몸뚱이를 내가 얼른 붙잡았다. 외팔이가 혼잣말처럼 중얼거렸다.

아, 좋은 밤이다. 자살하기 좋은 밤이구나.

외팔이의 얼굴은 달을 향하여 훨씬 젖히어져 있었다. 나는 조심스럽게 그의 바짓가랑이를 흔들었다.

가유. 우라부지 기신 디루 싸게 가유.

가자. 늬 아버지한테로 가자.

외팔이가 내 손을 잡았다. 따스했다. 걸어가면서 그가 말했다.

한잔 더 해야겠다 꼬마야. 늬 아버지하고 딱 한잔만 더 하면서 연애 얘기나 해야겠다 꼬마야. 이 미친 세상에서 우리가 할 수 있는 일이 무엇이겠니 꼬마야. 숱한 목숨들이 총 맞고 죽어가는 판에 우리가 무엇을 할 수 있겠니 꼬마야. 술이나 퍼마시고 가짜 연애나 하고 그리고 마지막으로 자살이나 해버리는 것밖에 우리가 또 무엇을 할 수 있다고 생각하니 꼬마야. 아 지랄 같은 밤이다 우엑. 술맛 떨어지는 밤이구나 우엑.

외팔이는 뭐라고 하는 소리인지 알아들을 수 없는 말을 한참 동안 중얼거리더니 갑자기 허리를 꺾으며 마른구역질을 하기 시작했다. 나는 까치발을 하고서 그의 등을 두드렸다. 얇은 등이었다.

아퍼유. 많이 아픈규.

외팔이가 허리를 폈다. 그리고 잠깐 동안 이윽한 눈길로 나를 바라보더니 갑자기 털썩 쭈그리고 앉으며 내 어깨를 잡았다. 그가 너무 힘을 주어 붙잡았으므로 나는 카칵 마른기침을 뱉아야만 했다.

복 받아라 꼬마야. 너는 아주 착한 아이로구나 꼬마야.

외팔이의 목소리는 웬일인지 젖어 있었다. 그가 나를 칭찬하는 것 같아 나는 얼굴이 붉어졌다. 나는 빨리 아버지를 만나고 싶은 마음에 금방이라도 미주알이 빠질 것만 같았는데 주정뱅이 외팔이 사내는 갑자기 딸꾹질을 하기 시작하는 것이었다.

너는 좋은 세상을 보게 될 것이다 피껵. 오른쪽 왼쪽 패 갈라서
서로 죽여대는 이런 미친 세월은 휘어이 휘이 어서 썩 물러가고 피
껵. 홀륭한 세상이 와야만 한다 피껵. 아니 홀륭한 세상은 반드시
올 것이다 피껵. 그 새 세상에서는 모든 것이 사랑으로 이루어질 것
이다 피껵. 사랑으로 바람이 불게 하고 피껵. 사랑으로 비가 내리게
하고 피껵. 사랑으로 눈이 오게 하고 피껵. 사랑으로 달이 뜨게 하
고 피껵. 사랑으로 별이 빛나게 하고 피껵. 아아 사랑으로 술 마시
게 하고 피껵. 사랑으로, 사랑으로, 피껵. 피껵.

외팔이는 참으로 지루하게 혼자 중얼거리며 자꾸만 딸꾹질을 하
는 것이었는데, 나는 입안에 침이 말랐다. 나는 외팔이의 어깨를 흔
들었다.

가유. 우라부지 기신 디루 싸게 가유.

음, 아…….

외팔이는 두어 번 입맛을 다시고 나서 저어기, 하고 길 쪽으로
유리문이 달린 집을 가리키더니 벌떡 몸을 일으켰다. 어느새 그의
딸꾹질은 그쳐 있었다.

그럼 잘 가거라 꼬마야. 나는 잠이나 자야겠다 꼬마야. 잠을 자
야 꿈을 꾸고 꿈을 꿔야 홀륭한 세상을 볼 수 있을 게 아니냐 꼬마
야.

노랫가락처럼 흥얼거리며 외팔이는 비틀비틀 금방이라도 쓰러질
듯 쓰러질 듯 아슬아슬한 걸음으로 그러나 쓰러지지 않고 꼿꼿하게
어둠 속으로 사라져버렸다.

나는 외팔이가 가리켜 준 집을 향해 달음박질을 쳤다. 그 집의
유리문 안으로부터는 붉고 축축한 불빛이 흘러나오고 있었는데, 맘
보집이었다. 맘보집이라면 나도 알고 있었다. 아버지를 찾아서 몇
번인가 왔던 적이 있었고 그때마다 번번이 허탕을 치고는 했던 것

298

이다. 나는 외팔이에게 속은 것 같았다. 그러나 또 알 수 없는 일이었다. 나는 서둘러 유리문을 두드리기 시작했다.

문 점 열어줘유, 문 점.

불빛이 흘러나오고 있는 것으로 봐서 사람이 있는 게 틀림없었는데 안에서는 아무런 기척도 없었다. 나는 가만히 유리문을 밀어보았다. 소리 없이 문이 열렸다. 술청에는 아무도 없었다. 나는 잔기침을 하면서 방문 앞으로 다가갔다. 창문에는 사람의 것임이 틀림없는 두 개의 그림자가 흔들리고 있었다. 간지럼 타는 것 같은 여자의 웃음 소리가 들렸고 목쉰 듯한 남자의 웃음 소리가 뒤를 이었다.

오머 오머, 간지러잉…… 깔깔.

길티 길티, 개만이 있으라우…… 켤켤.

갑자기 내가 부르짖었다.

아부지, 아부지이…….

웃음 소리가 뚝 그치면서 벌컥 문이 열렸다.

아이구머니나 간 떨어지겠네.

쥐 잡아먹은 것처럼 입술이 새빨간 색시가 풀어헤쳐진 저고리 섶을 여미며 퓨 하고 긴 숨을 내쉬었다.

너 왜 자꾸 이러니, 왜 자꾸 이래. 늬 아버진 여기 없대두.

여기 기신다구 허던듀. 우라부진 여기서 술 잡숫구 기신다구 허더란 말유.

나는 자꾸만 다가서며 지축지축 방안으로 머리를 디밀었고 할 수 없다는 듯 색시는 몸을 비켰다.

봐라. 네 눈으로 똑똑히 봐.

색시는 벽에 기대앉아 있는 남자를 가리켰다.

저게 늬 아버지니, 저게 늬 아버지야.

그 남자는 길쭉한 얼굴에 볼이 움푹 들어갔으며 안경을 끼고 있

었다. 나는 금방이라도 울음이 터질 것만 같아 입술을 꼭 깨물었고
남자가 말했다.

뉘기야.

몰라요. 즤 아버지를 찾는 모양인데, 이상한 아이예요.

거 재밌넌 아아로구만, 켤켤.

재미가 다 뭐예요. 어쩌나 극성맞게 찐드기를 붙는지 학을 떼겠
다구요.

켤켤켤. 꼬마레 아버진 와 찾네.

나는 또 버릇처럼 더듬거렸다. 아버지 얘기만 꺼내면 나는 왜 더
듬게 되는 것인지, 참으로 알 수 없는 일이었다.

우, 우라부진…… 우, 우라부진…….

나는 자꾸 더듬거렸는데, 더듬거리다가 마침내 나는 뚜렷하게 알
아낼 수가 있었다. 내가 아버지를 찾는 것은, 내가 아버지를 찾아서
산을 넘고 강을 건너 가엾은 꼬마 비렁뱅이의 꼬락서니를 하고 밤
저자의 뒷골목을 헤매이는 것은, 엄마 때문이라는 것을. 숨 넘어가
는 소리로 밤마다 아버지를 부르며 끝없이 배를 뒤집는 가엾은 우
리 엄마 때문이라는 것을. 아, 나는 어째서 여태까지 엄마의 배앓이
를 잊고 있었단 말인가.

헐떡이며 나는 부르짖었다.

우럼니가 죽어유, 우럼니가 죽는단 말여유.

남자가 웃음을 그쳤다.

늬 오마니레 와 죽네.

배가 아프대유. 창새가 끊어지게 배가 아프대유.

색시가 허리를 뒤틀며 두 손을 벌려 제 배 위에 동그라미를 그렸
다.

늬 엄마 애 낳니, 깔깔. 늬 엄마 배가 이만하지, 깔깔.

남자가 안경테를 밀어올렸다.

오마니레 배가 아프다 말이디.

그류. 그렇다니께유. 우럼니는 벌써 죽었는지두 물러유.

말해놓고 보니 엄마는 진짜로 죽었는지도 모른다는 생각이 들며 가슴에서 디딜방아 소리가 났다.

아아, 엄니. 불쌍한 우리 엄니…….

나는 혀를 깨물었다. 남자가 물었다.

딥이 어드메가.

예서 월마 안데유. 좁박골유. 좁박골.

개보자우.

남자가 벌떡 일어섰다.

정말 가실 거예요.

여자가 말했다.

개디않구. 새람이 둑는다는데 어케 안 가보가서.

색시가 입을 비쭉였다.

피. 자기가 무슨 의사라구. 돌팔이 침쟁이면서.

남자가 펄쩍 뛰었다.

이거 와이레. 내레 니북선 멩의 소리 들어서야.

색시가 하얗게 눈을 흘겼다.

솔직히 말해봐요. 남자 환자라면 안 가겠죠.

이거 와이레야. 닌술을 모독해지 말라우.

어이구, 여자라면 그저.

색시는 그러면서 침쟁이 남자의 모가지에 담싹 매달리더니 쪽 소리가 나게 입을 맞추었다.

얼라 얼라, 덕금이 아버지허구두 거시기 헸넌디…….

내가 속으로 중얼거리는데 침쟁이가 내 손을 잡았다.

날레 가자우.

댄다니 잡으라.

깊숙이 허리를 숙이며 침쟁이는 빠르게 두 다리를 돌리기 시작했다. 나는 침쟁이의 넓적한 등판에 얼굴을 붙이고 두 손으로 힘껏 허리를 끌어안았다. 침쟁이가 말했다.

이름이 뭐이가.

돌멩이에 부딪칠 때마다 자전거는 털퍼덕 털퍼덕 솟아오르면서 금방이라도 쓰러질 듯 비틀거렸다.

영복이유. 김영복이.

넝벡이 아바진 어드메 가션.

병정 나가셨슈. 즌장 때.

껼껼껼. 던당은 끝나서야. 늬 아바진 둑은 모냥이구나.

뭐시, 죽어유.

소리치며 나는 침쟁이의 등짝을 힘껏 물어뜯었다.

우라부진 안 죽었유. 우라부진 꼭 돌어오신단 말유.

어어 소리와 함께 쓰러질 듯 비틀거리던 자전거가 간신히 멎었다. 침쟁이가 고개를 돌리며 얼굴을 잔뜩 찌푸렸다.

와, 와 그러네. 와 악장을 둑이는가 말이야.

나는 주먹을 옹송그려 쥐며 피가 나게 입술을 깨물었다.

우라부진 안 죽었유. 우라부진 안 죽었단 말유.

침쟁이는 다시 빠르게 두 다리를 돌리기 시작했다.

알아서야. 누가 뭐랜.

나는 다시 침쟁이의 넓적한 등판에 얼굴을 묻으며 두 손으로 힘껏 허리를 끌어안았다.

늬 오마니레 니쁘간.

302

자전거가 우리 마을로 가는 황톳길로 접어들었을 때 침쟁이가 물어왔다.

그럼유. 월매나 이쁘다규.

나는 자랑스러워서 잔뜩 뽐내며 소리쳤다.

우덜 동네서 젤루 음, 거시기헌 미인이래유. 그전 살던 디서두 그렜는걸유.

침쟁이는 더욱 빠르게 다리를 움직였다.

됴캇다. 켤켤켤. 니쁜 오마니하구레 사는 넝벡이레 됴카서.

금방이라도 빠질 것처럼 미주알이 졸밋거리면서 나는 스르르 눈이 감기었다.

……얼라 얼라, 갑자기 얼굴이 빨개져서 살점이 떨어지게 힘껏 내 궁둥이를 갈긴 다음 도망치듯 방으로 들어가고 나서부터 그러니까 엄마의 배앓이는 시작된 것이었다. 밤새도록 배를 뒤집으며 숨 넘어가는 소리로 다급하게 아버지를 불러대던 엄마는 그러나 아침이 되면 언제나 말이 없었다. 숟가락을 놓기가 바쁘게 엄마는 호미를 들고 밭으로 달려갔던 것이다. 날이면 날마다 아침부터 저녁까지 호미질을 해대서 뽑아줘야 할 잡풀이 하나도 없는 밭고랑 사이를 엄마는 빈 호미질을 하며 무릎걸음으로 헤매다가 해가 지고 놀이 죽고 드디어 엄마의 궁둥이처럼 둥글고 허연 달이 뜨는 어둠이 오면 엄마는 마침내 비틀거리며 집으로 돌아오는 것이었다. 돌아와서는 그리고 땅이 꺼지는 한숨 소리와 함께 방바닥에 몸뚱이를 쓰러뜨리고는 영복이 아부지, 영복이 아부지, 문창호지 찢어지는 소리로 다급하게 부르짖으며 끝없이 배를 뒤집고는 하였는데, 그때마다 엄마의 벗은 배에서는 달빛처럼 하얀 비늘이 쏟아지는 것이었다.

엄마가 돌아오지 않는 대낮마다 나는 언제나 혼자였고, 혼자였으므로 못견디게 심심하고 외로웠다. 그래서 슬그머니 흙도 집어먹고 개미도 잡아먹고 잠자리를 붙잡아 날개와 발을 떼어 몸뚱이만 남겨 가지고는 함께 버리적거리며 놀다 지쳐 아무것도 없는 하늘을 멍하니 바라보고 있노라면, 언제나 배가 고팠다. 배가 고플 때마다 나는 방으로 들어가 엄마의 옷가지를 코에 대고 냄새를 맡아보기도 하고 뒤란으로 달려가 장독 뚜껑을 차례로 열어보며 간장도 찍어먹어 보고 된장도 찍어먹어 보다가 지축지축 부엌으로 들어가 일부러 쾅 소리가 나게 빈 솥뚜껑을 여닫고는 하다가는 마침내 참지 못하고 아궁이를 헤쳐 감자를 굽거나 옥수수를 익혀 먹고는 하는 것이었는데, 보고 싶은 것은 언제나 엄마였다.

감자 한 알을 움켜쥐고 달려가는 밭길에서는 언제나 개구리가 울었고 복숭아 꽃잎을 으깨어 칠갑을 한 것처럼 분홍빛 놀이 쫙 깔려 있는 하늘에는 벌써부터 달이 떠 있고는 하였다. 달빛 아래 메밀꽃이 하얀 물거품으로 부서져 출렁이고 있었다. 나는 엄마를 놀래켜 줄 작정으로 일부러 발뒤꿈치를 치켜들고 밭고랑 사이로 들어갔다. 첫번째 고랑에 엄마는 없었다. 그렇게 하나 하나 고랑을 뒤져나가던 나는 문득 숨을 삼켰다.

이거 노세유. 즘잖으신 양반이 이게 무슨 경우래유.

엄마의 목소리였다. 엄마의 목소리는 와랑와랑 떨리고 있었다. 굵직한 남자의 목소리가 뒤를 이어 들려왔다.

아아, 다 존 게 존 거 아뇨.

덕금이 아버지의 목소리였다. 엄마의 목소리가 높이 떠서 흩어졌다.

이런 무도헌 벱이 워딨넌규. 시상에 하늘이 시퍼런디.

덕금이 아버지의 목소리가 높아졌다.

어허 사람 이렇게 무안 주기요. 다 영복이 어머니를 생각해서 이러는 겁니다. 휴전이 됐다지만 아직도 전시라는 것을 잊지 마쇼. 나는 영복이 어머니를 행복하게도 불행하게도 해줄 수 있다 이 말이오. 아시겠소.

엄마의 목소리가 작아지고 있었다.

밖에서 헌 일인디, 처자식이 무신 조이가 있대유. 난 아무 조이 두 읎슈.

덕금이 아버지의 웃음 소리가 낮게 깔렸다.

이거 왜 이러시나. 조횔 해봤더니 영복이 어머니두 양민은 아녔더만.

엄마가 소리 죽여 부르짖었다.

목심 살자구 심부름헌 게 무신 죽을 조이래유.

아, 지금 와서 약점을 들추자는 게 아니라…… 요즘 같은 세상일수록 신분을 확실하게 해두지 않으면…….

나는 살금살금 무릎걸음을 쳐서 소리나는 곳으로 다가갔다. 살그머니 메밀꽃 무더기를 젖혔다. 저만큼 엄마의 모습이 보였다. 엄마는 잔뜩 쪼그리고 앉아 두 손으로 무릎을 끌어안고 있었다. 덕금이 아버지는 엄마의 옆에 바짝 붙어앉아 있었다.

사람의 진정을 알아줘야지. 나도 한 군데 뿌리박고 더운 밥을 얻어먹고 싶다 이겁니다.

덕금이 아버지의 한쪽 팔이 엄마의 허리를 감았다.

아이구머니나.

엄마가 낮게 소리치며 한 걸음 옆으로 비켜 앉았다. 덕금이 아버지는 담배를 붙여물더니 연거푸 빨아들였다. 개구리 울음 소리만이 또렷하게 들려오고 있었다. 덕금이 아버지가 벌떡 일어나더니 담배를 멀리 던졌다.

잘 생각해 보쇼. 어디까지나 합의적으루다 하자는 것이니까.

발자국 소리가 멀어졌고 엄마의 얼굴이 무릎 사이로 깊숙이 들어 갔다. 손바닥이 끈적거려서 펴봤더니 으깨어져 범벅이 된 감자가 늘어붙어 있었다.

아저씨.

와기레.

우럼니 배 점 고쳐줘유. 우럼니는 배가 아퍼유.

알았대두 기러누나. 아주반 팀 한 방이믄 기재리서 나아야. 기 럼, 기럼.

·········

아저씨.

와기레.

······우럼니 배 고쳐주면, 음 거시기······.

말하라.

거시기······ 아부지라구 부를께유.

·········.

빨리 점 가유, 빨리 점.

나는 침쟁이의 허리를 힘껏 끌어안으며 다급하게 소리쳤다.

어드메가, 딥이레 어드메야.

조오기. 조오기루 꺾어유.

엄니.

목이 찢어지라고 외치며 나는 힘껏 방문을 잡아다녔다.

아부지가 오셨슈, 아부지가······.

꿀꺽, 목 안으로 삼키었다.

아부지가 오셨다니께유. 아부지가…….

거듭 목 안으로 삼키며 나는 방안으로 굴러들어갔는데, 엄마는 없었다. 나는 털썩 주저앉아 버렸다. 등뒤로부터 침쟁이의 투덜거리는 소리가 아득하게 들려왔다.

이노무 아아새끼레 가짓부렁하구 이서. 네레 오마니레 어딨다 말이야. 난 가가서.

한참을 쭈그리고 앉아 있다가 나는 간신히 몸을 일으켰다. 덕금이 지지배네 집으로 가는데 다리가 후들거려 금방이라도 쓰러질 것만 같았다.

덕금이네 집에는 불이 꺼져 있었다. 생철 대문을 흔들자 '도꾸'란 놈이 쫓아나오며 불에 덴 듯 짖어댔다. 나는 악을 썼다.

더끔아, 더끔아아.

한참 만에 길가로 난 창문이 열리면서 덕금이가 얼굴을 내어밀었다.

우럼니 안 오셨니.

나는 헐떡거리며 물었는데 덕금이 지지배는 하품을 하면서 손등으로 눈을 비볐다.

늬 엄마 병원 갔다. 우라아빠가 차에 싣고 큰 병원으로 갔어.

✱ 저자와의
협약에
의해서
인지는
생략합니다.

하산

첫판 1쇄 펴낸날·1994년 9월 5일
지은이·김성동 ⓒ/펴낸이·김혜경/펴낸곳·푸른숲
서울시 서대문구 충정로 3가 270 백왕인쇄문화 4층, 우편번호 120-013
출판등록·1988년 9월 24일 제 11-27호
전화·(편집부)364-8666 (영업부)364-7871~3/팩시밀리·364-7874

값 5,800원

✱ 잘못된 책은 바꾸어 드립니다.
ISBN 89-7184-075-7 03810